Formigas de Camisetas Pretas

Paulo Lima Soraggi

FORMIGAS DE CAMISETAS PRETAS

1ª Edição
POD

Petrópolis
KBR
2012

Edição de texto **Noga Sklar**
Editoração: **KBR**
Capa **KBR sobre arquivo Google**

ISBN: 978-85-8180-154-4

KBR Editora Digital Ltda.
www.kbrdigital.com.br
atendimento@kbrdigital.com.br
55|24|2222.3491

B869 - Literatura Brasileira

Paulo Lima Soraggi nasceu em Formiga, centro-oeste de Minas Gerais. É músico e escritor. Baterista, intérprete e compositor, gravou três CDs de músicas autorais com a banda Anarkaos, ativa na cena mineira por quinze anos. Foi colunista do jornal paulistano *Brasil Econômico* e colaborou com vários jornais e revistas. Atualmente integra a banda de blues Bourbons.

Email: paulo-pan@uol.com.br

Para Sérbia.

Meu muito obrigado a Ricardo Gallupo e a Rodrigo "Tucano" Saldanha, fundamentais na concepção desta história.

Eu é um outro.
Rimbaud

Todos os personagens deste livro vivem além da imaginação do autor, e qualquer semelhança com pessoas vivas não é mera coincidência.

1.

Da solidão da poltrona no fundo de um ônibus pode-se ver qualquer coisa pela janela: rios deslizando em corredores de concreto, homens de rua atuando em seus papelões, mulheres-sacola. Informações dependuradas, carros fumando pressa. Se as cenas não forem interessantes, inventa-se um estímulo, um filme de uma memória minimamente agradável em que damos qualquer beijo ou ganhamos qualquer elogio.

Mas nada disso passava por minha janela. Fui abandonado lentamente por Belo Horizonte; e não conseguia ver nada desde que o ônibus deixara a rodoviária. A vidinha nos bares e o empreguinho no banco me expulsaram com tanta classe que meu sonho de cursar uma boa faculdade saiu sem doer muito. Tudo que a janela mostrava era quem eu era em novembro de 1991, um fantasma com uma pergunta: "O que vou fazer em Formiga?"

Durante três anos trabalhei como faz-tudo e mula de documentos numa agência desses bancos pequenos, que servem para os diretores decretarem falência e saírem ainda mais ricos, e os funcionários desempregados. Ficava na Rua Pernambuco, quase esquina com Cristóvão Colombo, na Savassi, região nobre da capital. Quando comecei lá, pensava que depois dos vinte anos iria realizar meu sonho de adolescência: ser aprovado no que antigamente se conhecia como vestibular e estudar na Universidade Federal de Minas Gerais.

Com dezessete anos, meu sonho era torturado. Ao mesmo tempo em que meus cabelos se cacheavam no meio das costas e se arrastavam para o final do ensino médio, via meus colegas se prepararem para cumprir o rito de passagem dos filhinhos de papai que tinham cérebro: cursinho pré-vestibular da moda; repúblicas luxuriantes longe dos pais; careca caroquenta de calouro.

Filho de um pintor de carros e de uma costureira, aluno de um colégio de freiras com bolsa da prefeitura, eu tirava ótimas notas, mas me sentia um anjo barrado nos portais do céu. A cada colega que se aprontava para ir estudar em BH, mais eu atolava na frustração movediça de não ter condições para tal. Cheguei a apelar para a autoflagelação: dava aulas de Português para vários colegas que fariam o vestibular sem buscar aprovação, só como treinamento.

A sensação de ficar para trás fez com que eu começasse a andar chapado. E muito. Principalmente nos dias em que uma irmã de caridade infernal entrava na sala de aula e rosnava com as mãos para trás. Era a diretora, que proclamava: "Bolsistas da prefeitura, de pé!" Tinha o sestro de falar enquanto tirava os calcanhares do chão, dando breves pulinhos sustentados por dedos confinados na ponta das sandálias azuis, preenchidas por grossas meias beges como pés à milanesa. Campo de concentração. Levantávamos, eu e uma menina sarará com olhos de coitada. Era o momento de a irmã dizer que o dinheiro que a prefeitura enviava para quitar as mensalidades dos bolsistas estava atrasado: "Se a prefeitura não pagar, vocês terão de se virar!"

Quem mandou ir fuçar em colégio de elite? Mas os pais sempre querem o melhor, mesmo que tenhamos que ficar na pior. A freira ainda se revira no meu purgatório, como uma labareda de manto branco competindo com as boas lembranças do colégio que ainda sobrevivem.

Depois de trabalhar durante dois anos na gráfica de meu tio Otávio por uma esmola semanal, consegui o tal emprego em Belo Horizonte. Um sujeito de Formiga, desses parentes semipoderosos que um dia você descobre que tem, era diretor de um banco de segunda e me arrumou um serviço num de terceira, que iria inaugurar uma agência nova. Parece que o avô dele gostava muito do meu pai. O que sei é que o critério para minha indicação se baseou em cachaças curtidas em farras antigas.

Fiz umas provinhas fajutas, junto com um bando de gente muito mais qualificada do que eu, mas toda a seleção era só para aparentar que tudo estava legal, ou bonito, ou moral. Na vergonhosa verdade, cada cargo da nova agência já era uma cama pronta para afilhados dos engravatados de cavanhaque e pastas de couro. E muita gente de perfume bom transpirou a alma, para se dar bem naquela prova imunda.

Na inauguração da agência houve missa com direito à benção das instalações. Depois, uísque às pamparras. Eu achava que seria assistente de algum chefe de seção ou qualquer porcaria mediana como essa, mas reparei que a toda hora me mandavam servir bebidas e petiscos. Fui me encantoando na realidade de minha ilustre colocação: pau-mandado.

Eu morava de favor com meu padrinho e dois primos. Trabalhava de segunda a sexta, de oito às duas. A merreca que eu ganhava não dava espaço para os meus planos, mas meu fim de semana começava cedo demais para que eu choramingasse. Como o cursinho e a UFMG tinham mesmo dançado, e eu não tinha o perfil de jovem batalhador do interior, que supera todas as intempéries, continuei me chapando: festinhas em repúblicas de chegados, cineminha doido, showzinhos de rock, doze comprimidos de Benflogin com chope no Central Shopping, para ver cometinhas dourados em volta das mulheres.

Epocazinha de confusão. Até hoje não sei como saí vivo depois dos shows do Bob Dylan e do Paul Simon, ambos no ginásio do Mineirinho, em ocasiões distintas. Fui com um pessoal que gostava de uns cigarros que tinham de tudo, menos tabaco. Chamavam o troço de mesclado. Nossa Senhora.

Eu poderia ter juntado um bom dinheiro, se não fossem os programinhas pesados. Se tivesse me empenhado, teria conseguido levar uma vida de estudante em BH, mesmo modesta diante da força dos meus primeiros sonhos.

Eu e minha liberdade não nos demos muito bem.

Algo me soprava que aquele emprego no banco não iria durar muito. O chefe da seção de crédito e cobrança impunha a antipatia que sentia por mim com sua estatura baixa e calva, um andar dez pras duas. O fela da puta nunca me chamou pelo nome: era "Formiga, vai levar isso", "Formiga, vai limpar aquilo". Para quem não sabia fazer café, até que durei muito na agência. Fui demitido porque o gerente quis cortar cabeças, despesas, dá no mesmo.

Naquele ônibus, eu não via esse filme que a memória de um homem doente me mostra agora, enquanto escrevo. Naquela poltrona, só uma pergunta inchava em minha cabeça: "O que eu, André Eustáquio Benevenuto, vou fazer em Formiga?"

Como não tinha a menor ideia, comecei sem perceber a cantarolar músicas de Cat Stevens; "Where Do The Children Play?" e "I Love My Dog" brotaram mais inteiras. Pensei em fazer como ele, abandonar tudo e me tornar um religioso arredio. O problema é que eu não tinha nada para abandonar, nem fé para me conduzir. Sozinho, no fundão do ônibus, pude até soltar a voz. Cantei sem parar até Divinópolis.

Nunca tinha me sentido tão vazio e sem propósito. Estava parecendo um cara que perdeu um olho e se aposentou mais cedo, mas morrendo de medo de acabar gostando.

2.

Fundada em seis de junho de 1858 e fincada no centro-oeste de Minas Gerais, Formiga fica a cento e oitenta quilômetros de Belo Horizonte e a uns vinte e cinco da represa de Furnas, hidrelétrica do Rio Grande. É conhecida como Cidade das Areias Brancas por causa dos areais na paisagem dos vales dos rios que a cortam.

Entre outras personalidades, nasceram lá o escritor Silviano Santiago, o cabo Francisco Gomes Diniz — ou Chico Diabo, militar que pôs fim à Guerra do Paraguai ao matar com golpes de espada o ditador paraguaio Solano Lopez — e o jogador Mário de Castro, que brilhou no Atlético Mineiro e é considerado um dos maiores centroavantes da história do futebol. Também são formiguenses Nelson Alvarenga, criador da Ellus, uma das marcas de moda mais conhecidas do Brasil; Hamilton Frade, goleador do rubro-negro carioca e da seleção brasileira; e Nonô Basílio, um dos compositores fundamentais da música sertaneja de verdade.

Formiga é berço da bela Ana Jacinta de São José, a Dona Beja, biscate de luxo cujos chamegos badalaram o século XIX a ponto de a Coroa Portuguesa carimbar definitivamente como solo mineiro a região do Triângulo. Dona Beja acabou inspirando discípulas menos sofisticadas, mas não menos trabalhadoras, que acabaram por se casar com alguns de nossos austeros fazendeiros e bravos trabalhadores. Matrimônios dessa magnitude plantaram algumas das mais frondosas árvores genealógicas de nossa cidade, tão pudica e religiosa — que diga amém a zona boêmia da Rua Santo Antônio, uma das mais prodigiosas do estado lá pela metade do século XX.

O município foi o primeiro da América Do Sul a receber um aparelho de Raio-X. Comprado pelo médico José Carlos Ferreira Pires, o equipamento partiu da Alemanha e chegou ao porto do Rio de Janeiro, de onde seguiu para Minas transportado em carros de boi e lombos de burro. Pires morreu depois de solitárias incursões noturnas pela cidade, pois não gostava de ser visto com as sequelas que a ciência espalhou por seu corpo: foi uma espécie nossa de Aleijadinho. Washington, filho do Dr. Pires, foi ministro da educação e saúde no primeiro governo de Getúlio Vargas.

Formiga pertence à região onde Minas Gerais é mais pura, sem os costumes e sotaques nordestinos que vão do centro do Estado até Goiás e Bahia nem o erre torto e apaulistado do Sul e Sudoeste de Minas; dispensa o complexo de carioca que existe para os lados de "Juish" de Fora e nunca quis se separar, como já fez o pessoal do Triângulo. É um dos municípios que mais perdeu terras para o Lago de Furnas. A compensação veio com as belezas que se formaram a partir da construção de uma das maiores hidrelétricas do país. Segundo moradores dos povoados de Pontevila e Segredo, o lago é seis vezes maior que a Baía de Guanabara; e o que chegou a ser uma catástrofe para vários agricultores — relatam-se suicídios romanescos por causa das desapropriações — foi convertido em investimento turístico e agropecuário a partir da segunda metade do século XX.

Ao contrário de alguns pessimistas chatos e necessários, nunca tive nada contra Formiga. Sempre gostei, acho a cidade linda: os vales dos rios cercados pelos morros, as duas grandes lagoas naturais que abençoam o Parque Municipal e os dois clubes. É óbvio que seria criminoso o meu senso de preservação se eu ocultasse a marca maior que sempre perseguiu minha cidade: é o município brasileiro onde desfila a maior quantidade de mulheres bonitas por metro quadrado. Há também uma sólida rede de facções, conhecidas como "fábricas de roupa".

Formiga tem ainda um comércio competente, uma universidade, um instituto federal de educação tecnológica, igrejas belíssimas. Só que aí vem a perversidade contida nos bem-te-vis de qualquer aurora de pracinha: se seu pai não fosse o doutor fulano, o fazendeiro sicrano ou o dono da loja tal, você teria que trabalhar no balcão ou na motinha de cobrador, ganhando mal e dando graças ao patrão — uma lógica que move o planeta desde... mas nos anos 1990, Formiga tinha uns sessenta e cinco mil habitantes, as diferenças escancaradas demais, cada vida permanentemente radiografada em uma vitrine sufocante onde especulavam sobre quem ou o quê você comia, quanto ganhava, quem vencera o último torneio de peteca. Formiga sempre foi amada e odiada, uma mãe doce e ordinária.

Novembro de 1991: meus 23 anos desembarcaram na rodoviária de Formiga, o fracassado à casa torna. Por mais que carregasse minha mochila bem devagar, teria que chegar em casa do mesmo jeito. Não dava para ser Holden Caulfield, eu não poderia fazer uma odisseia. Era chegar e pronto.

3.

A casa dos meus pais ficava num bairro bem próximo ao centro, atrás da Santa Casa de Caridade e perto da Igreja Matriz. Era um chalezinho pintado de rosa, chamado de "barraco" pela família. A porta ficava do lado esquerdo, no alto de uma escadaria. No mesmo lado, havia um portão que dava acesso ao quintal onde meu pai cultivava roseiras, uma hortinha e colhia ameixa, laranjinha-capeta, romã, chuchu, couve, cenoura, tomatinhos-cereja e as amoras cujo pé foi o motivo da maioria de meus piriris infantis e das manchas eternizadas nas camisetas e meias de escola. Papai chegou a ter uma parreira, que tinha preguiça de dar uvas pequeninas e azedinhas de vez em quando. Cresciam ainda boldo, confrei e arnica — plantas alquímicas de unguentos para a regeneração do corpo ferido, santos ramos de beberagens para estômagos irritáveis, pajelanças para almas de ressaca.

Nos fundos, havia uma casinha que servia de despensa e chegou a ter um fogão a lenha. Desse cômodo saíam as serpentinas que esquentavam os longos banhos que eu tomava na banheira, quando era bem pequeno. Ao lado da despensa, a garagem da bicicleta preta cujo guidão ganhou um suporte de latão para um Motorádio preto pequeno de onde saía a Difusora AM, que papai ouvia quando ia visitar seus irmãos ou me levar à pastelaria Glória para comer empada e tomar guaraná Alterosa. Perto da garaginha ficava a moradia do cachorro Suly, cuja paternidade foi reivindicada por um lobo conforme jurava o sô Zé Grande, dono da venda da rua de cima.

Também nos fundos ficava a singular oficina do meu pai, um homem de pele e olhos claros herdados de minha avó, italiana baixinha que chegou a me pegar no colo algumas vezes. Por ter peregrinado muito tempo por empreiteiras e oficinas de máquinas pesadas, tinha um aparato muscular de potência descomunal. Em sua juventude, se quatro homens fossem necessários para carregar o motor de um Fordinho 1929, mandava três para um dos lados e segurava o outro sozinho, estripulia de mais um brasileiro que cresceu sem lápis nem caderno e ficou careca muito cedo.

Na entrada da oficina havia uma grande mesa de carpinteiro, daquelas de madeira muito antiga e surrada. Numa repartição fechada, ferramentas de todos os tipos ficavam dependuradas nos caibros e guardadas nas gavetas de uma cômoda, também muito antiga e surrada. Tudo cheirava a graxa e tíner. Alguns dos utensílios tinham sido projetados por meu bisavô e eram cuidadosamente conservados.

Nessa oficina era produzido um variado artesanato em madeira. Uma das peças de que eu mais gostava era o caminhão com cabine modelo "fenemê de cara achatada". Toda filetada e colorida, a carroceria era robusta o suficiente para comportar uma criança de um ano. Perdi a conta dos meninos que foram presenteados com esses caminhões, durante seus curtos períodos como meus vizinhos nas casas de aluguel da rua.

Ainda tenho muitas saudades da criação mais célebre de meu pai, o "serrador". Era um boneco achatado, recortado de tábuas grossas e delineado por um paciente trabalho com lima. Colorido com cores quentes, segurava na posição vertical um serrote comprido, repleto de dentes intimidadores voltados para seu peito. A ferramenta era ligada a uma pedra por um pedaço de arame ou barbante. Era só dar um empurrão na pedra para ver o "serrador" trabalhar pra frente e pra trás, em um suporte colocado no alto do muro dos fundos. Uma ripinha de madeira pregada na frente do suporte garantia o equilíbrio do boneco, sustentado por pés no formato de uma colher sem cabo.

Eu gostava de dar empurrões violentos na pedra para testar os limites do boneco, que chegava a deitar-se de bruços antes de voltar triunfalmente a ficar de pé, com seu majestoso serrote. O "serrador" tinha estilo, não era óbvio como um joão-bobo qualquer.

"Serra, serra, serrador! Serra o papo do vovô. Quantas tábuas já serrou? Vinte e uma, vinte e duas, fora uma que quebrou!", cantava minha mãe quando éramos crianças. Aquele mundo de madeira criado pelas mãos grossas de meu pai era meu paraíso exclusivo, mas ele não gostava que eu tocasse em cepilhos e puas, e sempre dizia: "Meu filho, é melhor você estudar. Isso é serviço bruto."

Ainda me emociono ao lembrar as vezes em que meu pai me levava ao Cine Glória. Ele era primo do Professor Franklin de Carvalho, o dono, e o ajudava a passar filmes de vez em quando. Foi na infância que vi "Marcelino Pão e Vinho", o menino que conversava com um enorme crucifixo — eu, meu pai, e o nosso "Cinema Paradiso".

Sempre admirei muito meu velho, um homem simples, metódico no seu ofício e na suficiência de seus prazeres. Ao lado da cômoda das ferramentas, mantinha um fogão branco para a produção de seus tira-gostos. Todos os dias chegava do trabalho, a seção de pintura de uma oficina de máquinas pesadas no centro de Formiga, tomava um banho frio com uma ducha gigantesca que ele mesmo fizera e abria uma cerveja geladaça. Do fogão saíam mandioca frita, linguiça, costelinha de porco, mandi frito. Dois dedos de uma boa pinguinha eram sorvidos no ritual de suas mãos, feitas a martelo e tinta.

Aos domingos, assava carne em uma churrasqueira de roda de caminhão, ao som da radiola que nunca saía de seus domínios. Os discos eram guardados em uma parte especialmente forrada da cômoda de ferramentas. Jogava o som nas alturas e toda a rua escutava Dalva de Oliveira, Vicente Celestino, Moreira da Silva, Ângela Maria, o disco da final da Copa de 1958 e seu grande ídolo, o malucaço Nelson Gonçalves. Em meados da década de 1980, eu e minha turma das antigas às vezes saboreávamos com ele uma boa cachaça e os miúdos de frango que eu roubava da panela, enquanto minha mãe atendia os tradicionais telefonemas dominicais da Tia Nininha.

Meu pai trabalhou muito. Nunca sacaneou minha mãe, ia à missa todos os dias, mas era um tremendo curtidor.

Minha mãe também teve pouca educação formal, mas é a pessoa mais inteligente que conheci em toda a minha vida. Sempre que podia estava lendo alguma coisa. De pele índia, dizia que sua avó tinha sido pega no laço perto da nascente do Rio São Francisco. Não foi à toa que meu amigo Neil Armstrong Sallum, neto de sírios — que chorou pela primeira vez durante os pulinhos do astronauta —, me disse uma vez que eu seria uma mistura um tanto quanto explosiva: italiano com índia.

Nunca fui lá muito explosivo. Mas comi muito nhoque de mandioca.

Minha mãe era costureira de mão cheia e fazia altas roupas para as madames de Formiga, se é que aquelas mulheres chegavam a possuir algum refinamento que justificasse o galicismo. Trabalhando em sua Vigorelli Robot, se emocionava quando me via cantar "Ben", do Jackson Five, em meu inglês de seis anos de idade. Era muito espirituosa, tinha um humor inteligente, corrosivo, e abria um sorriso que iluminava qualquer ambiente.

Sua luz ficou trêmula durante muito tempo depois que meu irmão morreu aos dezessete anos. Como admitir o fim de um filho em sua primeira plenitude? A falta dele vinha para minha cabeça de criança em estalos fortíssimos: havia sumido o amigão que era sempre o monstro para eu poder ser o Ultraman, e que me ensinou a gostar de rock'n'roll e black music.

Apesar de sua morte esquisita, mamãe nunca quis saber exatamente que pane o teria levado. Estaria com colegas de serviço numa casa à beira da represa de Furnas; testemunhas disseram que teria se sentado numa cadeira na varanda e caído para trás desacordado. Parentes insistiram que minha mãe permitisse a autópsia, mas ela não vislumbrou a beleza da carne de sua carne ultrajada por uma faca. Falou-se em aneurisma nos cochichos do velório. O fato é que nossa família ficou sem uma razão que justificasse aquela perda escrota.

Mamãe ficou perdida, debulhando rosários e lendo livros espíritas. Lembro-me de dois: *Redenção* e *Motoqueiros do Além*. Era um pingue-pongue espiritual admissível: meu irmão era nadador, exímio jogador de basquete, funcionário exemplar de um escritório de contabilidade, fazia o maior sucesso com a mulherada, lutava judô, tirava ótimas notas e salvaguardava a beleza de nossa irmã das mãos dos riquinhos vagabundos. Numa tarde de dezembro, chegou morto em casa trazido pelos gritos da Tia Lurdinha: o mundo não seria lugar para anjos.

Apesar das extremas dificuldades, eu e minha irmã fomos criados com um amor grande demais, muito além de minha pobre percepção. Minha irmã tornou-se brilhante professora universitária e uma mãe forte. Não a vejo há muitos anos. Sinto falta dela gritando em cima do sofá por causa do medo de barata, de sua vassoura dançante ao som do Abba, dos seus olhos de sonhos verdes.

Minha mãe não pôde estudar porque teve que ficar cozinhando e lavando a roupa de seus irmãos... para que eles pudessem estudar. Para sublimar a agonia de suas capacidades ceifadas, ouvia rádio AM desde a época de solteira, e cantava e cantava. Afinadíssima, mandava sambas antigos, sucessos de Noel Rosa, Ataulfo Alves e Cartola. Era fã de Elis Regina e Chico Buarque. Admirava a ousadia dos Secos e Molhados, mas seu grande ídolo mesmo era Roberto Carlos. Quando a radiola tocava "Rotina", mamãe inventava uma segunda voz para o Rei.

Hoje em dia sou um velhote, mas minha cabeça branca ainda escuta sua voz aguda e sente o gosto de seus bolinhos de arroz, da costelinha de porco frita na banha, do bolo de chuchu, do doce de ovo e das bananas-marmelo fritas que pareciam enormes taturanas-bezerras. Eu as chamava de "bicho"; mamãe ria, eu transbordava.

Não me esqueço de meus aniversários com o suco de groselha e pão de queijo que ela oferecia toda sorridente para a meninada da rua, filhos de advogados e de antigos marajás do Banco do Brasil. Naquela época eu achava esses aniversários a coisa mais triste do mundo, sempre chorava escondido depois das festinhas. As lágrimas, quentes, me iniciaram num tipo diferente de dor: a que nasce do dó de quem se ama sem se saber o quanto. Hoje entendo que aquela tristeza vinha da compaixão ao ver minha mãe tentando agradar aqueles garotos — penteados em seus banheiros bonitos, depois de brincarem com seus autoramas. "Essas recordações me matam", cantava Roberto, no meio daquele arranjo dramático.

O poder da simplicidade e o conceito de altivez me foram passados com muita competência pelos meus pais. E aí é que estava a monstruosidade de minha paranoia ao ter que voltar para casa, irremediavelmente. Perto de pessoas tão incrivelmente fortes e boas, me sentia um mandruvá.

Ainda tenho a foto que meus pais tiraram em 1956 no quintal da casa da vó Marieta, um ano antes de se casarem: meu pai, com aquele terno, parecia o Chet Baker, dá para espiar a sua satisfação em se casar com aquele morenaço do Piumhi. Meus pais nunca vão morrer.

4.

Depois de passar todo o acerto do banco para minha mãe, que também ficaria com quase todo o seguro-desemprego, acabei voltando para meu antigo emprego na gráfica do tio Otávio no início de 1992. Não era uma gráfica grande, mas rodava impressos para as maiores empresas da cidade. Eu ajudava meu tio nas revisões, intercalava vias de talões de notas fiscais, trabalhava em máquinas que descendiam diretamente da prensa de Gutemberg.

O ofício de tipógrafo estava para desaparecer com o desenvolvimento da computação gráfica, mas tive que produzir impressos como se ainda estivéssemos no final do Renascimento: as palavras eram montadas letra por letra, e cada letra era a cabeça de um dente de chumbo — o tipo. De diversos modelos e dimensões, ficavam acondicionados em grandes gavetas de madeira cheias de divisórias, correspondentes a cada letra do alfabeto e demais sinais gráficos. As frases e outras estruturas tipográficas eram enfileiradas em estojos de aço, os chamados componedores.

Assim que eram preenchidos, o tipógrafo tinha que transferir os conteúdos para um grande receptáculo, uma chapa retangular, também de aço, cujas extremidades elevadas eram as paredes que mantinham a coesão dos tipos. Para garantir a participação de todas as letras no impresso, um barbante era amarrado fortemente em torno da cabeça dos tipos que emolduravam a chapa. Encaixada na impressora, sua face era percorrida por rolos de tinta para que o papel pudesse receber a impressão.

Outros fatores complicavam mais ainda o trabalho nessas gráficas-museu: o pó de chumbo lançado pelos tipos, o cheiro forte das tintas usadas na impressão e o barulho altíssimo das impressoras antigas. Meu corpo sentiu.

O primeiro infortúnio foi nasal. Passei a usar constantemente remédios para desentupir o nariz, que ficou bem fodido por rinite alérgica. Sofrer de rinite era sentir as fossas nasais lacradas por um concreto poroso, que permitia o escorrimento contínuo de líquidos preguentos, mas barrava qualquer passagem de ar. Sair sem o remedinho para algum encontro significaria transformar um beijo sem maiores evoluções num mergulho sem equipamento. Isso, sem contar a fungação.

Servicinho de asno era levar os facões da guilhotina de cortar papéis para serem amolados em Belo Horizonte. As lâminas eram encaixadas num estojo de madeira, o que resultava numa peça retangular de um metro de comprimento com uns dez quilos de peso. Juranda, o responsável pela encadernação dos impressos, enrolava aquela joça num papel ultrarresistente e fazia um pacotão, firmado por voltas e voltas de adesivos. Eu era obrigado a pegar o ônibus das cinco e meia da manhã para, antes das dez, deixar os facões numa oficina de manutenção de máquinas gráficas na Rua Itapecerica, no bairro Lagoinha. Meu tio me enchia de dinheiro para que eu tomasse um táxi para a oficina, mas era possível percorrer o trajeto a pé através de uma passarela suspensa, que cobria várias ruas daquela região.

Valia a pena bufar como uma carroça, esfolar os ombros e suar feito um boia-fria para embolsar o dinheiro do táxi. Enquanto as lâminas eram amoladas, eu ficava perambulando pela Avenida Afonso Pena até a Praça 7 de Setembro, onde entrava nas lojas para não comprar os discos embolachados, com suas capas de brilho liso. Meu salário era tão ordinário que eu preferia guardar o dinheiro — para fazer uma gracinha qualquer em Formiga — a torrá-lo na beleza daqueles discos.

Os parentes me incentivavam a ficar na tipografia, já que teria grandes chances de assumir parte do negócio, fundado por meu avô. Grandessíssima balela! Sempre fui tratado como um funcionário comum, e às vezes era obrigado a fazer algo a que ninguém se sujeitava: transformar minhas costas em carroça para carregar imensas resmas de papel por uma escadaria estreita e torta, que dava no depósito. Estava condenado a permanecer marginalizado na empresa e a contrair dores nas costas, que se transformaram na hérnia que me agonia até hoje.

Quando percebi que minha carteira de trabalho nunca seria assinada e senti no lombo o que era ser explorado, passei a batalhar para sair daquela caverna ruidosa e sombria. Poderes estranhos de parentes próximos jogavam pesado contra mim, mas o bom coração do meu velho tio Otávio nunca os percebeu. "Trabalhar com parente é casca", meu pai alertava.

Cantar era um bom negócio para afastar as inhacas do trabalho. Enquanto os outros empregados faziam altos coros com músicas de

Milionário e José Rico, Gino e Geno e outras choradeiras, eu entrava na guerra para passar o tempo municiado com a memória de clipes que passavam todo sábado à tarde no TV Sucesso, exibido pela TV Alterosa, afiliada do SBT.

O programa, apresentado pelo loirinho cabelo de casinha Amir Francisco, mobilizava Minas Gerais no início da década de 1980. Foram muitos sábados assistindo, o que me levou naqueles tempos a produzir dezenas de fitas cassete. Dez anos depois, cantava quase tudo que um dia vira no programa: as principais do álbum "Thriller", de Michael Jackson, e daquele disco do Genesis que tinha uns quadrados amarelos na capa. "Kayleigh", do Marillion, eu cantava imitando o timbre do Fish; várias dos filmes "Flashdance" e "Footloose" e até a baladaça "Where Are You Now?", do Nazareth. Rod Stewart, Tears for Fears e Simple Minds eu deixava para as sextas. Do U2 eu podia mandar qualquer coisa, desde o "Boy", primeiro disco, até o álbum "The Unforgettable Fire". Fazia os textos dos convites de enterro, que eram pregados nos postes da cidade, embalado por meus falsetes em "Borderline", da Madonna. Em dias chuvosos ou frios, atacava de "My Oh My", do Slade, com direito a improvisações em tons agudos no solo de guitarra do final.

Às vezes eu produzia o momento *cult* e cantava obscuridades que o TV Sucesso teimava em apresentar, como uma música do Big Country da qual não me lembro o nome. Os funcionários da gráfica se divertiam com meus espetáculos, me chamavam de "o boy".

Outro consolo para o trabalho pesado eram os serviços de rua, grande oportunidade para ver mulheres bonitas. Era cada cabelo, cada pele, cada bunda! Eu não era um cara bonito, mas mesmo assim havia a possibilidade de azarar as menininhas que trabalhavam nas butiques perto da gráfica. Me dei bem nesse negócio. Meu "músculo que sente" bem que se divertiu nessa época perigosa, pois o uso de preservativos ainda não era difundido o suficiente.

Acho que as meninas me recebiam por causa da minha lábia. Sempre gostei de ler, e isso arranjava um converseiro bonito, proporcionava uns galanteios diferentes. Enfim, eu era um cara articulado. Uma coisa não falhava nunca para garantir uma saborosa sexta à noite: mandar flores. Eu simplesmente seguia a pista elementar — em frente à gráfica ficava a floricultura da Suzamar. Era só ajeitar um buquê com meia dúzia de botões vermelhos, um cartãozinho com uma mensagem original, sem essas frases de agenda, e "aos vencedores, as batatas"!

Naquela época, só me restava isso: para reviver em Formiga, seria necessário contrabalancear a absoluta falta de perspectiva com esses pequenos recursos anestésicos.

5.

Os clubes da Lagoa do Fundão e a Represa de Furnas até poderiam contribuir para que os finais de semana fossem um pouco mais interessantes. O problema é que eu sempre andava com pouco dinheiro, tinha que me contentar com as opções que tivessem esse preço. Acostumado a ver peças, filmes e shows em BH, foi difícil tolerar a pasmaceira cultural na Formiga do começo dos 1990.

Não dava para aguentar a modinha da cidade: ir com a família ou com uma menina se empanturrar naqueles trailers de sanduíche e ficar em mesas de latão, olhando para a televisão sem falar nada um com o outro. Não havia nada mais deprimente. Jurava para mim mesmo que se um dia fizesse aquilo, iria dar uma de Nicholas Cage em "Despedida em Las Vegas".

O que me restava era encontrar a rapaziada das antigas no Porão, um boteco que tinha esse nome porque sobrevivia na parte de baixo de um sobrado. Ficava bem no centro, no mesmo passeio da agência dos Correios cujo projeto de construção era atribuído numa placa a Oscar Niemeyer. Naquela área ficavam o prédio do Clube Centenário, onde os jovens das tolamente chamadas "famílias tradicionais" curtiam a boate, e a Praça Ferreira Pires e seus bares, onde o eternamente segregado "povão" se divertia.

Os malucos só iam pro Porão por causa daquilo que chamávamos de "rock de qualidade": espalhados dentro e fora do bar, mesinhas e banquinhos de madeira faziam com que todos conversassem bem de perto. Sem essa de decoração: tosqueira total, só som moendo alto. Em algumas noites de sábado, o lugar ficava tão empapuçado que os carros nem se atreviam a passar pela Rua Floriano Peixoto. Ficar em pé no balcão também era uma boa pedida para tomar uma cerveja, conseguir as portas da percepção e filmar o mulherio, ou seja, o Porão oferecia o pacote completo sem que você precisasse ir a outro lugar.

Só não era bom para a fome. Quando batia o apetite sem fundo da madrugada, a confraria dos loucos se reunia no Bar do Preto para tomar conhaque e comer uma rabada ou um pé de porco. Também fazia parte de nosso estatuto jogar sinuca com os bebuns, putas, veados e outros mutantes como a gente, enquanto víamos da janela do bar o sol nascer na Praça Getúlio Vargas, palco de atuação de catireiros que sustentavam famílias inteiras com seu compra-vende-troca qualquer coisa.

Tempos depois, o Bar do Preto passou a funcionar no bairro onde reinava o condomínio mais luxuoso da cidade. Ficava numa esquina, e de tão claro, parecia uma farmácia. Tornou-se excessivamente familiar, com crianças esganiçando em volta das mesas enquanto seus pais se embebedavam — colunáveis dos tabloides locais, afogados de sexta-feira. O que me apertava o coração é que aquela marginália simpática ficou desamparada, sem um submundo para frequentar.

Lembro-me bem do Osmar Brito, um dos donos mais bacanas do Porão. Uma vez ele cismou de promover um show de blues no estacionamento atrás do bar. Tocou uma banda boa, com um guitarrista careca e um vocalista brancão que cantava e tocava gaita como um cachorro doido. Eu não poderia imaginar que aquele guitarrista ainda faria parte de minha vida.

O show não acabou bem: a polícia mandou parar tudo por causa da chiadeira da vizinhança, fechou todo mundo dentro do bar e deu a maior geral. Osmar não gostou do que chamou de "truculência de homem de colete", xingou um inspetor de "tira com complexo de Robocop" e acabou indo tomar uns catiripapos na delegacia. Dezenas dos frequentadores assíduos do Porão, os chamados acionistas, passaram boa parte da madrugada na porta da cadeia em solidariedade ao Britão.

Tinha gente vendendo latas de cerveja para a turba. Os manifestantes — as meninas eram as mais exaltadas — gritavam frases do tipo "Abaixo a repressão! Solta o dono do Porão!" Depois que a rua da cadeia ficou mais animada que a Praça Ferreira Pires, saiu um policial e anunciou que o senhor Osmar dos Santos Brito iria ficar até o meio-dia para aprender a respeitar a "otoridade". Foi uma vaia retumbante, e todo mundo foi procurar seu destino.

Em noites de paz no reino do Porão, era possível botar o assunto em dia com o Paturi, o Murilo Clemenza e o Fabrício Mauro, amigos da época do colégio de freiras. Nos tempos de trabalho pesado na gráfica, eram reconfortantes para mim os encontros com pessoas confiáveis, subempregadas, desimportantes e sem contador, assim como eu. Essas noites mais calmas eram também ideais para se tentar mulheres diferentes.

O problema da Fernanda Pedrosa era esse: ser diferente demais. Tocava bateria numa superbanda imaginária, andava de coturno e cultivava um cabelo enorme, bem preto e cacheado. Tinha os olhos mais para verdes e andava toda séria, com suas camisetas de bandas com nomes ilegíveis. Desacostumadas a esse tipo de criatura, as pessoas diziam que ela era *nerd*, depressiva, difícil e cheia de complexos. Uma vez me sentei na mesa dela. Fernanda estava completamente sozinha, cabisbaixa, e pensei: *Não custa nada trocar uma ideia, quem sabe até dar uns pegas.*

O caso não era o do receituário — "compaixão pelo monstrinho". Ela tinha seus encantos e mistérios. Mocó, ex-dançarino de lambada e então *skatista*, tinha me falado que havia pegado ela de jeito e que Fernanda tinha lá suas boas temperaturas. Conversamos sobre música, o assunto preferido dela. Vi que tinha se soltado um pouco e até dado alguns sorrisos, surpreendentemente bonitos. Resolvi dar um novo rumo para a conversa e melei o troço todo. A pergunta que mandei não poderia ter paladar pior: "Fernanda, você se acha uma mulher bonita?"

Ela me olhou por alguns segundos e começou a chorar, ou melhor, a derreter: parece que eu tinha acertado na central de complexos da moça. Todos no bar me olharam como se eu fosse um implacável agressor de coitadinhas. Ofereci um guardanapo, um copo de cerveja, pedi desculpas e tal, mas ela saiu do Porão em franco desembestamento. Claro que fiquei com uma justa e passageira fama de escroto, mas o povo esqueceu logo, porque estava acostumado a cenas muito mais espetaculosas.

Uma figura que eu gostava de encontrar no Porão era a Sara do Tô Resende, dono de um forno de cal. Só andava estribada. Dirigia o Maverick vermelho da frota de carros antigos do pai e era maravilhosa naquele volante, impensável para mulheres. Tinha os cabelos longos, uma cachoeira de fios pretos muito lisos, a pele clara, os olhinhos pu-xadinhos, uma boca com dentes quadradinhos e um corpo que crescia com aqueles cintos grossos de couro. Era a única mulher da cidade que usava anel no polegar. Gostava de conversar comigo e se desmanchava em poses e sorrisos: era André pra lá, André pra cá — ela falava boniti-nho meu nome. De vez em quando, na melhor ou pior hora do pileque, eu vinha com aquela conversinha terrível:

— Não dá pra ficar só conversando com uma mulher incrível como você. Você é uma tremenda duma potranca!

— Nossa, Andrééé! O que é isso?

— Uma mulher que merece ser bem tratada e precisa de uns bons tratos de um homem de verdade, assim, completo, não como os adolescentes com quem você anda.

— Ah, não, André! A gente é amiiiiiigo.

Comer eu nunca comi, mas demos uns pegas e tanto depois de alguns minutos de resistência. Um dia, Sara do Tô entrou no Porão mui-to louca, acompanhada de uma loira espetacular. Apresentou-a como se fosse sua amiga e ficamos conversando. No meio do papo, do nada, Sara tascou um beijaço de língua na boca da loira. Os que viram, ficaram sem queixo. O som ambiente ajudou a vida a prosseguir e as duas ficaram de mãos dadas, conversando comigo e com o Paturi.

Sara era da pá virada, rompia com qualquer mesmice. Anos de-pois, a encontrei numa papelaria.

— Pois é, André, agora tô estudando, virei evangélica...

Saí da loja com peso nos passos, de tão estupefato. Confesso que piscou na minha cabeça o relâmpago de virar evangélico e tomar jei-to. Jeito... só se fosse num copo grande com gelo. O problema de ser evangélico é que eu detestava ternos, ia baixar uma suadeira danada se eu frequentasse cultos com a Sara do Tô na minha frente, aquela saia comprida delineando os quadris de uma pureza provocante, os braços em louvor para cima a erguê-la, sinalizando as delícias sustentadas pelas batatas das pernas.

Esse negócio de profanar o sagrado é pra sujeitos como o Gre-gório de Matos.

6.

Minha volta para Formiga acabou não se transformando numa completa desgraça, como pensei no dia em que cruzei a praça da rodoviária de Belo Horizonte a passos de múmia. Só que a coisa não estava nada em movimento para um sujeito que ia completar 24 anos.

Uma aflição espetava meu peito, quase constantemente. Parei de achar as manhãs bonitas. Parei de admirar o Morro do Cristo, que faz um paredão verde imponente no chapadão que eu via da cozinha. Tudo estava medíocre, se arrastava numa suficiência pegajosa. Eu me sentia um carro usado, encalhado no canto da garagem da revendedora. Ouvia o ronco de muitos motores passando por mim, mas não conseguia dar partida em nenhum.

Pior: nem estrada eu via, quanto mais a benção de fazer escolhas. Já me via careca e enrugado, ganhando um salário mínimo da previdência, tomando pinga com manga verde todos os dias para abrir o apetite e assistindo "A Lagoa Azul" na Sessão da Tarde. Achava perigoso pensar nisso, pois até que não seria tão mal assim.

Mesmo trabalhando na gráfica, a vagabundagem "me miava" e lambia as patinhas, mais ainda quando a mãe do Fabrício Mauro foi passar uns tempos em Portugal, terra dela. O pai dele já havia morrido, os irmãos eram casados e não moravam nas imediações; a casa ficava no melhor ponto da cidade, o complexo arquitetônico em torno da Igreja Matriz. Resultado: tudo quanto é tipo de porralouquice.

Meninas da boate Captain Night Club dançando em cima do sofá era o de menos. Paturi, Murilo Clemenza, Fabrício e eu curtíamos aquelas moças sapecas, e a sacanagem ficava da melhor qualidade porque não cobravam da gente, era tudo por curtição. Faziam aquilo tudo como se fosse para celebrar a folga das insalubridades do labor, afinal, não trabalhavam nas melhores casas do ramo, tinham que segurar velhotes rabugentos e bêbados em camas fedendo a queijo.

Nas noites mais tranquilas nos reuníamos no quarto do Fabrício para ouvir, até de madrugada, o programa do Gil Gomes num rádio AM preto, enorme, com um arame fazendo as vezes de antena. Com sua voz arranhada e afunilada pelo nariz, Gil narrava os crimes mais escabrosos, alternando tons graves e arrastados com explosões do mais lancinante pânico, cada nuance ajustada à situação da vítima. Além de nossos olhos e pescoços vidrados, as transmissões eram prestigiadas pela mais profunda escuridão e pelo mais espesso silêncio que um fiel pode guardar em seu templo. Gil Gomes transformava boletins de ocorrência policial em cinema de três dimensões.

A pitada que tornou o programa um clássico eram as intervenções comerciais. Quando a velhinha, aposentada e encurvadinha, estava para encontrar o psicopata que a esperava depois da esquina com uma faca de açougueiro, ao som daquelas orquestrações dignas dos filmes de Vincent Price, Gil Gomes cortava tudo ao meio com dizeres do tipo: "Desodorante Fantástico: perca o medo de abraçar o mundo!"; ou "Profissionais competentes? Preços populares? Clínica Patriarca, ali, na Praça da Sé!". Todo o suspense se desenlaçava em gargalhadas de rachar os bicos.

Para emprestar à casa do Fabrício uma máscara de austeridade, gostávamos de chamar amigas bem comportadas, que faziam pizza enquanto jogávamos War e tomávamos vinho Sinuelo. Isso ajudava a limpar as coisas, mas as noites de movimentos da pesada logo recolocavam a casa como sede da Confraria Formiguense para a Devassidão.

Quando eu me enfarava dos excessos no Porão e na casa do Fabrício, lia uns livros do guruzão Rajneesh e pegava uns discos emprestados para gravar fitas cassete, já que era raro ter dinheiro para comprar vinis. Em 1992, em Formiga, ninguém falava em CD. Depois de juntar o que para um tipógrafo representava um investimento de vulto, me comprei de presente um disco, sonho antigo, o "Sticky Fingers" dos Rolling Stones.

Meu som era um três em um da CCE, ruim e horroroso. Para que minhas fitas tivessem qualidade decente, tinha que ir até a casa da minha irmã, onde havia um Sharp, ou da minha tia, que tinha um Gradiente bonito e dourado. Eu me esforçava para não incomodar ninguém, gravando com fone de ouvido e tudo, mas nem sempre dava certo. Às vezes chegavam visitas, minha irmã tinha lá os sistemas dela, minha tia solteirona brigava muito com minha outra tia solteirona. Não dava clima.

Lembro-me de quando recorri às minhas tias para gravar o mastodôntico "Physical Graffiti" do Led Zeppelin, só o que faltava para completar minha série "Tudo do Led em Fita". Era uma noite de Semana Santa, e um bando de beatas entrou na sala de som para rezar uma novena. Desabituados de jejuns ou qualquer outra forma de abstinência, eu, minha bermuda e meus chinelos fomos flagrados na companhia barata de duas latinhas de cerveja, com as quais me espalhei numa grande almofada de crochê, uma das legítimas de minha avó Augusta. Levei um susto de pinote, e rapidinho pluguei o fone para abolir John Bonham das caixas de som e desinfetar o ambiente sacro. Minhas tias, que eram muito pias, disseram que eu poderia ficar, pois o evento não demoraria. Gravei os slides matadores de "In My Time Of Dying" com ladainhas contritas ao fundo, sob o olhar angustiado da imagem de Nossa Senhora das Dores.

Apesar dos percalços, minhas maratonas de gravação me permitiram acumular fitas de rock e blues dos anos 1960, 70 e 80. Segui com as gravações pelos 1990 afora e cheguei a acumular mais de duzentos cassetes. Apenas duas fitas não foram produzidas por mim, uma delas a Scotch 90 minutos, presente ganhado pelo Paturi — a fita tinha sido enviada pelo correio dentro daquelas caixinhas de plástico próprias para a postagem de cassetes, tinha até dentinhos para encaixar as roldanas. Paturi tinha um namorico com uma garota estrangeirada de Brasília, Alessandra Pasternach, de acordo com ele uma bonequinha búlgara. Nos anos 1980, vivera a cena das bandas do Distrito Federal e tinha gravado uma coletânea com Casa de Horrores, Scola de Scândalo, Detrito Federal e umas músicas do Capital Inicial que não tiveram seus arranjos originais gravados na discografia oficial do grupo — "Leve desespero" e "Descendo o Rio Nilo", por exemplo, tinham mais suingue e andamentos mais rápidos. Para completar a fita, a menina gravou RPM, mas essa parte a gente nunca ouvia: tinha teclados demais, o vocalista era galã demais pro nosso gosto, mas o que mais nos incomodava era ver as fotos dele nos cadernos de nossas meninas. Paturi tinha esquecido a raridade comigo e fiz questão de esquecer de devolver; está aqui se fossilizando no meu apartamento.

A outra fita que não assina meu nome é uma Basf Bulk de capinha preta e amarela, gravada pelo meu primo Raul quando ele morava no Rio de Janeiro. Seu aparelho de som ficava de plantão no programa Chá das 5, da Transamérica FM, especializado em apresentações ao vivo. Nessa fita, Raul pescou uma versão meio punk de "Flores em você", do Ira!, uma colagem que a Plebe Rude fez em "Proteção", que ganhou trechos de Tim Maia e Titãs, e uma versão paulada de "Segurança", dos Engenheiros do Havaí, ainda quando Humberto Gessinger era guitarrista e capaz de solos estraçalhantes. Raul me deu de presente essa fita que, anos depois, seria roubada por um fã preguento dos Engenheiros — pelo menos é o que eu acho até hoje.

Ainda tenho essa coleção. Muitas das fitas têm ainda um som razoável, e fazem parte do sítio arqueológico da região de Mim Mesmo. Quando moravam comigo, meus filhos olhavam para elas como se fossem objetos limpos por aquelas escovinhas delicadas, nas mãos de um antropólogo especialista em civilização etrusca.

No início dos 1990, eu achava que era a enciclopédia da cultura pop em Formiga. Pensava que meu arquivo cerebral de textos da *Revista Bizz*, que li com devoção beneditina graças aos empréstimos de minha prima Heloísa, tinham me transformado no oráculo de todas as informações possíveis e relevantes sobre as melhores bandas do mundo. Achava que tinha noções substanciais sobre todos os álbuns ditos clássicos, que conhecia as bandas que ninguém mais conhecia. 1992 estava esperando para arrebentar minhas convicções pretensiosas, e dar um coice geral na minha vida.

7.

Quando em certa tarde Formiga acordou de sonhos intranquilos, encontrou-se em um sábado, metamorfoseada numa revolução maravilhosa.

Na cozinha da casa de meus pais, minha mãe e minha irmã conversavam animadas, enquanto o cheiro do pão de queijo assava a rua toda. Estava muito quente na sala de TV, pois o sol batia a tarde inteira naquele lado da casa. Fritando no sofá, eu deixava qualquer canal ligado, só pra ter um barulho de pano de fundo onde minha apatia pudesse ronronar e babar. Gostava de curtir esse agradável desânimo morgando em frente ao ventilador, construído por meu pai a partir de um motor de congelador. Ele tinha arredondado a gradinha delicada, feita de arame, com pingos de solda. As pás das hélices projetavam o vento para trás, ou seja, a pessoa era ventilada via a nuca do ventilador. A cabeça do aparelho ficava sobre um cano comprido acoplado a um tambor de freio, peça redonda e pesada que servia de suporte, tudo harmonizado pela discrição da pintura cinza. Meu pai não tinha a quarta série, mas sua criação não perdia nada para os *ready-mades*, aquelas quinquilharias alçadas à categoria de arte pelos vanguardistas do dadaísmo.

Eu ficava nesse tédio-sofá com o controle remoto na ponta dos dedos, e batia saudade dos tempos em que minhas preocupações urgiam em torno da possibilidade de beijar ou não a Marina Frazão, ganhar ou não do time de futebol de salão do 2º B; saudade de outros sábados, época do Cassino do Chacrinha e dos closes da câmera nas bundas onomatopaicas das chacretes, de onde saíam "Tóins" piscantes e outros barulhos visuais dignos do antigo Batman gordo. Ainda vibra na minha cabeça a voz de Chacrinha engolindo o "a" de "atenção": "Alô, alô, tenção! Com vocês, uma banda novaaaa! Legião Urbanaaaaaa!", gritou o apresentador. E apareceram Bonfá tocando caixa e prato em pé, Negrete e Dado Villa - o Negrete e o Dado Vila-Lobos o Bonf possibilidade da Marina Frazha.scriç-Lobos dublando baixo e guitarra sem amplificadores e Renato Russo recauchutando o Ian Curtis com aquela saraivada de braços e pernas pra todos os lados, e ainda por cima os vocais de tenor deprê: "Será"?

Naqueles sábados de limbo, sentia saudades até do Leospa, baterista do Ultraje a Rigor, trajando snorkel, sunguinha e pés de pato enquanto dublava caixa e prato no Cassino do Chacrinha. O saudosismo sempre invade a minha praia.

Largadões, meus dedos iam furando aquele sábado de pão de queijo, com os canais de TV de sempre, até que uma imagem intrigante arrepiou minha madorna: um sujeito cabeludo, todo suado e com cara de psicopata se jogou de uma espécie de camarote desses teatros antigos em cima de uma multidão. Com o corpo estirado nos braços do público, e cara de quem está gozando durante o martírio, o sacerdote pagão foi deslizado de volta ao palco, onde subiu de um jeito consagrado e torto. Terminou de mandar os vocais de uma música com distorções confortáveis, de batida bem pra cima.

Eu não sabia que existia esse negócio de alguém debater seu corpo e sua nuca com tanta violência, de tantos cabelos. Para mim, cabelos demais sempre foram sinônimo de uma paz improdutiva, e as nucas suportes de penduricalhos vindos de feirinhas — não era o caso daquele insano de camisa xadrez e bermuda na altura das canelas, parecendo um homem de Neanderthal emergido de uma festa junina, com sua calça pega-frango de roceiro caricatural. O restante da banda também era pura fervura, mas a criatura dos vocais crepitava uma fornalha.

No final da música, inscrições meio miúdas apareceram a sudoeste da tela. Levantei-me do sofá para chegar mais perto: que troço seria aquele, transmitido por qual canal? No trajeto, meus suaves tropicões nos tacos desnivelados e encerados por meu pai forneceram o tempo necessário para que eu reconhecesse aquele padrão de letrinhas, que me jogou na mente um relâmpago de "Money For Nothing", do Dire Straits, vídeo que eu via no TV Sucesso e no Super Special, programa do Serginho Caffé na Bandeirantes dos 1980. Foi quando me apareceu uma mulher de boca grande e palavras cacarejantes, na frente de um fundo em movimento. Anunciava que aquele vídeo era o vencedor da semana ou algo assim.

Não é que eu tenha ficado perplexo; tinha tomado um susto diferente. Franzi minha testa com força e esperei no que iria dar. A mulher se despediu, os caracteres começaram a correr. Fui conferir o pão de queijo.

Voltei para a sala e aquela estranha programação, toda calcada em música, ainda estava na minha televisão. Já batiam as cinco da tarde e lá estava, com bandas e artistas que eu não reconhecia. Uma loirinha límpido-cristalina estava na maior falação, por volta das sete. Marotamente, me recusava a traduzir um símbolo insistente no canto nordeste da TV.

Parecia uma marca d'água. *Não, não pode ser*, eu ecoava sem parar a cada coçada no queixo que acompanhava os apresentadores de meticulosa desenvoltura. Era uma linguagem diferente demais para olhos e ouvidos até então não catequizados por aquele tipo de sermão, enquadrado com pirotecnia. Meus pais queriam ver o jornal. Algo tentava me provar que aquele defeito na programação seria interrompido a qualquer momento.

Resolvi tocar o restante do sábado para cair na noite. Vencidos os prazos para se chegar ao centro de Formiga com o povo já no lugar, fui. Bati cartão num Porão sem grandes eventos. Comentei com algumas pessoas sobre a tal programação, mas ninguém com quem conversei sabia de nada; de madrugada, um mexidão montanha no Bar do Preto, para assentar o sono. No dia seguinte, almoço-café da manhã. Deitei no sofá da torturante TV Domingo, aquela que jogava vozes, caras, jogos e sorteios numa amarga profecia para a segunda-feira. O microfoninho no pescoço de Sílvio Santos e a incompreensível barriga do Faustão me deixavam com aquela vontade de chorar que os olhos barram, ainda na altura do abdômen.

Naquele domingo, pude me desviar da tortura da ditadura da programação tradicional. Mesmo depois das quatro da tarde, quando até o sol já tem o amarelo-segunda que pesa na testa, aquele canal continuava, sua invasão firme no mesmo lugar.

Depois do domingo à noite no Vandelo, boteco de bairro onde os homens de balcão já tomavam pinga com os nossos antepassados, acordei para passar a manhã de segunda na gráfica, calado e cismado. Na hora do almoço, soca do domingo pra que minha mãe tivesse tempo de lavar a roupa: frango, arroz, feijão batido e macarrão, com suco de laranjinha-capeta. Arrotos de ressaca.

Não é que o canal invasor era insistente? Um aperto no peito puxou um sorriso dos lábios preguiçosos, o risinho sem dentes que a suspeita dá quando se converte em descoberta. Por Deus, incrustado numa segunda-feira, senti que aquele troço seria incendiário: era a MTV pegando em Formiga.

8.

"*I want my MTV*", cantava Sting na música do Dire Straits; a frase se somou às referências ao canal americano, que chegavam a mim desde os anos 1980. A ideia de um canal de televisão com música vinte e quatro horas por dia me dava uma fissura danada, e o fato de ter chegado ao Brasil pegando somente em São Paulo e no Rio fez com que eu me sentisse periférico o bastante para quase esquecer a existência da emissora.

Em minha periferia, a propósito, só moravam eu, minha rodinha de amigos e meu lugar nenhum. Todos os redemoinhos em que me meti na transição dos 1980 para os 90 fizeram com que eu não estivesse muito aí para a perestroica, para a queda do muro de Berlim, para as fiscais do Sarney, para o Caçador de Marajás. E havia nos jornais da TV os estudantes caras-pintadas, com sua ingenuidade chata em passeatas. Sentia que minhas tragédias discretas credenciavam camadas e mais camadas de alheamento. Quem nasceu em Formiga não poderia pertencer a nenhuma geração; nunca seríamos estudados pelos míopes estrambóticos da Sorbonne.

O fato é que a MTV, ali, no meu sofá, ao alcance dos dedos, mostrou um tipo turbinado de felicidade. Por onde eu andava, via tinturas novas pela cidade: sentia o que os programas matutinos para donas de casa chamavam de "qualidade de vida".

9.

À medida que 1992 ia brotando, fui medindo o tamanho do estrago formidável que a MTV Brasil fazia em Formiga. Em tudo quanto é boteco de tudo quanto é bairro, nos trailers de sanduíche, nos restaurantes e pizzarias, nas festas do padroeiro São Vicente Férrer ou em suas casas, os formiguenses assistiam e comentavam a chegada da novidade. É claro que os canais tradicionais permaneceram com seus *status* de imbatíveis para a maioria da população, mas nos bares e outros estabelecimentos da região central, onde predominavam os jovens, os aparelhos de TV só sintonizavam o canal musical. Neilton, dono do maior trailer de sanduíches do centro, investiu em potentes sistemas de sonorização para garantir a assiduidade dos fregueses.

O Brasil vencia a ressaca da lambada e mergulhava no carnaval constante da axé music. Também defendia seu império a choradeira das duplas sertanejas. Poderia a coisa no centro-oeste de Minas ter sido diferente? Sim, e foi. Pelo menos em Formiga, houve a fermentação de um milagre, proporcional às outras sensações que a rapaziada começava a experimentar. A varredura foi tão forte, que trouxe a poeira da alienação: se o show em formato acústico do Pearl Jam seria lançado em disco era para muitos de nós uma tremenda preocupação, mas estávamos nos lixando se o Fernando Collor faria uma farra no Planalto com o dinheiro da nossa caderneta de poupança.

Além da mudança da trilha sonora de vários ambientes, as pessoas ganharam confiança para admitir que havia algo além do Guns N'Roses; que o Faith no More, banda que tinha feito o melhor show do segundo Rock in Rio, ainda produzia muita coisa boa; que o Red Hot fazia funk; que existia uma impensável e gostosíssima brasileira que cantava em inglês chamada Deborah Blando; que havia o peso arrastado do Alice in Chains e veludo na voz de Mark "Screaming Trees" Lanegan; que o The Cure sobrevivia; e que as meninas podiam ir além de requebrar com Daniela Mercury em "O canto da cidade".

Sair em Formiga ficou realmente divertido. Sentíamos uma eletricidade diferente, as conversas e as roupas estavam mudando... e o verbo se fez Nirvana, em tudo quanto era canto. Como os paulistanos urbanoides e os cariocas *ishpertos*, também tínhamos nossa cultura pop atualizada constantemente.

Claro que nada disso foi sinônimo de excelência cultural ou de elevação espiritual, claro que a MTV jogava no time dos McDonald's da vida, não estava muito ligada nos dramas dos aposentados pela previdência social, mas como era bom fazer a feira da informação musical fresca, sem um puto no bolso, numa época em que a internet era inimaginável! O filho da dondoca dos Jardins, o surfista com cara de iogurte da Barra da Tijuca e o neto da lavadeira da Lajinha, bairro operário de Formiga, gozavam a mesma solidão de seus devaneios sobre a VJ Cuca.

10.

Quando eu contava essas histórias para os meus filhos, eles faziam cara de bosta. O deserto que nos separava se espalhava em cada canto do apartamento, botava todo mundo sem graça, até Mônica, a incrível mulher com quem por um tempo permaneci casado e que praticava a arte de me suportar.

Ninguém estava muito aí sobre quem ou o quê teria feito a MTV pegar na cidade. Alguns falavam que o prefeito da época, Arturo Sandoval, tinha autorizado a criação de um discreto gato nas antenas receptoras dos sinais de TV para que o formiguense tivesse uma nova opção de lazer, comentavam que ele tinha um carinho especial pela juventude da cidade; a juventude da cidade brincava que o prefeito era fã das garotas pintadas do L7. Seus correligionários apregoavam que não havia gato nenhum, tudo tinha a transparência canina da legalidade. O que posso afirmar é que outro fenômeno ainda estava por explodir.

Eu não gostava muito de sair domingo à noite. Era perigoso, pois poderia me entusiasmar por qualquer motivo que me levasse a encher a cara, transformando minha segunda-feira num cataclismo mais poderoso do que já costumava ser para um trabalhador da indústria gráfica. Meus pais estavam vendo o Fantástico no único aparelho da casa e eu não me atreveria a desmanchar aquela cena de dois velhos amores em paz. Resolvi escapar para o centro da cidade, imaginando o sinal da MTV preso sob intensa pressão dentro dos fios da televisão: ficariam me esperando para deixá-los jorrar como mangueiras de bombeiro, quando eu recuperasse a exclusividade do sofá.

Com a cabeça desarmada, passei pela Rua Bernardes de Faria notando uma fermentação nervosa. Quando ganhei a Praça Ferreira Pires, divisei uma multidão que se derramava por toda a área e ruas adjacentes, todos os botecos empapuçados. Aos domingos o movimento era maior, por causa do fluxo das pessoas que saíam das missas nas Igrejas Matriz de São Vicente Férrer e Sagrado Coração de Jesus, nomes tão piedosos para a fabricação de tantos pecadores.

Aquele domingo reservava algo a mais do que uma multidão previsível. Havia um imã centralizando a noite: em frente ao prédio do Clube Centenário jazia um caminhão Mercedes Benz 1113, com grandes caixas de som na carroceria. Penetrando lentamente aquela massa, vi dois rapazes em cima do caminhão. Cheguei mais perto e um deles falava, num tonzinho um tanto moleque, sobre a necessidade de se repetir aquilo mais vezes. Uma faixa armada entre dois postes informava que se tratava de um projeto da prefeitura chamado "Jovens talentos na praça". Inscrições recomendavam cadastramento para a apresentação de números musicais; o som e a iluminação ficariam por conta do município.

Os jovens até poderiam aparecer. Mas duvidei se o talento viria junto.

Consegui chegar bem perto do caminhão passando ao lado do Boteco do Tio Luiz, onde às vezes nos encharcávamos de pinga coquinho. Perto do microfone não havia uma pessoa pronta, mas um garoto de no máximo dezesseis anos que empunhava uma guitarra preta de braço amarelado enquanto gritava algo para outro rapaz, este bem mais pronto, que foi se acomodar numa bateria preta, surradaça, com pratos rachados e cheios de rebites.

Logo percebi que o da bateria me era familiar. Estava com o cabelo raspado, como se tivesse colocado uma cuia na cabeça antes de mandar o barbeiro deslizar em volta dela a máquina zero. Por mais incômodo que pudesse soar, constatei que o baterista era o Márcio Cu, também conhecido por outra alcunha igualmente perfumada: Fedorex. Também tinha estudado no colégio de freiras, mas não chegara a ser admitido no meu bando porque, além de ser considerado muito novo, era educadíssimo. O mais provável é que Fedorex não tivesse futum nenhum, já que namorava uma das meninas mais bonitas da escola e se enquadrava em todas as rabugices do pai da moça, convenções como namorar na sala de TV com todo mundo perto, sair só se fosse para passear em volta da pracinha e voltar ao adormecer das galinhas.

Márcio Cu tinha tocado na primeira banda de *heavy metal* de Formiga, na segunda metade da década de 1980, e merecia o meu respeito. O menino da guitarra ergueu o polegar com o poder vagaroso de um César e gritou uma contagem que tinha um primeiro número estranho: "ão, dois, três, quatro". Entrei em estado de choque. Batalhão de choque.

O som que saiu da dupla ardia em velocidade; tinha um volume que chegava a dar coceira nos tímpanos. Fedorex tocava como uma britadeira alucinada fazendo careta, eu nunca tinha visto tambores receberem tamanha surra. Ao mesmo tempo em que berrava palavras ininteligíveis, o outro tirava da guitarra uma distorção ranheta, que urrava em bases e esganiçava em solos de notas catadas com má vontade, no meio da mais despudorada molecagem. Sem um contrabaixo, aí é que o som arranhava mesmo. De vez em quando eles se olhavam e caíam na gargalhada, sob a mira de centenas de olhares com pontos de interrogação.

Percebi que próximos ao palco estavam alguns conhecidos dos dois. Volta e meia, essa meia dúzia de admiradores gritava incentivos do tipo: "Enfia a mão!","Chega o chicrete!". A cada "ão, dois, três, quatro", sob a curiosidade congelada da multidão, esse grupículo de fedelhos, todos de camisetas pretas com estampas de bandas, caía numa espécie de carrossel de chutes e cotoveladas, ao som de músicas com um tipo de explosividade que eu nunca tinha ouvido. Na hora, achei que se instauraria uma pancadaria sangrenta, mas os tabefes eram distribuídos somente entre os membros dessa corporação absurda.

Os golpes tinham força calculada: potentes para atingir, insuficientes para machucar. Assim como eu, o restante do público não entendia bulhufas, porém conseguia tolerar aquela manifestação tribal. Em plena Praça Ferreira Pires, centenas de formiguenses eram turistas em sua própria cidade, testemunhas fascinadas de um fenômeno antropológico.

O guitarrista gritador mobilizou minha atenção. Como eu não estava colado no palco, não conseguia distinguir suas feições, mas novamente me certifiquei de que não passava muito de um menino, algo em seu jeitão denunciava que sua fase de crescimento ainda estava ativada. Tive a certeza de que nunca o tinha visto na vida.

Estava errado. Fui comprar uma cerveja e encontrei o Túlio Tranquilo, ex-presidente do Formiga Darkness, fã-clube do The Cure que chegou a ter uns vinte membros. Perguntei:

— Que troço é esse que esse povo tá tocando?

— *Thrash* metal.

— E quem é esse menino da guitarra?

— Você se lembra quando a antiga banda do Márcio Cu tocou antes do Hanoi-Hanoi no coreto da praça da rodoviária?

— Sei, mas já faz um bom tempo.

— Então! Lembra de um menininho baixinho, bem criança mesmo, tocando guitarra base atrás do vocalista, bem no fundo do coreto? É ele, o Pixote — entregou Túlio.

Lembrei do menininho tocando a guitarra. Poderia se disfarçar atrás dela no esconde-esconde. De repente, vi que alguma coisa tinha desviado daquele repertório bombardeiro: era o início de "Smoke On The Water", mas o tal Pixote não passava do riff e ficava punhetando a maior parte do tempo, sem cantar nada. Quando muito, dava umas palhetadas nuns solinhos. Interessante foi a maneira polida com que ele se dirigiu ao público durante a execução, aquela voz de taquara adolescente oscilando tons por toda a praça formiguense:

— Olha, pessoal, é o seguinte: tô vendo que vocês não tão entendendo nada. Podem ir embora! Isso aqui não é para vocês, não!

Fiquei esperando alguma lata de cerveja voar na direção da petulância do moleque, mas imperou o respeito ao exotismo do bichinho. Túlio Tranquilo continuou:

— O Pixote e o Fedorex fazem um som de vez em quando, mas tocam escondido. O pai do Pixote o proíbe de mexer com esse negócio de banda. Às vezes o pai descobre e o proíbe de sair de casa e ainda o obriga a ajudar na construção de uma casa nova que eles estão fazendo, um casão, lá no bairro Nossa Senhora de Lourdes.

Tranquilo acabou revelando que a família do guitarrista porco-espinho ainda morava de aluguel na Rua Floriano Peixoto, bem em frente à praça onde o Mercedes 1113 havia estacionado e o fim do mundo tinha começado, naquela noite de domingo.

11.

Vou tecendo esse passado e trincando de saudade. Aprendi a usá-lo para tolerar os meus dias. Até que convivo bem com a minha hérnia de disco e meus remedinhos contra os triglicerídeos. Difícil é admitir que esteja embalsamado na aposentadoria, e que meu coração insista em tamborilar uma percussão descompassada. Esses cardiopulos talvez não passem de mais uma possibilidade de lucro para o meu médico ou para a indústria farmacêutica, mas, para mim, são urubus. Passo o tempo todo me sentindo fraco, e tudo está sempre esquisito. Minha percepção mantém minhas sensações azedas. Dominam os tons pastéis.

Reconheço que não estou gostando de catar determinadas imagens pela única janela que dá para a rua: velhos com bonés de flanela jogando damas na praça, ou cambaleando com seus enfermeiros-babás. Ainda não estou velho na certidão de nascimento, mas sou idoso na minha identidade. Desde que fui considerado inválido para o trabalho, *a cada hora que passa envelheço dez semanas.* Fico na internet, leio, pinto, como, vejo filmes, escuto música. Mas do que eu gosto mesmo é beber e fumar de madrugada, afinal, é durante as transgressões que um homem se sente homem.

Pode parecer coisa de um rabugento, birrento, mas, sinceramente, estou gostando dessa coisa de não conviver com gente. Fechado aqui quase o tempo todo, aproveito para ser o sombrio anacoreta euclidiano e me torno sistematicamente não acessível. Ouço a campainha e consulto o visor. Se não conheço, não atendo. Se conheço, aí é que não atendo mesmo. Muitas pessoas ainda frequentam restaurantes e praças como antigamente, numa tentativa de manter viva a sina social do homem. Mas desde que as milícias de justiceiros passaram definitivamente por cima da lei com os chamados "tribunais do povo", e começaram as execuções públicas instantâneas, resolvi desistir do ser humano.

E agora vem essa infame "brigada de todos os comandos", com um anúncio que pisca em todos os lugares: "Nós somos a lei e a ordem. Nosso governo é o Estado". Para mim, milicianos e brigadeiros são todos a mesma merda. Vamos dar a cara pra bater: a verdade é que a humanidade é um fracasso retumbante. Vindo do macaco, do Barbudão das Nuvens ou do Guiodai, o homem não conseguiu se organizar no planetinha.

Há duas semanas, impensável leitor, descobri que a minha cama tinha um abismo. Minha solidão alinhavou meus sentimentos, sorrateiramente, para que eu ficasse atolado na tristeza, a ponto de meu corpo não conseguir erguer o lençol. Quando as lágrimas vieram em jatos, me dei conta de que não me importaria se me cagasse todo. Foi quando percebi o quanto é curta a pinguela para o suicídio. Aquela autocontemplação com choro de filhote abandonado fez com que eu me movesse.

Com muito custo, num sacrifício que rangia a cada passo, fui ao psiquiatra, que indicou uns remédios e um analista. Falei, falei, falei. Inclusive de como meu casamento com a Mônica havia alcançado o sistema do macarrão instantâneo: esquentamos, fervemos, comemos e ficamos com um gostinho enjoativo do tempero na garganta. Por mais que tentássemos uma receita surpreendente, o final era sempre macarrão, mesmo. É claro que não neguei que Mônica pelejou para que a coisa não coalhasse. Confessei que fui eu mesmo que joguei tudo no lixo.

Abandonei o analista depois de umas três semanas, mas resolvi seguir um conselho dele: escrever como forma de terapia. Foi um tremendo achado. Acho que ele quis dizer companhia. Como diria o Coronel Ponciano Azeredo Furtado, tomei tenência. Passei a escrever sobre o período mais luminoso da minha vida e o poder das palavras me fez viajar mais de trinta anos no passado. Se não lembro direito de alguma coisa, faço umas gambiarras. Tenho clara consciência do que deixei de ser, mas desde que comecei a escrever, parei de chorar.

Escrever é uma droga maravilhosa. Remoça as emoções quase assassinadas pelo mais bruto dos carrascos: o tempo. Na aguda solidão deste apartamento, vou seguindo a procissão das formigas em busca de sentido e tocando fogo nesse espírito que luta para sair de sua deformação. Por que meus filhos não me procuram mais? Por que meus amigos sumiram? Ora, porque eu quis. O tempo é uma fábrica de monstros, ou de saudosistas, loucos para não serem tão inofensivos.

12.

Mãe às vezes enche o saco, mas a minha me deu uma sugestão fabulosa durante toda aquela esbórnia no início de 1992. É claro que soou o alarme materno, como naqueles filmes de bombardeio nazista: um cara de 23 anos vivendo daquele jeito, como um sapo velho emplastado na relva esperando os mosquitinhos, precisava de um susto. Ela estava me tratando de maneira grave, me olhando meio de lado, até que um dia enfrentou minha acomodação.

Fui elogiar um doce de mamão e ela ignorou o comentário, como se fosse dar início a uma reunião.

— Você precisa dar um jeito nessa sua vida, André. Você não vai herdar nada, só essa casa velha, mesmo assim ela não é só sua, tem a sua irmã. Tudo bem que você paga o telefone e ajuda na conta da Cemig. Mas só vejo você na farra, chegando de madrugada, sua roupa com o maior cheiro de cigarro. E de manhã, então? Hálito fedendo bebida! E aquelas contas de boteco no seu bolso? Parece até que você é mensalista do Vandelo!

— Pô, mãe. Dou um duro danado naquela gráfica, me arrebento. Até serviço de carregador daquelas merdas de resmas de papel eu tô fazendo. Só ando com dor nas costas e com o nariz escorrendo por causa daquela bosta de poeira de chumbo!

— Tá. Calma. Mas tá faltando alguma coisa na sua vida. Você já tá quase com 24 anos e eu tô achando sua vida muito vazia! Por que você não faz faculdade?

Esse assunto era um espeto de churrasco cavoucando meu peito.

— A senhora sabe que eu tentei em Belo Horizonte. Não consegui, não foi porque não quis.

— E por que você não faz aqui mesmo?

— Não tenho coragem de estudar nessa faculdade daqui. Deve ser ruim demais.

— Conheço muita gente da sua idade que faz. A Marcela, filha da Eugênia do Sô Zorinho, está bem satisfeitinha.

— Não ia conseguir pagar, mãe, ganho pouco demais.

— Tenta uma bolsa, sua irmã te ajuda na mensalidade, sei lá. Não tem aquele negócio do governo? Crédito educativo, não é isso? O negócio é se movimentar. Não tô vendo você se desenvolver. Seu pai fala nisso comigo toda noite — disse mamãe, já naquele tom em que a voz dela ficava meio trêmula e estridente.

Naquela tarde voltei para a gráfica sem conseguir desligar aquela conversa enquanto trabalhava: o sapato apertado da verdade faz bolhas no calcanhar da consciência. Caras como eu precisam de mães, no mínimo, implacáveis. Apesar da energia rock'n'roll que mexia com a cidade, minha vida precisava de outro tipo de revolução.

13.

Atualmente, Formiga possui um campus universitário próspero, mas naquela época a disponibilidade de cursos era muito restrita: o freguês poderia se tornar professor, pedagogo ou bibliotecário, e eu não conseguia me ver como um desses nem num filme de Werner Herzog. Entre todas as opções oferecidas, só uma poderia me ajudar a suportar a coisa: Letras. Fiquei com medo do vestibular porque minha mente tinha ficado à deriva desde os dezoito anos, e já havia sepultado martírios como trigonometria, cinemática e república velha.

Minha sorte é que pude contar com a lógica cretina do ensino superior brasileiro: para centenas de faculdades, os vestibulares só serviam como draga de captação dos alunos que garantiram a sobrevivência das instituições, através das mensalidades. O tal "processo seletivo" era só enfeite para escrever na faixa que seria pendurada na maior pracinha da cidade; bastava responder qualquer coisa nas tais provinhas para garantir uma vaga num curso que, com muita benevolência, poderia ser chamado de superior.

Assim, me tornei um aluno semiaplicado do curso de Letras, o que foi essencial para que descobrisse direito a literatura brasileira, paixão que sobrevive até hoje nas minhas estantes. Entrar para o curso não significou a injeção de comprometimento que eu precisava para diminuir minha vadiagem. A faculdade de Formiga, naqueles tempos, era bem meia-boca: só tinha aulas na terça, na sexta e no sábado pela manhã; os cursos só duravam três anos. A instituição só não naufragou porque alguns professores eram brilhantes.

Um componente que ajudava a enfeitar as noites acadêmicas era o Bar Tijolinho, ao lado do prédio da faculdade. O lugar ficava sempre abarrotado de alunas, não precisamente belas, mas peculiarmente carentes. Algumas tinham aquele jeitinho típico de professorinha, com as sandalinhas de couro e pastinhas escoradas no rim; essas vinham com muita disposição para estudar e iam ao bar só para tomar suquinho. Outras, com trejeitos e modelitos nada cândidos, até que estudavam, mas assassinavam muitas aulas para morder bocas de cerveja.

Algumas não se contentavam com os beijos e amassos em bancos de boteco. Sorrateiras, até poderiam estampar o padrão professorinha, mas o olhar de vampiras, discreto e inesperado, revelava que queriam dar para seus eleitos. E eram muitas vampiras para nós, eleitos rarefeitos, já que poucos estudantes eram considerados homens. Graças à grande profusão de homossexuais, éramos formigas nadando no mel. A fartura era tanta, que sobrava sobremesa para os gaviões sem qualquer ligação com a faculdade que iam caçar por lá.

Uma grandona de Betim gostava de aprontar na quadra em construção atrás do setor administrativo da faculdade. Não podia me ver. Uma noite, o isqueiro me mostrou que a barriga dela tinha uma cicatriz em forma de bife. Bem que eu tentei continuar com o negócio, porque ela era muito boa, mas me lembrava do troço e ficava complicado. Tive que cair fora, disse que tinha que pegar o único exemplar da *Ilíada* na biblioteca. Tempos depois, fiquei sabendo que ela era garota de programa.

As faculdades que formavam professores atraíam mulheres aos borbotões! Senti-me contente e, digamos, útil: minha turma tinha trinta e três alunos, trinta mulheres, um gay, um padre... e o André. Nessa época, eu gostava de ouvir o "Harvest", de Neil Young.

14.

Não consegui crédito educativo e decidi não mendigar ajuda. Tive que parar de ajudar em casa, pois meu dinheiro ia todinho para a faculdade.

Apesar do novo aperto orçamentário, minha mãe não se importava: estava feliz com o filho tomando jeito, mesmo que permanecesse com pouco juízo. Nos finais de semana, ia me divertir com moedas no bolso. Tinha que procurar os mais chegados para dividir a cerveja, fora as apelações para conhaques ordinários e para a pinga de Córrego Fundo. Uma noite, resolvi sair da via sacra da confraria dos malucos. Meu pai era sócio-fundador do Clube Centenário e podia pagar meia mensalidade, o que me dava o direito de frequentar o lugar graças aos malabarismos que minha mãe fazia para pagar a mensalidade inteira.

Olhei para a fachada do clube e notei as luzes da boate piscando. Não tive dúvidas de que valeria a pena dar uma passada lá, nem que fosse para admirar a vitrine de mulheres bonitas. Desde aquela época, tenho a convicção de que as mulheres de 1990 pra cá são menos bonitas do que as das décadas anteriores. Até os anos 1980, a beleza tinha uma intensidade maior porque seu prazo de validade era menor. Hoje a ciência e as academias a prolongam demais, transformando-a num lugar comum universal. Fica tudo muito enjoativo. Se Drummond estivesse entre nós, questionaria: "Pra que tanta bunda, meu Deus?"

Tenho saudades das estrelas de brilho breve.

Na entrada do clube, percebi que o som estava estranho. Não eram as músicas costumeiras do DJ Caneca, que tocava de Roxette a Midnight Oil para agradar a geraldinos e arquibaldos. Fui subindo a rampa de acesso à boate cruzando com meninas que a desciam com seus saltinhos afoitos, enquanto o som continuava me jogando questões cada vez mais barulhentas.

Quando entrei na boate, fiquei abestalhado. As pessoas estavam amontoadas no fundo, junto das mesas e cadeiras que ficavam perto do balcão do bar, todas elas — e era muita gente — sintonizadas no mesmo escândalo que provocara meu transe: em frente ao ponto mais iluminado da pista de dança, uma banda vociferava o som estupidamente agressivo que tinha sido capaz de transformar os filhos da gratinada elite formiguense em *hamsters* acuados, com medo de cachorro. Perguntei ao cara do bar o que estava acontecendo.

— Eles vão ficar fazendo esse barulho aí um tempo, depois a boate volta. O pessoal tá aqui esperando.

Peguei uma cerveja e me esgueirei até uma mesa que ficava um pouco mais próxima da banda. Um de cada vez, encarei aqueles sujeitos mal encarados. Reconheci um dos vocalistas e acabei dando uma gargalhada pra dentro quando vi o guitarrista: era o Pixote, aquele que tinha demolido a praça fazia algumas semanas. Concluí que aquela invasão era a cara do que tinha acontecido no Mercedes 1113: em toda a história do Clube Centenário, nunca tinha se apresentado ali qualquer coisa que tivesse um naco de semelhança com aquela banda farpada.

Percebia-se um clima hostil: os sócios demonstravam repugnância ao soltar risinhos e frases irônicas levando a mão à boca, como naqueles filmes em que aristocratas de peruca branca desdenham dos toscos plebeus. Tudo não passava da velha reação ao desconhecido, medo e ignorância disfarçados de superioridade. Já os caras da banda contra-atacavam com galhardia provocativa. Com suas bermudas pega-frango, nada tinham de otários. Sabiam que eram como um gambá num salão de beleza, não teriam muito tempo para tocar; então, trataram de enfiar a mão a cada música.

Dois garotos se alternavam nos vocais principais. Simplesmente não sabiam cantar, e estavam pouco se lixando. Eu havia reconhecido o Rafael, que, bem mais novo do que o pessoal da nossa turma no colégio de freiras, vivia levando coques do Paturi nos corredores. Rafael havia se transformado num marmanjo alto, com uma cabelada loira até a cintura. Durante o show ficava andando de um lado para outro, jogando o cabelo e o pescoço em todas as direções, e de vez em quando falava coisas do tipo "Se num tiver gostando, pode ir embora, playboyzada!".

O outro vocalista era um menino negro, baixinho e muito forte. Tinha *dreadlocks*, aquele cabelo em tubos do pessoal do *reggae*, só que curtos, e uma atitude menos beligerante que a do Rafael.

O baixista era uma peça: prendia os poucos cabelos com uma chuquinha bem no meio da cabeça, criando um efeito peteca de pena. Tocava com a ginga de um poste; a maioria deles tocava de um jeito bem largadão, com a exceção de um: o baterista. Apesar de xingar o mundo a toda hora, tocava direitinho e com estilo. Quando ouviu alguém gritando "Vocês não tocam nada!", respondeu estendendo as baquetas: "Então vem cá e toca!" Era ele quem catalisava os elementos daquela música esporrenta e dava ao show um mínimo de direção. Não identifiquei nada do repertório.

Ao fim do espetáculo, o som da boate voltou às caixas, mas o clube ainda não voltara ao normal: enquanto as meninas já sacolejavam suas roupinhas de marca para os rapazes nas mesas do fundo, os caras da banda, gosmentos, suadaços, desmontavam suas tralhas e guardavam os cabos em mochilas encardidas — numa única tela de Andy Warhol: Penélope Charmosa e o Diabo da Tasmânia.

Eu realmente tinha gostado da intransigência daqueles moleques. Resolvi puxar papo. Dirigi-me ao baterista, magricela e cabeludo. Reparei que o nariz dele era um extenso cartão de visita; o quadro todo fazia lembrar o Geddy Lee, do Rush.

— Cara, gostei pra caralho do show de vocês — falei. — Nunca vi nada parecido aqui no clube, e achei que vocês foram muito corajosos.

— Valeu — resmungou o baterista.

— Não saco o tipo de som que vocês fazem, mas gostei. Como é que é o lance?

— A gente toca um monte de coisas. Hoje rolou Pistols, Black Flag, Ramones.

— Ah, tá. Ramones eu vi esses dias na MTV e achei bem legal. Mas, olha só: quando você fala Pistols, tem a ver com aquela banda mais antiga que tem um disco chamado Nevermind qualquer coisa?

— Tem. O "Nervermind The Bollocks" é dos Sex Pistols.

— Já li algo sobre isso, mas nunca ouvi.

— Se você quiser, posso te emprestar.

Fiquei surpreso. Achei que o moleque ia me cortar no ato, por causa da minha ignorância e da minha aparência de tio. O vocalista dos *dreadlocks* se aproximou e entrou na conversa, ambos muito educados e muito bem informados. Percebi que conheciam várias bandas, exibidas pela MTV, muito antes da chegada da emissora em Formiga. O Nirvana — com seu primeiro disco "Bleach" — e várias outras bandas totalmente obscuras por aqui, como Mudhoney, já faziam parte do cardápio dos fedelhos desde 1990. O baterista me contou que tinha um primo que morava nos Estados Unidos e enviava fitas cassete para Formiga através de parentes que iam visitá-lo.

Os moleques suados sacaram meu extremo interesse por música, mas fizeram cara meio azeda quando falei que estava ouvindo muito Yes e Genesis, com Peter Gabriel. Só algum tempo depois fui entender que estava falando com os arqui-inimigos do pomposo rock progressivo, também chamado de rock sinfônico — o rótulo "progressivo" vinha da progressão da música por alternância de ritmos e solos intermináveis de guitarra, teclado ou flauta, algo maçante para meninos que gostavam de estilos mais despojados.

Acabamos descobrindo que morávamos perto. O vocalista morava num bairro vizinho ao meu, e o baterista num condomínio bem próximo à minha rua. Os dois não arredaram pé de me emprestar o tal disco dos Pistols, e prometeram que o levariam à minha casa. Não botei fé na promessa. Depois de cumprimentar a banda toda, me despedi.

Passados uns meses, quando estudei a origem daquelas músicas, pude dimensionar o poder e a sacralidade do repertório empurrado goela abaixo na massa do clube, cheia de frescura. Algumas das canções: "Blitzkrieg Bop" e "I Believe In Miracles", dos Ramones; "No Feelings" e "I Wanna Be Me", dos Sex Pistols; "No Fun", dos Stooges; "Orgasmatron", Motorhead; "Territorial Pissings" e "Lounge Act", Nirvana; "Crise Geral", dos Ratos de Porão.

A banda dos fedelhos se chamava No Control. Eu seria informado de que se tratava de uma referência à Bad Religion, banda californiana de *hardcore* que tinha um álbum com aquele nome. Os garotos tinham tocado também músicas próprias: "Formiga Shit", "Injustice", "Porcaria" e "Odeio". Eram todos skatistas, os primeiros a praticar a religião em Formiga. Tinham conseguido o show graças ao pai do baixista, presidente do Clube Centenário, que queria dar uma força aos meninos. Ele bem que poderia ter oferecido outro produto, porque de força, não estavam precisando. Nem de um grãozinho.

Muito prazer — em 1º de agosto de 1992, eu tinha sido muito bem apresentado à dimensão mais flamejante da vida. Tinha conhecido o punk.

15.

A faculdade estava exigindo um pouco por causa de uns trabalhos meio cabeludos e umas leituras extensas e complexas. Era bom me preocupar com isso, para desafogar minha mente dos excessos na casa do Fabrício Mauro. Num despretensioso sábado, depois do pôr do sol, eu estava escolhendo a trilha sonora do ritualzinho que sempre fazia no meu quarto, antes de ganhar a noite: cerveja, cachacinha e carne moída com pimenta cumari.

Meu pai bateu na porta:

— Tem dois rapazes te chamando aí, um cabeludo e um pretinho que parece filho do Jão Marruco.

Não é que os moleques tinham cumprido a palavra? Me entregaram o "Nervermind The Bollocks" e uma coletânea dos Ramones. O baterista, dono dos discos, me pediu cuidado extremo, disse que eu poderia ficar com eles por uma semana. Se o narigudo conhecesse meu aparelho de som CCE, preferiria gravar tudo em fitas a me emprestar os vinis.

Saíram, e eu fiquei impressionado com a confiança depositada num cara que não conheciam. Admito. Jamais emprestaria uma de minhas fitas para qualquer um, quanto mais meus vinis. O gesto deles parecia me dizer: "Somos os sacerdotes que irão iniciá-lo naquilo que realmente interessa. Regozija!"

Eu realmente estava muito curioso para conhecer melhor o som dos Sex Pistols. Foi bom tirar o disco da capa colorida e ver o brilho negro do capricho. Aí, foi aquele som de gente marchando, as guitarras urrando, uma faixa atrás da outra. Nunca pensei que um disco de rock pudesse me convencer pela objetividade: uma pegada de acordes ranhetas e pesados conseguiu incutir prazer nos meus ouvidos sem a necessidade daqueles solos compridos e esmerilhantes; baixo e guitarra corriam sempre juntos, na busca da consistência que o soco precisa ter para agradar o estômago. E aquele vocal psicótico? Como se encaixava bem! Não senti falta de vozes poderosas, embaladas por corais de conservatório. A sonoridade foi me eletrocutando, fez com que eu ouvisse o disco todo em pé. Depois da última música, percebi que estava rangendo os dentes. Considerei que se me atirasse contra a parede seria a coisa mais plausível do mundo.

Foi uma trepada e tanto. Até hoje "Holidays In The Sun" me faz ranger os dentes.

O som dos Ramones me pareceu mais familiar; era como se a surf music e os temas adolescentes tivessem sido acoplados a motores: simples, direto, pra cima e com jaquetas de couro e cabelos horrorosos.

Não esqueço o prazer incrível que tive naquela noite. Senti-me infectado de possibilidades. Não consegui parar de falar daquela experiência com a rapaziada do Porão durante toda a noitada.

Findo o prazo do empréstimo, levei os discos para o baterista do No Control, que não conseguiu esconder sua satisfação com a minha satisfação. Foi uma boa conversa. Ninguém queria fazer média com elogios baratos; ele tinha gostado do fato de eu ter gostado e pronto. Filho do dono da Grão Sabor, uma padaria ajeitada que ficava no centro, o baterista se chamava Atílio de Souza Castro Filho, mas baterista não podia se chamar "Atílio". Não havia uma alma em Formiga que não o chamasse de Tulipa.

Uma coisa que ele disse me fez pensar que teria que ser amigo daquele fedelho de qualquer jeito:

— Cara, reconheci seu pai no dia em que fui levar os discos. Ele é o senhor que anda na bicicleta com rádio! Quando estou de walkman e encontro com ele, eu viajo. Cada um fissurado por música a seu modo.

Uma das minhas maiores amizades, um de meus grandes parceiros de música surgia daquela conversa na entrada do condomínio Turmalina, quando fui convidado para assistir a um ensaio do No Control.

16.

A banda ensaiava todo sábado à tarde em uma casinha colonial, praticamente em ruínas, na Barão de Piumhi, principal rua do centro de Formiga. O pai de Tulipa presidia a associação beneficente proprietária do imenso lote onde a casa sobrevivia, com suas duas janelas e porta, todas azuis, emolduradas por uma parede branca caindo aos pedaços. As telhas, ripas e caibros eram sustentados mediante reza braba. Com chão de tábua corrida, o interior só tinha um cômodo.

No fundo, ficava a bateria de Tulipa, uma Pinguim preta com caixa, surdo, bumbo e um tom apenas. Os pratos eram bem decentes, da marca nacional Ziltannan. Era engraçada a fileirinha de rotontons, que lembravam tamborins. Lembrou-me o Stewart Copeland, do Police. Baixo, guitarra e seus respectivos amplificadores, se é que poderíamos chamar assim aquelas caixas de marimbondo, deixavam no meio um espaço para o pedestal do microfone, que seria revezado pelos vocalistas. Ao lado do amplificador do baixo, um suporte com uma pasta de letras de música. Nos cantos do cômodo sempre algum pedaço de alguma coisa de skate: rodas, eixos, *shapes*, fitas adesivas, solas, cadarços e outros resíduos de tênis.

Uma incrível coincidência: reconheci aquele baixo meio quadrado, de braço curto e sem trastes; parecia um instrumento do Bo Didley. Tinha pertencido ao Jaime Basílio, que tocou no Face Nova, um grupo especializado em rock brasileiro a que eu tinha assistido diversas vezes no Carlito's Bar, nos anos 1980. No chão, em meio aos cabos que serpenteavam, havia um objeto meio deslocado: um interruptor de energia ligado a dois deles e plantado num pedaço de madeira. Fiquei encafifado com a utilidade daquilo, já que as luzes e amplificadores haviam sido ligados sem que ninguém chegasse perto daquele troço.

Outros visitantes começaram a chegar, e dois membros da banda foram se armando com seus apetrechos: Fábio, o baixista do cabelo de peteca, e Jambo, o vocal *dreadlock*. Alguém chegou com um recado do Rafael, o vocalista grandão, dizendo que ele não viria. Tulipa já tinha aprumado seus pratos, mas sem a presença de Pixote o ensaio não poderia começar. O tempo foi passando, o calor dentro da casinha foi castigando, mais skatistas foram chegando... e nada do Pixote.

Um cara bem estranho estava encostado na parede do fundo da sala, metade da cabeça raspada, a outra com uma cabeleira lisa e loira. Interessante que todo esse pessoal fazia algum tipo de cara quando me via: meu jeito, minhas roupas, meu modo de falar e alguns cabelos já brancos não pareciam pertencer àquele ecossistema (minha única herança da família de minha mãe são os cabelos brancos precoces; ainda bem que não herdei nada da família do meu pai: meus primos por parte dele ficaram carecas aos dezoito).

Nada do Pixote e a turma foi ficando meio frapê. O povo já estava levantando a velha hipótese de que o pai do guitarrista o tinha posto pra carregar areia, lavar o carro ou qualquer outra tarefa cretina. Tulipa já tinha começado a tirar os pratos da bateria quando aquele ser se lançou cômodo adentro — sem camisa, com uma bermuda imunda, chinelas havaianas azuis, os dedos do pé babando aquele petroleozinho, sobrancelhas mais grossas do que taturanas: Marcelo Henrique da Silveira, o Pixote.

— Eis que surge sua majestade! — mandou Tulipa.

— Só se for a majestade o sabiá! — cutucou Jambo.

— Pôôô, geeente! É que tive que passar na casa da Naaaanda! — alegou Pixote com sua fala arrastada, característica que mais tarde eu constataria ser legítima. Teria coragem de passar na casa de uma moça naquele estado desolador? Depois eu constataria que sim.

As caixas emitindo aquele som de areia fritando, Pixote finalmente revelou para que servia aquele interruptor perdido no meio da sala. Quando o acionou, com aquele dedão muito mais comprido que o pé, sua guitarra preta de braço amarelo, a mesma Giannini Sonic do Mercedes 1113, começou a rugir um som alto e pesado, incentivado por palhetadas nas cordas graves, kam, kam, kam: aquela munha de interruptor era o único pedal de distorção da banda.

Passaram quase todo o repertório do show do Clube Centenário e tentaram emendar trechos de algumas músicas do "Blood Sugar Sex Magik", o disco megaestourado dos Red Hot Chili Peppers. Todos tocavam de um jeito sério; Pixote, nem tanto. Naquele ensaio ele me mostrou a conduta musical que sempre adotaria: era capaz de solos muito bem elaborados, melódica e harmonicamente, mas cometia solinhos de notas catadas que ele mesmo chamava de "briga de rato". Numa mesma música, num mesmo solo, era capaz de juntar os dois inimigos, às vezes de propósito.

Quando meus ouvidos já estavam latejando, identifiquei os primeiros acordes de "Smells Like Teen Spirit", do Nirvana. Fui possuído por uma espécie de mola, que me colocou de pé e me fez alcançar um dos microfones. Perguntei ao pessoal se poderia tentar levar o vocal da música, ao que responderam com a cabeça, positivamente, Tulipa com aquela cara de "se você acha que dá conta, cai matando".

Não cantei maravilhosamente, mas levei com bastante decência. Só não consegui reproduzir os urros de jaguatirica acuada de Kurt Cobain. O instrumental estava praticamente perfeito, e isso me fez transbordar numa voz que causava tremores em cada músculo do meu corpo. Ao final da música, o motor da distorção ainda rugia enquanto eu ouvia um tratado pormenorizado sobre a minha performance, vindo de Tulipa e Pixote: "Yeaaah!"

A profundidade da aprovação me deu coragem para perguntar se eles tocariam outras duas do Nirvana: "Come As You Are" e "Lithium". Considerei que minhas cantorias na gráfica e as horas entregues à MTV teriam me preparado para ser um intérprete convincente. A superexecução de várias músicas do "Nevermind", álbum do Nirvana que enfiou gritos e pancadaria no conceito pop, fez com que eu enrolasse perfeitamente o meu idioma musical: o *embromation*. Sonho até hoje com a possibilidade de encontrar Kurt Cobain no céu das almas perdidas; apertaria sua mão e diria: "Muito obrigado. Por causa de sua música senti o que é estar numa banda de rock."

Entramos numa atmosfera que fez com que eu me perdesse do meu corpo. Durante aquelas duas músicas vivi um transe, um êxtase, não, isso leva a uma imagem de perda de consciência, e era rigidamente o oposto: eu estava plantado, minhas veias eram raízes. Nunca tinha imaginado que seria possível existir à décima quinta potência sem tomar nenhum entorpecente. Era incrível poder conjugar os verbos "estar" e "agir" numa única explosão: um vírus acabava de romper sua incubadora para instalar em mim uma doença doce. Me agarrei na certeza de que iria precisar de mais. Ouvi mais um "Yeaaah!" e me senti um gigante.

Eu tinha protagonizado uma estreia que me apresentou para

mim. Debutantes não sentem isso em seus vestidinhos esvoaçantes.

17.

Preciso registrar: enquanto escrevia esse capítulo, tive que me levantar várias vezes. A adrenalina disparou meu coração, que ficou aos tropeços. Notei minhas mãos suadas e meu sovaco encharcado — as melhores condições para se agradecer a Deus. Agora estou ouvindo "Love Buzz". Os meninos do prédio me chamam de velho, mas sou alucinado pelo tal de Nirvana.

18.

Passei o fim de semana pensando no ensaio. Na segunda, fui para a gráfica forte demais. Terça à noite os corredores da faculdade ficaram mais claros.

Ninguém conseguiu me aguentar na gráfica durante aquela semana. Cantei. Cantei alto. Em "I Should Have Known Better", do grande Jim Diamond, caprichei no refrão final "Ai ai ai ai, ai ai ai ai ai ai, lô ô viyu". Cantei o clássico mais uma vez, tudo de novo. A música ganhou uma versão de meia hora. Consegui empertigar até o sô Geraldo da impressora Nebiolo, um velhote de unhas grandes e frequentador de puteiros.

Pelos basculantes do fundo da gráfica, notei que o tempo estava muito escuro e chovia. Minutos depois, Milton, o responsável pelo corte dos papéis, gritou lá do andar de cima: "Olha a chuva de pedra!".

Eu chamava o Milton de "Milton, o monstro", mas ele não ligava. Era uma referência ao desenho animado cuja musiquinha de abertura terminava com um dos ecos da minha infância: "Sou Milton, seu querido filhinho!" O personagem em questão tinha uma aparência fofamente repulsiva, e só aprontava para o bem. Também tenho saudade do Mister Magoo e do Gerald McBoing-Boing. Traz conforto saber que um dia fomos inocentes, de uma inocência que não pode ser recuperada quando vemos os desenhos de nossa infância na internet.

Meu pai me ensinou a admirar a natureza e seus fenômenos desde muito cedo. Fui até a recepção da gráfica para observar a queda de granizo. A rua recepcionava os gelinhos saltitantes quando algo começou a dar defeito: os gelinhos foram aumentando de tamanho, até que pareceram tonificados por uma mutação. Pedras de granizo do tamanho de laranjas com arestas pontiagudas açoitavam carros, vitrines, epidermes. Divisei o Vicentinho Cambista, um anão vendedor de bilhetes de loteria, buscando abrigo no carro da Abigail Pereira, mulher de médico metida a decoradora. Imaginei os quatro Cavaleiros do Apocalipse, com capas enormes, a sobrevoar o pirulito da Praça Getúlio Vargas atirando granadas de gelo pra tudo quanto é canto.

Contra o medo, Woody Allen.

Dias depois, o Zé Carlos, funcionário da gráfica da prefeitura, me relatou seu drama: sua filha de nove anos precisou ficar sozinha naquela tarde. Apavorado, ele solicitou um carro da prefeitura para voar até sua casa, mas demoraram uns eternos vinte minutos para fornecer o veículo — a dificuldade do procedimento estaria na distância enorme entre o pátio das viaturas e a agonia daquele pai, continentais cinco metros. A tentativa de tirar o atraso foi em vão. O carro não conseguia subir a rua do colégio de freiras, transformada num tapete de gelo. Zé Carlos fez o resto do percurso a pé e, com o coração na garganta, viu sua filha tremendo de medo e frio debaixo de uma pequena cobertura de amianto, onde ficava o tanque de lavar roupas: não tinha tido tempo tempo de entrar em casa quando sentiu o céu socando o amianto. Zé Carlos disse que sua filha tivera muito sorte em sair ilesa e contou mais tarde que pesadelos a acordaram durante meses.

A tempestade tinha durado o suficiente para cobrir de gelo os telhados das casas e as coberturas dos prédios no centro de Formiga. As pessoas nas ruas procuravam ilhotas sem granizo para despistar o frio, que gelava as palmilhas dos sapatos. Balconistas, guardas de bancos, estudantes, catireiros, madames, donas de casa, todos de enxada na mão, desobstruíam passeios e bocas de lobo repletos de montes de gelo.

Resolvi dar uma espiada no campo do Formiga Esporte Clube. Com um leve esforço, permiti que a vista do gramado me transportasse para a pista de patinação do Central Park. Como nada de grave acontecera com ninguém da cidade, e o sol já tinha dado as caras, tudo ficou chique: Formiga ficou parecendo algum lugar cintilante da Islândia e as vacas que pastavam no lote vago, ao lado do estacionamento e lava-jato do Tonho Morcego embalagem de chocolate suíço.

Resolvi ir embora pela Praça da Matriz e me deparei com uma cena que me lembrou os desenhos do Snoopy: alunos da escola Rodolfo Almeida tinham esculpido um boneco de gelo de uns dois metros de altura ao lado do casarão do Dr. Mário de Castro, aquele que jogara no Galo. Os olhos, ouvidos e boca eram feitos de papelão colorido, e o pessoal do mercado da Dona Malvina dera um leve toque no acabamento: um cenoura comprida e grossa como nariz.

Ao leitor ansioso por duvidar do dia em que a Mãe Natureza passou por Formiga e errou a mão na pipoca de gelo, recomendo uma consulta aos arquivos da empresa jornalística que editava o jornal impresso *O Pergaminho*. Será possível observar uma foto que flagrou o boneco antes que ele escorresse calçada afora. Em 1992, Formiga estava na rota do absurdo.

19.

O fim de semana que sobreviveu à chuva de pedras foi chocho. Tulipa tinha me convidado para voltar ao ensaio do No Control, mas uma viagem do Pixote a Brasília jogou uma ducha de água fria na coisa toda.

A semana seguinte se arrastava, com muito serviço na gráfica e muito estudo para as provas da faculdade. Depois do lanche das quinze e trinta, voltei ao rei dos serviços chatos: a intercalação de vias de talões de notas fiscais. As vias tinham cores diferentes e eram distribuídas em pilhas, colocadas numa sequência que proporcionava a montagem perfeita dos jogos que comporiam os talões, de acordo com a numeração correspondente. Era preciso molhar os dedos com glicerina para que o serviço ganhasse rapidez de um polvo mecânico. Quando chegavam encomendas grandes, dava vontade de chorar: eram trezentos talões com notas de cinco vias para ficarem prontos o mais estupidamente rápido. Depois de meia hora de trabalho, as costas começavam a receber as primeiras facadas.

No meio dessa danação, o pessoal da recepção me disse que uma pessoa desejava falar comigo. Era Jambo, com uma camisa do Dead Kennedys e o skate na mão. Jambo, às vezes conhecido por Vinícius Rodrigues Rangel, era um cara admirável. Precisava fazer uns bicos de carregador e empacotador em supermercados para ajudar sua família, que morava numa casa muito simples no bairro do Engenho de Serra. João Marruco, pai dele, vivia de retirar areia do Rio Formiga e vender na construção civil.

Mas Jambo sabia dar seus pulos. Possuía um arsenal de fitas cassete, fazia sua moda rasgando suas próprias roupas e vivia pegando livros na Biblioteca Pública. Estudava à noite no Polivalente, a escola que reunia grande parte da turma da banda. Menininhas bem bacanas gravitavam em torno dele com uma frequência que incomodava os normais. Não sabia cantar, mas sua presença movia muita energia nos shows do No Control, a ponto de fazer o público cair no redemoinho daquela dança-briga, o pogo.

Jambo protagonizou uma cena que vi de uma lanchonete, um quadro que se cristalizou na minha memória. Era de manhã. A Rua Silviano Brandão, onde ficava o fórum, estava repleta de homens engravatados e de outros fardados que, provavelmente, esperavam o início de algum júri — todos confinados entre os avisos de proibição do trânsito de veículos. Com autoridades e viaturas ao fundo, Jambo deslizou com seu skate pela fronteira que separava aquele mundo do seu universo. Desceu a rua lenta e galhardamente; de sua liberdade em quatro rodinhas, olhava para o infinito. Jambo tinha classe, não ligava para comentários do tipo "lá vai o filho esquisito do João Marruco".

Os *dreadlocks* curtos coroavam um visual extravagante demais para a polícia, que gostava vez ou outra de dar uma geral no rapaz. Mãos passavam por suas roupas largas, enquanto ele sorria com aqueles dentes muito brancos. Todos nós morríamos de rir. Jambo nunca tinha se aproximado de qualquer tipo de droga, só tomava refrigerante. Só tomava geral porque era preto e tinha estilo.

A princípio, pensei que ele tinha passado na gráfica só para dar um oi, mas acabei recebendo um convite:

— A gente tava pensando em te convidar pra fazer um som no show que vai rolar ao lado da quadra do Pomar — disse, se referindo a um galpão com bar no fundo e uma quadra esportiva ao lado. Ficava no centro da cidade.

— Ué, eu?

— É que você cantou direitinho os Nirvana naquele dia.

— Ué, será que eu dou conta mesmo?

— Dá, sô...

— E vai rolar ensaio?

— Sábado agora. O show é no outro.

— E o Pixote vai?

— Tive com ele ontem no Polivalente e ele disse que vai. Mas você sabe como é que é, né?

— É. Avisa o Tulipa que eu vou passar na casa dele pra gente ir junto pro ensaio.

— Tá. Então, té mais.

— Té mais, e muito obrigado!

Minha experiência numa banda de rock se resumia a algumas tentativas de judiar de uma bateria num grupo de garagem que tive aos quatorze anos, chamado Alerta Vermelho, algo que fará sentido para o improvável leitor vários capítulos adiante. Cantar fora da gráfica seria uma experiência e tanto; o convite de Jambo mudou a cor do meu dia. Já não sentia dores nas costas. *E todo mundo vai se surpreender com minha performance incendiária. E por todo o ambiente vão se espalhar gritos e assobios. E as meninas de calças largas vão perguntar e exclamar: "Nossa, quem é esse cara? Ele é demais!" E eu vou sair do palco com cara de que não estou nem aí...* — e minhas fantasias desfilaram a tarde inteira.

20.

Era agradável o trajeto até a cabaninha do barulho. Tulipa e eu caminhávamos pela rua da Santa Casa de Caridade, que desemboca na fachada da capela do colégio de freiras, uma imensa carranca imitando traços medievais. Passávamos pelo casario colonial em volta da Matriz de São Vicente Férrer, de estilo neoclássico, uma das igrejas mais lindas de Minas Gerais. À frente dela, a praça oval que cruzávamos por entre canteiros floridos e árvores de um gigantismo centenário, até atingirmos o beco com a casinha de ensaios enquadrada no final.

Além do pessoal da banda, estavam lá quase todas as figuras que tinham presenciado o último ensaio. Era uma constante: os treinos do No Control serviam também como agremiação de uma matilha de adolescentes, precisados de um bunker que os protegesse dos pais e da sociedade que implicava com suas bermudas pega-frango. Não eram raras as presenças femininas De botinhas pretas ou sandalinhas, com camisas de rock ou blusinhas da moda, meninas ansiosas por descobrir aventuras úmidas estavam sempre colecionando membros da banda ou quaisquer garotos que empunhassem um skate. Era natural ver a filha de algum doutor em situações bem preguentas com um daqueles moleques sem carro e sem sobrenome.

Em volta da bateria de Tulipa, os titulares da banda discutiam as músicas que seriam escaladas para o show do sábado seguinte. Um amigo deles, conhecido como Da Hora, entrou e foi avisando sem a menor cerimônia que o vocalista Rafael estava de mudança para estudar em Belo Horizonte. Acrescentou que o rapaz fora intimado pelo pai a abandonar a banda, com a finalidade de "criar tipo".

— O Rafael me falou que nunca mais vai mexer com banda. Vai fazer cursinho pra passar no vestibular de arquitetura — anunciou Da Hora, com seu himalaia de espinhas.

Da Hora acabou entregando as entranhas da família de Rafael. Disse que vários afagos tinham sido concedidos no intuito de recuperar a ovelha cabeluda, entre eles a disponibilidade solitária de um apartamento no bairro de Lourdes e uma mesada hipopotâmica. Fiquei imaginando um concurso promovido pelos pais formiguenses: "Abandone sua banda de rock e ganhe prêmios incríveis!" Reações alérgicas como a da família de Rafael eram normais em pessoas que pregavam a palavra "maconheiro" na testa de qualquer um que pertencesse a uma banda.

Na Minas profunda era assim: se fosse roqueiro, era drogado; se fosse artista, veado; se a mulher tivesse cabelo curto e usasse óculos fundo de garrafa, ou era a Velma do Scooby-Doo ou sapatão.

Ficou decidido que Jambo cantaria algumas músicas do repertório de Rafael e eu as três do Nirvana que havia passado no ensaio anterior, acrescidas de "Polly" e "Territorial Pissings", também do trio de Seattle. Fiquei tranquilo com a incumbência. Eram músicas fáceis de cantar e todo mundo gostava.

Não houve muita choradeira por causa do Rafael; o pessoal já vinha cantando essa pedra. Outra previsão, bem mais preocupante, era a de mais um atraso de Pixote. Previsão furada: dessa vez, ele simplesmente não apareceu, sem mensageiros nem nenhuma satisfação. Estávamos animados demais para desistir do parque de diversões; já passava das cinco horas quando um clima pesado de desânimo baixou sobre nossas cabeças. Fábio, o baixista, mastigou um murmúrio qualquer e teve que ser convencido a não ir embora. Tulipa já falava da possibilidade de arrumar outro guitarrista, porque não aguentava mais a sequência de atrasos. Eu não conseguia admitir outro guitarrista. O ensaio se evaporava, no meio da casinha das lamentações.

— É muita falta de compromisso pro meu gosto! — atestou o baterista, com os olhos esbugalhados, de tão puto. — Depois procura a gente na maior cara de pau, com aquela conversinha mole de que foi na casa de alguma menina, só pra dar uma de garanhão.

— O pior é que a gente tá com o show marcado e já avisei pra todo mundo — disse Jambo.

Eu não queria meter meu focinho numa discussão de cúpula, mas não aguentei. Afinal, tinha sido convidado para uma participação especial.

— Fico com medo é de ele não aparecer nem no show — resmunguei.

— Do jeito que o Pixote é veado, ele é bem capaz — concordou Jambo.

— Será que não tem alguma coisa a ver com aquele negócio do pai dele horrorizar com a banda? — perguntei. — De repente, o cara tá lavando carro, carregando areia, sei lá...

Foi a deixa pra que todo mundo, inclusive quem não era da banda, caísse de pau no pai de Pixote. Ninguém concebia a existência de um cidadão que colocasse um pé tão grande na janta de uma banda de rock. Tulipa desencapou uma guitarra que seu próprio pai havia feito. Constatei que o instrumento tinha um apelo artesanal, prático e estiloso. Seu gesto me pareceu uma tentativa de sinalizar que nem só de demônios vive uma banda, mas também de todo anjo que acredita no poder de três acordes. A bipolaridade na conduta dos dois pais apertava um nó difícil de escorrer pela garganta.

Por que o pai de Pixote tinha tanto prazer em cortar a onda de tanta gente? O que custaria ceder o cara num sábado, por algumas horas? Por que seria tão difícil perceber que aquele pessoal adorava tocar junto? Por que, quando tratavam do assunto, Pixote não demonstrava o menor interesse em solucionar a pendenga?

— Vou lá conversar com o pai dele — mandei a bomba.

Depois das caras arregaladas, Tulipa disse:

— Você tá é louco! Você não conhece o Ramiro.

Então era esse o nome do general da Aliança pela Castração das Bandas de Rock.

— O cara é o maior casca. Se você for lá, ele vai te escorraçar. Não mexe com isso, não — ponderou Jambo.

— Não tem nada a ver. Vou conversar com o cara numa boa. Ele não vai me bater por causa disso.

Talvez por causa da minha idade, acabaram concordando que eu poderia ser o embaixador do No Control nas terras hostis de líderes despóticos. A família de Pixote já havia se mudado para o Nossa Senhora de Lourdes, um bairro afastado do centro e encaixado no alto de um morro alto. Jambo me instruiu sobre o endereço. Mas eu não tinha dinheiro para o lotação e percebi que seria uma tremenda gafe se corresse a sacolinha, afinal, skatista estava sempre duro e não andava de ônibus (quem era eu para chamar alguém de duro?). Como eu não conseguia sequer ficar de pé num skate, perguntei de quem era a única bicicleta encostada na parede de fora da casinha. Reparei que o veículo possuía um compartimento de carga feito de canos sobre a roda dianteira, bem menor que a traseira. Na parte central, um círculo de latão bem colorido anunciava que pertencia à frota valente da Mercearia Quinzinho, nome do bairro que sediava o empreendimento.

Um rapaz com um cabelo liso enorme disse que eu poderia usá--la, já que seu patrão a cedia para ele nos finais de semana. Respondi que tomaria cuidado e parti.

Cheguei à porta da casa de Pixote completamente encharcado de suor. O tal Ramiro tinha construído uma casa enorme, de muros muito altos, que fortificavam toda a esquina. Imaginei Pixote esticando os braços atrás das grades de um calabouço úmido e cheio de ratos, e a Giannini Sonic repousando na parede a dez centímetros de seus dedos. Criei coragem para tocar a campainha. Latidos grandes. Passos afiados.

Um sujeito de óculos e cabelos lisos, meio loiros meio brancos, abriu a porta e disse secamente:

— Pois não.

Parecia o antigo cantor português Roberto Leal.

— O senhor é que é o pai do Pixote?

— Não, aqui não mora ninguém com esse nome.

— Me desculpe, me deram o endereço errado. É que estou procurando um rapaz que estuda no Polivalente e me disseram que ele mora por aqui. É um grande músico, exímio guitarrista. Tá todo mundo comentando sobre ele na cidade. O senhor não sabe onde ele mora?

— Bom, meu filho gosta de tocar guitarra, mas não chama esse troço aí que você falou, não.

— É que só o conheço por esse apelido.

— Bom, o meu filho se chama Marcelo.

— Por acaso é um rapaz magro, mais ou menos dessa altura, com sobrancelhas grossas? — Na verdade, eu jamais conseguiria enxergar um Marcelo por trás daquele Pixote.

— Pode ser.

— Será que eu posso falar com ele?

— Do que se trata?

— É que eu tenho a intenção de produzir um show com a banda dele. Me disseram que ele é um *guitar hero,* e que a banda toca um rock de alta qualidade.

— Ele é um... o quê?

— Já sei. O senhor trabalha demais, construiu essa casa tão bonita, não tem tempo para perceber direito o incrível dom de seu filho.

— Fico tempo demais no escritório. Sou contador.

— Tá vendo, eu sabia! Bom, posso falar com o Marcelo? Eu gostaria que ele analisasse minha proposta. De repente o senhor gostaria de participar da nossa conversa.

— Olha, o Marcelo até que está em casa. Mas agora ele não pode te atender. Está atarefado, me ajudando a acomodar um material de construção lá no fundo.

— É uma palavrinha rápida.

— Infelizmente, hoje não vai ser possível.

Escorei-me no "hoje" para tentar salvar de algum jeito a situação.

— Tudo bem. O senhor poderia fazer o favor de pedir ao Marcelo para dar uma passadinha na Padaria Grão Sabor na segunda? O filho do dono da padaria é meu parceiro nesse show e precisa falar com ele. Pode ser assim?

— Esse menino da padaria toca nessa bandinha de rock, eu tô cansado de saber. Eu mando o Marcelo dar uma passada lá.

— Muito obrigado ao senhor, e me desculpe pelo incômodo.

Nos despedimos com ares de cavalheiros. "Grande músico". "Exímio guitarrista". Para quem seria escorraçado, até que tinha sido fácil engabelar "Joca" Ramiro. Só nos restava aguardar os efeitos daquela retórica de puxa-saquismo e ver se Pixote daria as caras, ao menos para garantir sua presença no show.

Retornei ao cômodo de ensaio depois das seis da tarde. Só restava o pessoal da banda. Ninguém fez teatrinho para esconder a enorme decepção: éramos quatro cabeças baixas olhando os chicletes petrificados no passeio. Ao observar aquelas fisionomias baleadas, concluí que a coisa era ainda mais grave: o problema não estava unicamente na ameaça negra do cancelamento do show; residia, primeiro, no fato de mais um ensaio ter sido banido por Ramiro. Uma síndrome de abstinência terrível fazia tremer mais um sábado, embalado a silêncio.

Me senti tocado pela alta voltagem do sofrimento que queimava aqueles caras com o capricho mórbido de um raio que cai várias vezes no mesmo lugar. Tive acesso à devastação provocada pelas faltas de Pixote. Os atrasos eram só sopros de susto, as faltas provocavam vácuos muito mais ferozes: éramos quatro almas sem sua dose abundante de fritura nos amplificadores; nossos dentes rangiam num coro granítico.

Aquele episódio me tragou definitivamente para o instável subterrâneo da banda: eu era mais um, preso na dependência daquelas tardes explosivas. Minha voz queria continuar virando meu corpo pelo avesso.

Convidei o pessoal para nos reunirmos à noite no Porão, bar

que não costumava contar com a presença dos skatistas e sua confraria. Fábio nunca desgrudava da namorada, então fomos eu, Tulipa e Jambo. Pedi ao Osmar que colocasse um som animado para embalar nossa cerveja. Ele me veio com o "Undercover", talvez o pior disco dos Rolling Stones, mas valeu só por causa da faixa "She Was Hot".

Aproveitamos pra falar de música o tempo inteiro. Eles defenderam teses calorosas sobre várias bandas que vigoravam naquela época, e que eu não conhecia direito. Isso serviu para aguçar meu senso investigativo sobre um universo musical que ainda não tinha me aceitado definitivamente como membro. Gostei do debate sobre as semelhanças e diferenças entre Suicidal Tendencies e Infectious Groove. De quebra, fui agraciado com um empréstimo requintado: o direito de ficar uma semana com a fita onde Tulipa tinha gravado o "Ritual De Lo Habitual" do Jane's Addiction, um dos trabalhos mais legais lançados na década de 1990. Fomos embora por entre os rasantes dos morcegos da Rio Branco, avenida repleta de árvores que margeava o Rio Formiga. O encontro no Porão tinha sido um ótimo analgésico para um sábado sem ensaio.

21.

Soltei as rédeas naqueles dias para tentar aprender alguma coisa. Minha vida até tinha encontrado um sentido remoto, na faculdade e naquelas novas amizades que ordenhavam de mim músicas que espumavam minha própria voz. Porém, me foi revelado que eu precisava de um jeito menos desesperado de sentir satisfação e encarar as surpresas. Paturi, com toda a sua perspicácia de vendedor de queijo-canastra, tinha dito uma vez que eu era "um cara intenso demais". Talvez ele estivesse certo. Era preciso pegar mais leve para captar as coisas.

É claro que a expectativa pela definição do show tinha me deixado mais calado, mas tentei dissolver a ansiedade com preciosos pequenos procedimentos. Nas noites sem aulas, produzi solitárias sessões de cinema com fitas de videocassete da locadora da Jussana, uma amiga carnavalesca que desfilava todo ano na Mangueira; depois de cada filme, experimentos culinários baratos. Procurei desenvolver novas potencialidades do macarrão instantâneo Miojo, que foi, por gerações, a ração dos girinos que cresceriam   nas universidades brasileiras. Uma de minhas receitas adicionava um pouco de orégano ao tempero que vinha pronto. Depois do escorrimento, quando a massa fumegava ao máximo, banho de azeite e queijo parmesão em quantidades suficientes para inibir a fumaça, enquanto a massa absorvia o ouro ralado. Já distribuída no prato, a pasta recebia uma grinalda de grânulos de queijo curado de Araxá e farinha de milho. Toque final: pinguinhos de mostarda marrom e mais uma rodada de azeite. Tornou-se uma de minhas especialidades — o Espaguete à Catapora.

Também me lembro dos sanduíches de pão de batata com glóbulos de torresmo, tomate-cereja esmagado com pimenta cumari e mozarela da comunidade rural de Padre Trindade — nada de tostex, tudo passado com leveza na frigideira besuntada com manteiga de Pontevila. Para acompanhar o ponto da pele brilhante e crocante do pão de batata, um copinho de licor de pequi feito pela Vó Augusta. Convido o inimaginável leitor, com seu palato ansioso e úmido, a provar uma dessas conquistas.

Uma visita no meio da semana também me ajudou a aplacar a vontade do show. Sempre tive pavor de visitas, mas aquela foi digna de uma festinha. Desde que tinha deixado Belo Horizonte, não tinha encontrado meu grande chapa Cláudio Soares, para os verdadeiros chegados, Cláudio Tarzanzinho. Seu apelido vinha de uma mania da infância em Formiga: depois de aprontar alguma, se refugiava das chineladas no alto de uma mangueira que havia no pátio do almoxarifado da prefeitura, nos fundos da residência dos Soares. Quando ele aparecia lá em casa, meus pais o recebiam com muita satisfação, pois nossas famílias conviveram por gerações. Providenciei alguns petiscos e mandei anotar algumas cervejas no boteco do Vandelo.

Cláudio oscilava entre o falante e o falastrão, mas era um amigo de primeira, e lotado de histórias. Gostava de exibir uma antiga carteira do corpo de bombeiros de BH, onde foi sargento do grupo de buscas e salvamentos. Era baixinho, muito forte, tinha um dragão tatuado no braço, uma cicatriz tatuada na testa, cabelo liso em forma de chalé e uma inteligência invejável. Era formado em História pela Universidade Federal, e já tinha trabalhado numa das bibliotecas da instituição e no Departamento de Antropologia. Na época da visita, estava dando aulas em Milho Verde, norte de Minas, cidade onde não permaneceria muito tempo porque se envolveu num quiproquó político que o levou a trocar sopapos com o prefeito.

A visita ficou especialmente instigante por causa da última peripécia de Cláudio: antes de seguir para Milho Verde, teria deixado sua marca definitiva na capital. Tarzanzinho contou que visitava uns amigos na moradia estudantil da UFMG quando presenciou algo desconfortável, um estudante que ele não conhecia havia entrado no prédio gritando de tanto chorar. Depois de tomar o copo d'água trazido pelos amigos, o rapaz contou que andava pelo passeio que circundava uma casa muito grande no bairro Santo Agostinho quando foi atropelado pela fúria de vários policiais militares, que teriam lhe aplicado uma geral pente-fino aos berros de "vagabundo" e outras etiquetas. O estudante não portava nada de comprometedor e foi liberado. Sua explosão emocional estaria ligada ao fato de não usar drogas e enfrentar muita dificuldade para estudar, tanto que só andava com roupas molambentas e habitava aquele cortição.

Cláudio disse que ficou indignado, e procurou descobrir o exato local onde os safanões tinham sido distribuídos. Ao passar pela tal esquina, teria constatado que a casa servia de moradia ao ex-governador do Estado, Hélio Garcia. Seu faro apontara para o estranho fato de um ex-governador ainda dispor de segurança policial. Pois Cláudio procurou uma promotora de justiça, que imediatamente se interessou pelo caso e disse que iria investigar. Dias depois, o jornal Estado de Minas publicou a manchete na primeira página, chamando para uma matéria de grande destaque: "Esquema irregular de segurança beneficia ex-governador". O político teria que pagar ao Estado uma soma vultosa por todo o serviço prestado pela polícia, e a matéria destacava a participação de Tarzanzinho e incluía seus depoimentos. Era divertido, ouvir aqueles casos contados com retórica sofisticada e gestual jesuítico.

Depois de se colocar no panteão dos heróis épicos, Cláudio tentou emplacar uma modéstia: "Não fiz nada de espetacular, mas gostaria de brindar a um humilde professor que cumpriu com seu papel de cidadão". Num gesto de jogador de cartas, arrematou seu monólogo estalando em cima da mesa da cozinha uma folha de jornal dobrada: era o exemplar com a matéria que o transformara no paladino da justiça.

Cláudio Tarzanzinho, camiseta preta legítimo, foi embora deixando um rastro de alegria anárquica.

Toda aquela vivacidade havia me contaminado com uma energia profunda. Essa lembrança me traz um sentimento difuso, cheio de alegria e melancolia. Cerca de quinze anos depois daquela conversa, meu amigo morreu envolto em uma neblina de fatos estranhos. A versão mais propagada o colocou como vítima de uma reação a calmantes, que seriam incompatíveis com outra medicação que ele estaria tomando. Pois é, Tarzanzinho, "viver é muito perigoso".

22.

Ouvi uma buzina ao subir a rua da estação ferroviária, com quilos de impressos para entregar. Era Fábio, o baixista do No Control, num Opala marrom cujo para-brisa estalava num adesivo a máxima "A inveja é uma merda". Pensei que tinha se apiedado de minha condição de mula e me ofereceria uma carona. Ele baixou o vidro do passageiro e disparou:

— Vai ter show sábado!

— Você tá brincando! — festejei, com incredulidade.

— Acabei de encontrar com o Tulipa e ele me pediu ajuda para ir avisando o pessoal.

— Mas... e o Pixote?

— Falou que vai.

— Aí é que tá: a distância entre o que ele fala e o que ele faz!

— E essa suadeira? E essa pacotaiada?

Fábio me convidou para entrar no carro e me levou até a rua do Tiro de Guerra, uma espécie de quartelzinho do Exército. No caminho, disse que Tulipa teve que ir atrás do Pixote no Polivalente. Pixote teria dito que não haveria dificuldades para sair no sábado à noite, pois seu pai acreditava que ele tinha "um namoro pra valer" com a Fernanda Viana, filha do maior agiota da cidade. Eu não conseguia relacionar as expressões "Pixote" e "pra valer". Fábio disse que acreditava na ida do guitarrista porque já o tinha visto sair de casa incorporando "Marcelo, o rapaz apaixonado". A caricatura teria sido vista pela última vez quando Fábio passou na casa de Pixote para os dois irem com as namoradas às barraquinhas de São Vicente Férrer, uma enorme quermesse montada na Praça da Matriz. Segundo o baixista, Pixote se emperiquitava todo quando saía para encontrar Fernanda: camisa social pra dentro da calça com cinto, sapatos de couro, desodorante Avanço lavanda, cabelo partidinho de lado, crucifixo pra fora da camisa — a alegoria do santo do pau oco. Dando gargalhadas largas, Fábio contou que Ramiro ficava transpirando orgulho. Imaginei-o com aquela cara redonda de Poderoso Chefão, satisfeito com o filho preferido pronto para perpassar a virilidade transmitida pelos ancestrais. Fabio me deixou em frente ao ponto da entrega e me pediu para ajudar a espalhar a notícia do show.

Todo o meu converseiro sobre o "exímio guitarrista" não tinha adiantado patavina. Pixote não procurou Tulipa na padaria, o que me levou a concluir que aquela história de "precisamos de um grande músico para fazer um show" nunca seduziria Ramiro. Devia passar pela cabeça dele cretinices do tipo "meu filho não vai se envolver com essa cambada de desocupados ignorantes", "nunca vou permitir que esse negócio de rock o tire da senda da moral e dos bons costumes de nossa família". Imaginava Ramiro com aquelas lanças embandeiradas e as roupas vermelhas da TFP, uma organização que repetia o salmo único da Tradição, Família e Propriedade; ou com aquele capuz apavorante da Ku Klux Klan, em meio à claridade das tochas durante uma assembleia da divisão Exterminadores do Rock.

Passei na casa de Tulipa depois do trabalho; era preciso checar com o chefe as informações de Fábio. Ele confirmou tudo, disse que Pixote só ficava rindo da preocupação que nos corroía a todos. Do pedestal de sua tranquilidade irritante, o garanhão das ruas sem calçamento do Nossa Senhora de Lourdes teria vaticinado que todo mundo poderia ficar sem susto, e ainda recomendou que fôssemos para o local do show mais cedo para passarmos algumas músicas a limpo, já que não seria possível ensaiar antes da apresentação.

Tulipa era o que mais sofria com toda aquela via sacra. À medida que ia contando, pousava a ponta dos dedos da mão esquerda no cume do polegar, como se passeasse pela escala nervosa de uma guitarra imaginária. Era assim que sempre traduzia sua excitação.

— Pode deixar que eu vou divulgar o show pra rapaziada do Porão — falei, para dissipar seu nervosismo.

—Sábado, hein!? Quatro horas no Pomar! — foram suas últimas frases antes de entrar no condomínio, dando um tapa no chão com uma cusparada.

Bob Cuspe: chamei-o assim por anos a fio.

23.

O Pomar ficava na mesma rua da casinha de ensaios, a Barão de Piumhi, que cortava todo o centro com suas lojas, escritórios, a prefeitura e a linda fachada da escola Rodolfo Almeida. Ao lado de uma lanchonete, abria um portão para um corredor largo que dava acesso a um estacionamento, com uma quadra esportiva ao fundo, alugada com frequência para futebol de salão. O chão do estacionamento era coberto de brita, de onde brotavam cercadinhos caiados para pés de limão, mexerica e outras árvores frutíferas. Em frente ao gol direito da quadra, o bar se resumia a um galpão com mesas e cadeiras de plástico. As paredes brancas não apresentavam qualquer objeto decorativo: tudo era seco como as gargantas dos jogadores que lá se reuniam depois das partidas.

Seria ali que edificaríamos a nossa igreja. Por ser sobrinho do proprietário do Pomar, Fábio garantia para o No Control uma frequência razoável de shows.

Eu e Tulipa chegamos em cima da hora. Vi se aproximarem os outros membros da banda e alguns rapazes e moças da congregação do skate. Todo mundo carregava alguma coisa: o clima naquele sábado era de harmonia comunitária. Tulipa estudava onde colocaria sua bateria fazendo aquele troço com os dedos. Com um sorriso acanhado no canto da boca, disse que não haveria palco porque o cara de uma loja de ferragens tinha "mijado pra trás" no empréstimo das tábuas prometidas, que acabaram indo parar numa banca de linguiças da feira do produtor rural. Naquela época, muita gente jurava que a linguiça de Formiga era a melhor do Brasil, degustada inclusive em Brasília, pelos primeiros escalões do poder.

— Show sem palco é igual mulher bonita com cecê. Fica tudo meio azedo, mas a gente acaba curtindo — vaticinou o Confúcio punk.

Um fusca fafá-de-belém prateado estacionou. Era o Alberto,

o irmão gordo, ruivo e sardento de Tulipa. Sorridente, cumprimentou todo mundo com seu sotaque rural de Candeias, terra de origem do clã. Do fusca saiu a bateria, cada peça carregada por um elemento da comunidade. Dois tapetões serviram de suporte para dar coesão às partes do instrumento: isso evitaria seu deslizamento pelo chão a partir do uso dos pedais do bumbo e do chimbal. Além de embelezar a tosqueira, os tapetes acabaram servindo para dar um toque de respeito ao ponto onde os músicos se concentrariam, funcionando como camuflagem com cara de palco. Fui com Jambo, Fábio e mais dois moleques buscar os pedestais para microfone, as caixas de marimbondo, perdão, os inigualáveis amplificadores Sonorus, e aquele interruptor-pedal. Não resisti e perguntei a Tulipa quem teria criado aquele quasímodo — o Rodinei, um amigo dele que trabalhava na equipe de técnicos de uma banda de baile.

O rapaz, também cantor e guitarrista, era conhecido como "mestre das gambiarras" por ser capaz de encontrar qualquer tipo de solução para os imprevistos das apresentações. Ao passar um fim de semana com a família no Clube Náutico, às margens do Lago de Furnas, Tulipa havia presenciado uma gambiarra que acabou não dando muito certo. Com dificuldade para fazer todas as conexões elétricas da aparelhagem da banda, Rodinei mexeu na configuração das chaves de energia, que ficavam num pequeno cômodo atrás do palco do clube. Ao ligar a chave-geral, um curto-circuito trançou raios por todo o painel de controle, criando uma espécie de portal para outra dimensão. Rodinei quase foi expulso do clube, mas conseguiu resolver o problema a tempo de a banda tocar sem que qualquer membro fosse transportado para o país do Mestre dos Magos.

Casos desse universo de palcos e fios embalaram a montagem da parafernália, o que serviu para aliviar a tensão dos membros da banda e esticar o trabalho por todo o restante da tarde. Quando demos a montagem por encerrada, dois rapazes apareceram carregando uma caixa amplificada: Túlio, guitarrista que tocou com o baterista Fedorex na primeira banda de *heavy metal* de Formiga, e seu irmão Bruno Cabeção. Propuseram uma barganha: trocar o empréstimo da caixa por duas entradas para o show. A negociata foi logo aceita, pois a caixa seria usada como retorno de vozes, o que distribuiria melhor o som.

No momento da passagem de som, quando a regulagem do

equipamento seria feita, os voluntários já tinham ido embora. Precisariam de tempo para se preparar, afinal, seriam boa parte do público. Um vulto vinha se aproximando pelo corredor. Jambo apostou em Pixote; Tulipa já foi procurando suas baquetas para o cumprimento da meta proposta pelo guitarrista, de passar as músicas mais complicadas. Passos nas britas rolantes. Era Da hora, a mantiqueira de espinhas, com uma sacola estampada com motivos florais. Cumprimentou, entrou e foi tirando uma lâmpada enorme.

— Que trem é esse aí? — indagou Fábio.

— É o sistema de iluminação — respondeu Da Hora, com olhar professoral.

O "sistema" consistia num tipo de lâmpada muito usado pelos pescadores da região de Furnas, que Da Hora foi envolvendo com um papel fino e avermelhado. Com a destreza de um ladrão de jabuticabas, subiu numa cadeira, trepou na janela, pendurou a lâmpada num caibro e ligou o fio numa tomada ao lado do biombo de concreto do banheiro feminino. Pronta a instalação, fez uma cara de "Faça-se a luz!".

— Que isso, Da Hora? Luz vermelha é coisa de penteadeira de puta! — observou Jambo.

Apesar das gargalhadas gritadas, os meninos entenderam o gesto preocupado de Da Hora ao temperar o ambiente com algo que fornecesse a pílula de glamour, necessária a todo show. A bem-aventurança da boa-vontade esbarra na inocência enquanto a felicidade é devorada por sua fragilidade, pelo menos quando o guitarrista da banda é Pixote. As dezenove horas já haviam chegado, mas ele, não.

Pixote não apareceu para passar o som. Os olhos de Tulipa pareciam os de um gavião carcará, e seu cacoete de dedos girava como um liquidificador. Resolvemos ir pra casa tomar um banho. Na subida da Praça da Matriz, meu maxilar doía. Foi nessa época que comecei a escangalhar meus dentes, de tanto rangê-los.

Já estávamos conformados com as explicações em frente ao Pomar sobre o cancelamento do show.

24.

Assistir à MTV não serviu de alívio para a dor no peito. Joguei uma água no corpo. Sem trilha sonora no quarto, pus a roupa prevista, que incluía uma camisa de flanela de um xadrez cinza com verde. Era o meu pedaço da moda de Seattle, que varria o mundo. Desci pela praça já pensando em me atirar em alguma loucura no Porão. Dei meus passos cavalares pela brita que conduzia ao Pomar. Tinha muita gente aglomerada, uns tirando notas das carteiras, outros, moedas dos bolsos. Do bar, vinha aquele som "kam, kam, kam". Era o pedal-interruptor de Pixote, o estrupício de sobrancelhas de taturana em pessoa.

Passei ventando pelo Mocó, ex-dançarino de lambada e então skatista; naquela noite, porteiro. A banda estava reunida no tapete-palco, relembrando acordes. Era evidente que eu tinha chegado depois da sessão "esporro em Pixote", que não poderia engrossar com o esgoto que tinha em mente pois nem era membro da banda. Quando ele me viu, logo me chamou para que eu ensaiasse, cantando baixinho e sem microfone, "Polly" e "Territorial Pissings", as duas músicas do Nirvana que comporiam minha participação junto com as outras já preparadas. Não houve maiores complicações graças à fita do "Nevermind" que Jambo me emprestara. Comecei a tremer. O show do No Control ia começar.

Assim que Tulipa deu as boas-vindas aos cerca de cinquenta abnegados da plateia, depositei meu cotovelo no balcão do bar. Era preciso aplacar a tremedeira de um estreante no show business. O pouco dinheiro conseguido na gráfica através de um vale suplicado comprou latas de cerveja e algumas doses de cachaça com jurubeba.

Tulipa chamou "ão, dois, três, quatro" e o pau moeu. Assim como no show do Clube Centenário, versões mais rápidas de clássicos do punk colocaram parte do público numa massa de pontapés e cotoveladas, o que tornava ainda mais inteligente a iniciativa do pessoal do bar ao distribuir copinhos de plástico. Na roda de pogo, a dança-bordoada, todos usavam camisetas pretas com nomes de bandas, algumas conhecidas, outras obscuras para mim. Os que ficavam mais atrás do redemoinho conversavam e disputavam as meninas de batonzinhos escuros, mas era impossível desconectar-se da banda num local tão pequeno. Só os maiores de idade, pouquíssimos, tinham acesso a bebidas alcoólicas. Cigarro, só eu fumava, meu único Plaza king size comprado avulso. Nenhum tipo de droga era consumido, nem nos fundos do estacionamento, melhor aproveitado pelos casaizinhos que se esfregavam embaixo das árvores.

Grande parte do repertório fazia questão de privilegiar o punk rock, incluindo preciosidades conhecidas somente por pesquisadores especializados em Misfits, Buzzcocks e os brasileiros Cólera, Replicantes e Garotos Podres. O povo do skate sempre ganhava um presente: naquela noite, "I Saw Your Mommy", do Suicidal Tendencies. Mas o público reagia aos berros quando o negócio era Ramones e Sex Pistols — pela primeira vez aquilo fazia sentido para mim, graças às audições sistemáticas das fitas emprestadas por Tulipa e Jambo e às nossas horas de eterna espera por Pixote, que me serviram de curso intensivo de punk rock.

Naquele balcão, me assustava o confronto entre o som que pulsava diante de mim e minha paixão pelo rock progressivo do Genesis — com Peter Gabriel — e pelo mexidão que levava folk, jazz, música medieval e rock feito pelo Jethro Tull. Eu tinha passado anos ouvindo dezenas de discos do que eu chamava de "rock mais elaborado". Jamais passara pela minha cabeça a possibilidade de os meus ouvidos receberem o "rock de três acordes" com o maior prazer. E naquele momento, estava enfurnado num antro adolescente esperando para cantar músicas do Nirvana! Não era ironia, era reencarnação.

Enquanto Pixote enrolava um solo comprido para "Vida de skatista", uma das músicas do No Control, Jambo escalou o biombo de concreto da entrada do banheiro dos homens. Uniu as mãos espalmadas num gesto de oração, depois esticou os braços para baixo num gesto de natação, de quem ia pular de ponta. Enquanto eu me perguntava que encenação seria aquela, ele pulou! Só que todo mundo que estava na direção do tombo não arredou pé, e Jambo aterrissou nos braços do povo com a candura de um saco de cimento.

Era aquela mania que eu via nos vídeos ao vivo da MTV e que, em princípio, achava a maior esquisitice: os caras da banda ou membros da plateia se atiravam ao público como crianças pulando em piscininhas infláveis. Se o cara fosse o vocalista, a plateia o deslizaria pelas mãos de volta ao palco, como acontecia com Eddie Vedder no clipe de

"Even Flow" que tinha me apresentado à MTV naquele sábado de pão de queijo. Mas o cara era o Jambo, que foi dispensado rapidinho para voltar andando para o tapete. O atendente do bar percebeu meu susto e esclareceu que o moleque fazia aquilo em cada show que Deus dava. Eu ainda seria apresentado às expressões *"mosh"* e *"stage dive"*, que designavam aquele salto semissuicida.

Com um dedilhado puxado por Pixote, o No Control surpreendeu a todos com um momento mais calmo. Era o começo de "Under The Bridge", mega sucesso do Red Hot Chili Peppers. Jambo só desafinava, mas todo mundo cantou junto. Depois emendaram "Breaking The Girl"; os violões poderosos da faixa ganharam uma versão bem digna com a guitarra de Pixote, e para fechar a sequência de baladas dos Peppers, "I Could Have Lied", música linda que tem um dos solos mais inspirados do guitarrista John Frusciante.

Era aí que Pixote se estabelecia: passava medo em todo mundo com a possibilidade de nem aparecer; e cravava um solo de grande beleza melódica como se estivesse fazendo bola de chiclete. Pixote era como pneu careca: você confia, mesmo sabendo que ele pode te deixar na mão. Deduzi que a cola que tornava o No Control eficiente não era os ensaios-problema, mas o fato de todos ouvirem música metodicamente em casa — a única explicação para conseguirem levar certas canções com dignidade e pouco treinamento.

Tulipa pegou o microfone de Jambo e anunciou:

— Gostaria de convidar um chegado nosso pra fazer um som com a gente. Chega aí, André!

Foi assim. Como se estivesse dizendo "passa na padaria porque chegou o pé-de-moleque de Piumhi". Foi a conta de tomar mais uma pinga com jurubeba, a conta de ficar bem embalado. Fui em direção ao tapete olhando meus passos e levando um copinho de cerveja, que deixei em cima do amplificador de baixo.

Dei boa-noite enquanto Pixote lançava os primeiros acordes de "Smells Like Teen Spirit"; se posicionou para apertar o interruptor de distorção, Tulipa fez bumbo e caixa. E eu fui pro espaço.

Só fui aterrissar depois de "Lithium", já que não sei o que aconteceu com "Come As You Are". Simplesmente, não vi nada. Parecia que meu espírito tinha sido sugado por um exaustor. Só voltei depois de uma frase de Pixote:

— Fica ligado que eu vou começar "Polly".

Só aí pude ver as pessoas, sentir o som, ouvir minha voz, que chegava baixa do amplificador. Como eu precisava me ouvir para cantar com um mínimo de afinação, o instinto levou uma de minhas mãos a tapar o ouvido e a outra a segurar o microfone, já que os pedestais eu nem vi. Ao apertar a orelha, a voz passa pelo interior da garganta e vai para o ouvido — eu tinha visto o Bono do U2 usar essa manha nos anos 1980, durante um show da turnê de "The Unforgettable Fire". Lembro que a imagem da televisão trazia a inscrição ZDF num canto da tela enquanto o vocalista gesticulava para a equipe técnica, que não estava se ouvindo.

"Polly" era uma balada do álbum "Nevermind" e consegui cantá-la bem. Ousei ao elaborar uma interpretação própria, com tons mais graves e potentes. Percebi os primeiros assobios e palmas enquanto Pixote já derramava o início de "Territorial Pissings", acompanhado da caixa metralhadora de Tulipa. O baixo estava seguro, e me enfiei naquele punk rock de pegada alucinante; esgoelei nos refrões até arranhar o esôfago. Todo mundo mandava pontapés e cotovelos aos borbotões. Ao final, mais palmas e assobios.

Eu disse "Muito obrigado!" e me dirigi ao balcão, com alguns tapinhas nas costas. Suava aos cântaros. Pedi uma latinha de cerveja. Estranhei aquele dínamo de alegria, que não deixava meu peito sossegado.

O No Control se despediu ao final de duas horas de espetáculo. Tulipa e Jambo contaram a soma arrecadada e chegaram à conclusão de que o dinheiro quase daria para comprar um microfone Le Son. Reuni-me com os membros da banda durante o balanço e fui aceito na mesa de apuração com os devidos cumprimentos.

Foi quando um dedilhado delicado correu a guitarra de Pixote. Eu conhecia muito bem aquela melodia, tinha passado milhares de horas solitárias ouvindo-a na adolescência. Pixote estava na mesa. Quem estaria tocando a introdução cristalina de "Bad", do U2?

Era aquele cara calado, que sempre se sentava na parede do fundo do cômodo de ensaio com a cabeça metade raspada, metade cheia de longos cabelos loiros. Estava sentado sozinho no tapete, empunhando a Giannini Classic. Sem que ninguém da banda notasse, disparei em direção ao microfone e o liguei. Com uma voz destruída pela jaguatirica de

Kurt Cobain, consegui entoar as primeiras frases da canção. De repente, o rapaz parou.

— Vamo lá!? — supliquei.

— Eu só sei isso — devolveu o meio careca.

— Como é que você sabe um troço desses?

— Eu tenho o disco — selou o meio careca.

Minha perplexidade não tinha tamanho. No meio daqueles moleques não poderia existir alguém que conhecesse algo que só eu, só eu, só eu curtia em Formiga em 1985, época em que falava sozinho de U2 para caras interrogativas. Não lembro nada do restante da conversa com aquele rapaz; o álcool e a usina de emoções que me triturava não permitiram. Só sei que eu e o pessoal da banda fomos comer rabada no Bar do Preto. Não resisti, tomei mais uma latinha com os homens de balcão.

Entre o condomínio de Tulipa e a minha casa, a imagem de Cauby Peixoto amanheceu dentro da minha cabeça com um refrão monumental:

— Canteeeeei, canteeeeei.

O álcool e a satisfação mais acachapante pintam como Salvador Dali.

25.

Há muitos anos vivo da palavra. Da época da gráfica, já falei. Já passei por reportagens, entrevistas, crônicas e outras modalidades do jornalismo. Chefiei uma grande redação. Escrevi biografias. Já fui sócio de editora. Mas nada supera o ineditismo do que vivo agora: escrever sobre mim mesmo e do jeito que eu quiser — palavras que não são ditas há trinta anos, gírias velhas, mineirices, a gramática dos dedos soltos.

A princípio, acreditei que seria uma muleta para um homem que se condenou, por ter vilipendiado a família e o trabalho. Bandido solitário, sistemático e com dores constantes enviadas pelo nervo ciático, ora para a região lombar, ora para as costas da perna esquerda. Contudo, os acontecimentos da reta final do século passado me abastecem com uma força extraordinária, transmitida pelo tamborilar da ponta dos dedos a cada tropeço do coração.

O narrador que escreve este texto adquire uma jovialidade difícil de controlar. Já o homem que bebe, e faz a barba diante do espelho, volta a ser uma moita de cabelos brancos plantada em olheiras e pés de galinha. O que deliciosamente interessa é que, quando estou escrevendo, toco piano. Cada palavra garimpa pessoas, sons e lugares com uma nitidez capaz de colorir a caiação do espírito. O passado não é mais um filme de metragem cada vez mais curta; e se soergue límpido, musculoso, enquanto as letras esculpem meu próprio colosso de verdades. As palavras me devolvem um mundo sepultado pela velocidade bruta dos anos — que cospem nossa pureza e nos ensinam a ser antropófagos.

Todo homem nasce com o pecado original: o tempo. As palavras são capazes de perdoá-lo. É por isso que tenho fixação por redigir datas, que petrificam lágrimas e ensaboam sorrisos. Aprendi a rezar para imagens que plugam o cabo do passado à nostalgia cinematográfica que chega a mim, um legítimo espécime criado no tiroteio da Olivetti. Vejo aquelas repartições públicas lotadas de máquinas de escrever. Para ser atendido no balcão, era preciso um meio grito por causa das espoletadas dos tipos no papel, fora o ronco do rolo estapeado pela alavanca que corria a folha.

Vejo a redação do primeiro jornal onde trabalhei: duas máquinas velhas sobre duas mesas-múmias — com ataduras de papel contact num corredor emendado a uma funerária. Comecei a escrever entre defuntos. Vejo o primeiro computador desse jornal: uma máquina de escrever com tela de TV, letras brancas sobre um fundo verde.

E há o menino que antecede o datilógrafo: vejo minha escrivaninha antiga e um bloco de papel esverdeado; uma caneta azul espera por mim ao lado de uma caixa de latão amarelo-descascado, com alguns envelopes brancos. Vejo várias gerações que nunca escreveram uma carta, e era preciso cuidado: fazer um rascunho e depois passar a limpo, já que a folha conteria a alma do remetente.

Nunca escrevi uma carta de amor dilacerado, pelo menos que me lembre, mas mantive correspondência com namoradas de papel entre os meus dez e doze anos. Cristina era especial; morava em São Roque de Minas. Era minha prima, só que de segundo grau, o que me perdoava e carimbava a história que todo mundo já teve com primas. Nunca consegui escrever "Te amo desesperadamente" ou "Choro por você nos meus travesseiros". A vontade era essa, porém existia um fio de cabelo entre os meus sentimentos e a chance de a mãe dela encontrar a carta numa inspeção de rotina.

Todo amor adolescente, o mais dilacerante e incompreendido de todos os amores, tinha que se espremer em frases como "Estou louco para chegar as férias" ou "A Laica ainda é aquela cachorrinha bonita?". Escrita a carta, eu não confiava na caixa do correio. Tinha que ir postar pessoalmente na agência, perguntar quantos dias o mensageiro demoraria para levar a missiva do herói à princesa do queijo canastra.

E a agonia da espera pela resposta? Depois de uma semana, era a cabeça na janela a toda hora à espera do uniforme bege do carteiro. Vejo várias gerações que nunca esperaram um carteiro. Como não tínhamos caixa para correspondência, ele era obrigado a subir as escadas e empurrar os envelopes por debaixo da porta. Naquele dia em que os deveres da escola já estavam prontos e a Sessão da Tarde já estava no meio, de repente... "Flap!" Ainda dava pra ver a carta pousando e taxiando por cima dos tacos encerados.

Imitava os caprichos da personagem de Clarice Lispector em "Felicidade clandestina": fingia que não tinha chegado carta nenhuma, brincava com o Suly num intervalo do filme, comia uma colher de doce de mamão no outro, aumentava o volume quando minha mãe dizia: "Tem uma carta debaixo do sofá!" Depois do filme, fabricava aquele sustão: "Oh, chegou uma carta! Será que é pra mim?"

Meu nome escrito com a letra grande e redonda de Cristina me colocava como propriedade dela, lavrada em escritura. Abrir o envelope sem ajuda de objetos pontiagudos permitia que meus dedos fossem rompendo a cola passada pelos dedinhos dela: tocar na folha era tocar no caminho onde a mão não revelara pensamentos sobre nós. Para lê--la, é claro, eu me enclausurava no quarto — podia socar o nariz no papel à procura de um rastro de perfume. Era lógico, era de uma clareza efervescente, que Cristina só pensava em mim, me amava loucamente, ganía de desejo, mas não tinha coragem de escrever.

Eu me contentava com frases do tipo "Também estou louca para chegar as férias" ou "A Laica está com saudades de brincar com você". Respeitava os códigos de Cristina: quem se carpia de saudades era ela, quem via meu rosto nas cachoeiras da Serra da Canastra era ela, quem pensava em mim, naquelas tardes em que a mãe a obrigava a fazer linguiça e mexer o tacho de doce de leite, era ela. Cristina podia ser a mais seca possível nas cartas, mas abaixo da despedida sempre tinha uns coraçõezinhos entrelaçados. Eu guardava a carta no envelope, o envelope na caixa de latão, a caixa no lugar secreto do guarda-roupa. Nenhum sobrevivente a encontraria, depois da última guerra mundial.

Além das desérticas paixões adolescentes, as cartas registravam meu gosto pelas primeiras bandas que conheci, numa época em que trocava correspondência com fã-clubes e escrevia para revistas que sorteariam, entre os leitores que preenchessem os cupons corretamente, as camisetas mais exclusivas do mundo.

Há muito tempo cartas de amor pararam de ser escritas e lidas, um tipo de emoção extinta nas distâncias soterradas pela tecnologia. E mais uma vez, um punhado de palavras faz brotar de meus olhos a saudade em gotas. Vou morrer vivendo disso.

26.

É diferente a amizade que se forma entre membros de uma banda do tamanho do No Control. Era preciso encontrar os caras, mesmo quando não havia ensaio. Eu ainda não tinha sido efetivado, mas passei a andar muito mais tempo com aqueles garotos do que com meus amigos dos tempos de colégio.

A música sempre imprimiu uma linguagem própria em seus discípulos, e isso me ajudou a ser admitido na maçonaria da distorção. Ao mesmo tempo em que era apresentado ao submundo elitizado deles, me esforçava para que entendessem minhas dificuldades em entendê-lo, me dessem a mão naquela estrada onde ainda não me equilibrava muito bem. Eram dois mundos, ávidos por sondas mútuas de exploração.

Passamos a nos encontrar também nas noites dos finais de semana. Marcava com eles cervejadas no Porão ou em botecos de bairro, onde os moleques aprendiam as delícias do jiló com fígado de boi. Dominavam as conversas os assuntos sobre bandas, lançamentos de discos, músicas para tirar nos ensaios, cruzamentos de dados sobre nossas influências musicais. Sem notar, comecei a me preocupar com os problemas dos caras e até com as notas que tiravam na escola. Não ficava enchendo o saco com aquela postura "ouçam a voz da experiência", e por isso, quando eu falava num tom mais sério, me confiavam sua atenção. Percebi que os admirava, gostava deles. Até nossos pais estavam satisfeitos com nossa convivência, pois também se conheciam da proximidade nas praças e mercados da cidade.

Abrimos as portas de nossas casas uns para os outros e estávamos sempre em quartos minúsculos ouvindo música, atolados em pôsteres, discos de vinil e fitas cassete trocadas com assiduidade. Não podíamos dar plantão na casa de Pixote, mas ele escorregava de Ramiro e se encarnava quando era possível. Nessa época, comecei a compreendê-lo melhor. Seus atrasos e tudo o mais que ele aprontava não eram movidos pela vontade, inerente ao ser humano, de sacanear o próximo. Pixote pairava, parecia que não ter entrado no mundo com todos os equipamentos. Nada o incomodava, nada abalava a sustentabilidade de sua leveza. Nada o impedia de atravessar a cidade, depois de mais uma falta ao ensaio, para levar para o Tulipa uma sacola de abacates. Eu gostava muito daquela peça.

A maneira com que me recepcionou na confraria da banda representou muito para mim. Era evidente que tinha gostado de tocar comigo em minhas pequenas participações. Passei a olhar para ele com a ternura de um irmão mais velho. Até dei uns tapas num rapaz que queria brigar com ele por causa de mulher.

Eu e a meninada. Quando estávamos juntos, era como se um campo de força brilhante nos blindasse. Éramos super-heróis. Quem não tinha uma banda de rock não sentia aquele poder.

Era muito diferente deles, mas tínhamos sido concebidos pelo mesmo sopro.

27.

Aos sábados, a partir das quatorze horas, a MTV exibia o Top 20 Brasil, com as músicas mais pedidas durante a semana no Disk MTV. Eu não perdia um. E os ensaios do No Control foram naturalmente empurrados para depois do programa, porque ninguém da banda perderia uma fonte importante de suprimentos para o repertório. Conheci o que havia de melhor e de mais insuportável na música mundial do começo dos 1990. Dentre as várias bandas boas que o programa me apresentou, algumas me sacudiram mais: Nirvana, Pearl Jam, Alice in Chains, Screaming Trees e Soundgarden — todas de Seattle, Washington, no noroeste dos Estados Unidos.

O jornalismo da emissora foi aos poucos deixando o formiguense a par do *grunge*, rótulo midiático que denominava aquele tipo de rock: o que não passaria de um modismo a mais se espalhou por todo o planeta, e entrou para a história da música. Não demorou para que enxames de garotos andassem Formiga afora com o visual que personificava o estilo: camisas de flanela xadrez e bermudas largas na altura das canelas — as camisas uma espécie de homenagem dos roqueiros americanos aos lenhadores, que sempre as usavam para trabalhar no frio estado de Washington. Quem tinha cabelo comprido se enquadrava ainda melhor, e havia os meninos de barbichinhas no queixo.

Mas o que interessava era o som dessas bandas, essencialmente uma mistura das guitarras do *heavy metal* com a urgência punk e muitos elementos do rock dos anos 1970, com doses cavalares de Led Zeppelin e Black Sabbath. Havia vocalistas muito virtuosos e outros mais berradores, grupos com andamentos mais rapidinhos e outros mais arrastados. Mas todos tinham guitarras de arrepiar.

Como voz potente e guitarras distorcidas tinham no rock uma simbiose antiga, me identifiquei com o estilo instantaneamente, sem deixar de perceber que o visual das bandas era bagunçado meticulosamente: os cabelões esgrouvinhados e as barbinhas no queixo dos vocalistas intencionavam derreter as meninas. Já as músicas eram produzidas com melodias bem arranjadas, preguentas. Conclusão: o *grunge* foi um negócio bilionário para a antiga indústria do disco.

Para mim, o bom som de Seattle foi oportuno, pois veio aliviar uma existência sofrida, abalada pelo sertanejo e axé music. Foi um estrondo tão forte que o Metallica — em pleno "Black Album" — e o Guns N'Roses não tiveram espaço na minha cabeça.

Num sábado em que Pixote driblou Ramiro e apareceu no ensaio, decidi dar uma sugestão para o repertório. Aproveitei um intervalo e perguntei se topariam tocar alguma coisa grunge além do Nirvana.

Esperava uma reação negativa de Tulipa: apesar de sua concessão às baladas dos Chili Peppers no show do Pomar, seu purismo em relação ao punk às vezes chegava a incomodar — digamos que ele não passaria o sal, nem qualquer palavra, para quem não gostasse de punk rock. Um rosnado dele seria o adeus ao grunge, mas depois de alguns segundos solando com os dedos ele disse que não haveria problema nenhum, o que me provaria que já vinha ouvindo bandas grunge há algum tempo, e com carinho.

Foi aí que entrou na conversa o Senhor Magnífico. Pixote pegou a guitarra e foi fazendo pedaços de base com as músicas de Seattle, estouradas no Top 20 Brasil. O "Sobrancelhas de Taturana" ficava coçando o violão na frente da MTV, mesmo na presença de Ramiro. Para o pai, violão era um instrumento bem comportado que podia ser visitado, depois das tarefas da escola que Pixote fingia fazer. Com Ramiro no trabalho, o menino deitava e rolava à vontade, esse o segredo de sua mágica: horas e horas diárias de treinamento — "volúpias dos violões, vozes veladas, vagam nos velhos vórtices vorazes", seu Ramiro...

Pixote sentou-se ao lado de Fábio e passou as notas para o baixista. Trabalharam as músicas "Would", do Alice in Chains, "Jeremy", do Pearl Jam, e "In Bloom", do Nirvana. Como quem não queria nada, Tulipa disse:

— Acho que dá pra sair. Você segura os vocais, André? — perguntou, desafiador.

— Posso tentar.

Tentar! Estalei esse verbo, ótimo para justificar fracassos.

As três músicas saíram boas pra caralho! Claro, com os defeitos de uma primeira execução, mas sentimos que poderiam sair perfeitas. Pixote reviu os solos, Tulipa fez umas viradas, Fábio conferiu sua base. Tocamos de novo. Cravamos! Pixote fez os solos com perfeição, Fábio pôs segurança no baixo, Tulipa foi capaz de executar "Would" com todas as viradas concebidas originalmente, e olhem que não eram fáceis. E eu, coloquei na prática minhas horas de coceba em frente à TV. Como tinham vocais mais graves, foram filé para a minha voz. Dessa vez, meu deslumbramento virou convicção apaixonada: eu podia ser vocalista de uma banda de rock.

Ficou decidido que as músicas tiradas nesse dia entrariam no próximo show, que aconteceria naquele mesmo antro, o Pomar. Tínhamos certeza de que funcionariam, porque estavam fazendo um sucesso absurdo. Meu lugar na banda estava garantido.

Tive a impressão de que Jambo estava quieto demais no canto dele. Teria causado ciúme toda essa movimentação em torno de minha sugestão? A princípio acreditei que sim, mas depois fui descobrindo que Jambo não era de tremeliques, era socadão, mesmo. Na dele. Na paz.

28.

Dias depois fomos surpreendidos por uma bomba: Fábio não tocaria mais no No Control. Também iria para Belo Horizonte, fazer cursinho, tentar o vestibular e toda aquela coisa que eu não pude fazer e me carbonizava o saco. Fábio confessou a Jambo que suas notas estavam cambaleantes demais, o que obrigou os pais a determinar um período ininterrupto de estudos para que entrasse no ritmo que o aguardaria em BH.

Desci do ônibus que me trazia da faculdade e vi Tulipa conversando com Da Hora na esquina do condomínio Turmalina. Me aproximei e demonstrei minha insatisfação com a saída de Fábio. Tulipa se mostrou pesaroso, porque conhecia o baixista desde o jardim da infância, mas aquele pesar estava chocho demais para a gravidade da situação. Eu logo saberia o porquê:

— O Fábio tinha comentado isso comigo, e pra banda não parar, resolvi dar meus pulos, deixei um cara em banho-maria. Só que passou muito tempo e fiquei com medo de o cara se afogar...

— Mas ele topou? Vai tocar com a gente? — atropelei, pensando no show.

— Topou, liguei pra ele hoje.

— Quem é?

— O Alemão.

— Quem?

— Aquele metade careca e metade cabeludo que ficou tocando aquela musiqueta com você, depois do último show. Sábado ele vai no ensaio. O Fábio disse que ele pode usar o baixo pelo tempo que precisar — informou Tulipa, com sua acidez habitual.

"Musiqueta". A épica "Bad", uma musiqueta... Tive paciência com o padeiro punk.

A presença do Alemão não seria problema, estava sempre sapeando o ensaio, mesmo. Mas ele tocaria alguma coisa? E o Pixote? Iria aparecer?

O ensaio estava marcado para as quatro da tarde, horário nosso de cada sábado. Pois o Senhor Solo Briga de Rato chegou às cinco e trinta. Quando o Pés de Petróleo adentrou com suas havaianas, Jambo roncava atrás do amplificador e o resto do pessoal ouvia a fita do "Dirty", álbum do Sonic Youth. Foi ligando a guitarra e fazendo "kam, kam, kam". Afinou o instrumento, o pedal já ficaria aos berros. Era seu ritual das palhetadas: até na afinação tinha que ter distorção.

Ninguém disse nada. Nossos olhares já o tinham descarnado, sem levar em consideração se Ramiro tinha culpa pelo atraso ou não.

— Pôôô, geeeente! Meu pai só deixou eu sair de casa depois que terminei a faxina do quintal. O Bruno fez cocô pra todo lado a semana inteira. Tava um fedor danado e um tanto de mosca varejeira. Só conseguir sair porque falei que ia jogar bola.

— Bruno? Ué, você tem um irmãozinho? — perguntei, sem pensar.

— Não, Bruno é o meu cachorro.

Todo mundo se soltou na gargalhada. Um cachorro chamado Bruno era a cara do Pixote.

A descontração migrou para um ensaio tenso. O tal Alemão teve uma dificuldade danada pra pegar as músicas. Só tocava um violãozinho meia-boca, e tinha pegado poucas aulas de baixo. Pixote teve a maior paciência e foi ensinando, nota por nota, algumas músicas que a banda julgava essenciais. Logo o critério mudou: no lugar das essenciais, as mais fáceis. No momento de experimentar com a banda toda, Jambo cantou algumas e o Alemão conseguiu sustentação. Na minha vez, segurou as do Nirvana, mas apanhou das outras. Não daria tempo para pegar todo o repertório num só ensaio, então Tulipa e Jambo prestariam socorro com seus arsenais de fitas cassete. Alemão teria uma semana para aprender em casa grande parte do repertório.

29.

Wander José Pinheiro Vilela, o Alemão. Seu pai veio do Córrego da Areia e sua mãe cresceu na Caveira, vilarejos da zona rural de Formiga. O pai trabalhou em várias regiões do país como operador de retroescavadeira da empreiteira Andrade Gutierrez; já a mãe era costureira, bastante requisitada. Depois de nascer em Formiga, Alemão morou até os doze anos em Mozarlândia, Goiás, cidade onde nasceu sua irmã. Junto com o irmão mais velho, Walter, liderava o coral das crianças católicas da cidade. Wander era loiro e branquelo; Walter era moreno e tinha cabelos de carvão. Fisicamente, não possuíam traços em comum. O que garantia que eram irmãos: as certidões de nascimento e o fanatismo por música.

Dois hinos haviam marcado o período de regência dos cândidos irmãos Vilela no coral de Mozarlândia: "Pedro, João e Tiago num barquinho" e outro que tinha o seguinte refrão: "Três palavrinhas só, eu aprendi de cor: Deus é amor". A dupla também chegou a conquistar um nobre grau de serventia: animar a igreja, lotada de fiéis impacientes que enfrentavam os atrasos constantes do padre. Não há registro dos motivos que o impeliam a se atrasar tanto, mas sabe-se que era muito exigente: para as apresentações do coral e de peças teatrais, as crianças eram obrigadas a se vestirem como personagens bíblicos. Wander e Walter não podiam comprar tecidos caros, e improvisavam túnicas com os lençóis de suas camas, as dobraduras firmadas por prendedores de varal. Depois de encerrar seu período na Gutierrez, o patriarca trouxe os Vilela definitivamente para Formiga.

Para ajudar no orçamento familiar, Alemão percorria as ruas do bairro Ouro Negro para vender doce de leite em pequenas barras, acomodadas com capricho em uma cestinha de bambu e cobertas com um pano onde sua mãe bordara frutas coloridas. Adolescente, o branquelo arranjou um emprego de trocador na empresa de transportes coletivos que surgia na cidade. Não deu muito certo, pois não se sentia muito bem no trajeto sacudido pelas ruas antigas e tortuosas de Formiga. Por várias vezes os passageiros toleraram o cheiro azedo de seus vomitões, direcionados estrategicamente para dentro da camisa de seu uniforme a fim de poupar a roleta e o assoalho do lotação. O loirinho também pertencera à guarda mirim, um grupo de meninos que cobrava pelo estacionamento nas ruas do centro e angariava fundos para o Patronato São Luis, entidade beneficente. Quando entrou para o No Control, Alemão tinha conseguido um emprego na oficina da concessionária Fiat. Andava sempre com as mãos escalavradas e os dedos com as unhas roídas e pretas de graxa. Apesar de muito jovem, foi enviado para fazer dezenas de cursos na montadora de Betim e gozava de muito respeito entre os clientes.

Gastava seu tempo livre com a namorada Cláudia, uma loira considerada comível pela banda, e com seus discos e fitas das bandas britânicas do pós-punk. Ele e Walter conheciam tudo de The Cure, Echo & The Bunnymen e Jesus & Mary Chain. A mulherada ficava na cola de Alemão, mas sua fidelidade à namorada fez com que eu o selasse com outro apelido, aprovado por todos da banda: "Lobo bom". Explicações sobre o seu corte de cabelo modelo pós-tudo ele nunca forneceu precisamente. As investigações promovidas por Jambo indicaram que se tratava de um experimento de Tarlei, um cabeleireiro vizinho do branquelo que escapou à tradição da profissão e ao longo da carreira teve filhos por toda Formiga. O número do telefone do salão era conhecido por "disk neném".

No final da década de 1980, Alemão, Walter e Tarlei, ainda bem fedelhos, iam com frequência a Belo Horizonte participar das "festas dark", eventos em que dezenas de clones de Robert Smith, vocalista do Cure, dançavam com a testa na parede e consumiam rios de vodca Askov. Alemão conheceu Tulipa no salão de Tarlei, quando os dois nem quinze anos tinham. Tulipa tinha sido informado pelo cabeleireiro das preferências musicais do branquelo, para quem o baterista prometeu gravar uma fita com "o verdadeiro som". Naquele dia, Tulipa mandou Tarlei fazer um moicano, penteado clássico do movimento punk com os cabelos espetados e alinhados no centro do crânio, raspado nos lados. Usando uma corrente e um cadeado no pescoço, modelito Sid Vicious — baixista que substituiu Glen Matlock nos Sex Pistols —, Tulipa tirou uma foto e em seguida solicitou máquina zero no renque de cabelos que ainda sobrevivia. Não teria gostado do penteado? Andar pelas ruas de Formiga daquele jeito seria punk demais? Vou morrer sem saber.

Na medida em que fui convivendo com Alemão, revelou-se sua conexão torta com a guitarra preta de braço amarelo usada por Pixote.

Eu achava que a Giannini Sonic pertencia a Pixote, mas era do irmão do Alemão, que a tinha comprado de seu amigo Frango — que virou testemunha de Jeová e logo quis se exorcizar do instrumento o vendendo por uma mixaria. No fechamento do negócio, entrou a coleção completa de tudo que o U2 tinha lançado até então, por um real cada álbum intacto, com brilho de novo (esses religiosos radicais realmente fazem milagres): foi por isso que Alemão fez com perfeição o dedilhado de "Bad", depois do meu primeiro show com a banda. Como Walter emprestara a guitarra para o uso do No Control, o passaporte dos irmãos Vilela estava sempre carimbado para ensaios e shows.

Alemão, o Lobo Bom, registrará definitivamente seus dedos nesta história.

30.

Foi montada uma operação de guerra para que Pixote fosse sábado à tarde para o Pomar, onde mais uma cerimônia de montagem do equipamento nos aguardava. O guitarrista teria que aferir o resultado do treinamento feito por Alemão, procedimento que nortearia quais músicas estariam em condições de entrar no repertório. Uma certeza nós tínhamos: o show duraria bem menos que o de costume.

Para resgatar Pixote das masmorras de Ramiro, Tulipa teve uma ideia simples e foda: telefonou para Fernanda Viana, relatou todo o drama e pediu que ligasse para a casa do guitarrista com o objetivo de convidá-lo para um pseudochurrasco na casa dela. Pixote tinha sido orientado por Tulipa a não atender o telefone naquela tarde. Tal artifício permitiria a Fernanda comentar sobre a festinha diretamente com Ramiro ou qualquer outra pessoa da casa, o que tornaria o cambalacho convincente. O próprio Pixote garantiu que tudo daria certo, porque seu pai nunca tinha ligado para a casa de Fernanda perguntando por ele.

Deu certo. Às duas e trinta, Marcelo, o gajo enamorado, chegou ao Pomar com uma camisa Lacoste verde enfiada pra dentro de uma bermuda bege, os pés de petróleo num tênis de cano alto marrom com meinhas nas canelas. Foi descascado pelas gozações dos skatistas, que chegaram ao Pomar carregando parte do equipamento.

Enquanto Pixote e Alemão se concentravam nas músicas, eu, Tulipa e Jambo fomos buscar as tralhas para a montagem do palco. Amiga dos padres da paróquia São Vicente Férrer, a mãe de Tulipa tinha conquistado do vigário o empréstimo de suportes e tábuas da oficina na casa paroquial. A distância entre o Pomar e a oficina era de um quilômetro, mais ou menos. Para trazer todo o material, fizemos três viagens a pé. Suamos muito e ficamos pregados. Tulipa cortou um dedo, mas nada que o impedisse de tocar. Depois de ver o palco pronto, senti-me um dos capitães da Resistência do Rock, vitorioso contra o ambiente hostil.

Palco montado, equipamento pronto, era o momento de verificar a produtividade do Alemão. Ele disse que tinha aprendido todas as músicas consideradas mais fáceis, e seguraria as outras olhando os acordes sustentados pela mão esquerda de Pixote. Passamos algumas com o vocal de Jambo e outras com a minha voz. O novo baixista mostrou certa dificuldade com as musicas que eu sugerira no último ensaio com Fábio, e "Jeremy" teve que ficar de fora. As bandas de Seattle não tinham sido totalmente digeridas pelo branquelo, que confessaria tempos depois que a única coisa que o interessava na MTV era o programa "Clássicos", que exibia, entre velharias dos anos sessenta e setenta, clipes das bandas do pós-punk — um punk e um pós-punk na mesma banda? Eu tinha sérias dúvidas se aquilo daria certo.

31.

Deu. Show aprumado, Alemão mostrou personalidade, e balançou seu meio-cabelo por uma hora e trinta minutos. As do Nirvana foram moleza. Já em "Would" brincou de pique atrás de Pixote, mas a música convenceu pelo arranjo marcante dos tambores, recriado por Tulipa. Quanto a mim, finquei o pé no grave de minha voz e mandei ver, sem maiores tremores. As músicas novas funcionaram perfeitamente. Levamos tudo na tranquilidade, para que as cordas de Alemão não ficassem muito tensas. O sistema de iluminação de Da Hora — agora com efeitos de papel verde — e o palco — pequeno, mas decente — com os velhos amigos tapetes, me deram conforto suficiente para que eu sentisse a aprovação estampada nas caras do público. Foi incrível a sensação de ter contribuído para a versatilidade do No Control.

 Apesar de espremer os cinco da banda mais os amplificadores e pedestais, o palco acabou servindo como plataforma de lançamento para vários moleques que se projetavam dele para a cama de braços erguida pela plateia, manifestação que na minha estreia tinha sido exclusiva de Jambo, que reassumiu os vocais na reta final do show.

Uma cena mambembe: depois de fazer o solo de "Formiga Shit", o hino do No Control, Pixote abandonou a Giannini Sonic no meio do palco, foi para o meio do público e ficou por lá. Entrou na saraivada de golpes do pogo e não voltava para a conclusão da música. Tulipa e Alemão ficaram longos minutos dando voltas em torno da base para que o Sr. Sobrancelhas de Taturana pudesse curtir em paz seu agito no meio da rapaziada. Tulipa começou a esgoelar: "Volta, Pixote, volta!" E nada. Jambo fez a mesma coisa usando o microfone. E nada. Um menino da plateia cutucou Pixote. E nada.

Com raiva habilidosa, Tulipa começou a disparar baquetas na direção do guitarrista, que se liquidificava no miolo de camisetas pretas: com a mão direita, controlava o andamento no chimbal e na caixa; com a esquerda, pegava baquetas no estojo de couro pendurado na bateria e disparava mísseis constantes e certeiros nas costas de Pixote. Como acertou quase todos os projéteis, o alvo resolveu voltar para o palco e tocar o resto da música.

Depois da madrugada de sinuca e da rabada tradicional no Bar do Preto, estávamos tranquilos, pois o Alemão era nosso novo baixista. Notei que Tulipa não ficou mastigando o fato de Pixote ter abandonado o palco, e no caminho de casa especulei sobre o motivo de tanta condescendência. Ficaria explicada a precisão bélica do baterista:

— Ele faz isso em quase todo show — esclareceu Tulipa, enquanto o dia esclarecia a escadaria da igreja matriz.

32.

A essas alturas, o fato de morar em Formiga já tinha galgado o *status* de uma aventura confortável. Eu gastava cerca de dez minutos de caminhada, fosse para trabalhar ou para arrancar o tampão da cabeça nos ensaios. Para a faculdade, pegava na esquina o ônibus que cruzava a cidade. Isso me obrigava a paralelos constantes com minha vida em Belo Horizonte — dependurado em coletivos, filas quilométricas pra tudo, enormes distâncias, ruas de indiferença. Em casa, o temperinho da mamãe, a cachaça do papai e a MTV sempre que era possível. A emissora tinha lá suas bolas fora, mas exibia ótimas surpresas que acabaram me deixando profundamente envolvido com várias bandas novas. Os grupos de preferência antiga brigavam pau a pau pela minha atenção.

Nunca tinha passado pela minha cabeça que morar em Formiga pudesse ser tão agradável. Mas, como em tudo na vida, alguma coisa estava faltando. Depois de um ensaio a banda combinou de se encontrar à noite no bar do Claudinho, que passara a se chamar Vídeo's Bar por causa de uma TV conectada a um potente sistema de som onde os fregueses podiam ver a MTV mais satisfeitos. A entrada ocupava a esquina da Praça Ferreira Pires com a Rua do Porão e se espalhava por quatro portas na fachada com arquitetura do começo do século XIX. Mesas e cadeiras de plástico bem novinhas ficavam distribuídas em um salão, bastante espaçoso.

Fui o último a chegar e fui logo me sentando na única cadeira disponível, reservada para mim pelo pé do iluminador Da Hora. Cerveja na mesa, assuntos em andamento, um troço me incomodou. Com a exceção de Da Hora, todos estavam acocorados a belas meninas: Pixote e Fernanda Viana; Jambo e Alessandra, da Belos Tecidos; Alemão e Cláudia. Tulipa estava inaugurando uma namoradinha: Marina, um monte de curvas, brincos e tatuagens que conhecera num campeonato de skate em Divinópolis, a setenta quilômetros de Formiga. Quando ela foi ao banheiro, Tulipa me mostrou o presente que Marina havia trazido pra ele naquele dia: um exemplar de *On The Road*, de Jack Kerouac, em que escreveu "Eu te amo" em todas as páginas.

O problema é que tamanha paixão tinha sido registrada num livro que tinha inscrições bem nítidas em sua página inicial: um carimbo revelava o lugar onde o presente fora adquirido, a "Biblioteca Pública de Divinópolis". O exemplar contava ainda com o controle de empréstimos, cujos últimos quadrinhos mostravam a tinta fresca dos registros das devoluções mais recentes. Impressionou-me que ela não tivesse notado elementos tão visíveis, antes de presentear Tulipa com o fruto de um furto.

Enfim, os molambentos skatistas interrompiam as conversas para dar beijinhos. Depois de pagarmos a conta, percorri a avenida dos morcegos com um só pensamento: *Está* passando da hora de *arrumar uma namorada*. Minha última tinha sido a Lívia, em Belo Horizonte, que desistira de mim dois meses antes de eu ser demitido do banco. Antes de voltar para Formiga, chegara até mim a informação de que estaria namorando um jogador do Santa Teresa, clube de futebol de um bairro tradicional de BH.

Entre as meninas dos arredores da gráfica, nenhuma se enquadrava no perfil "namorada do André" — umas, porque já tinham namorados com seus carros bacanas; outras, porque não queriam namorar sério para continuar brincando nos carros bacanas dos namorados das amigas. E tinha ainda aquelas que, de vez em quando, saíam com um tipógrafo pobre e acabavam ficando amigos. No Porão e imediações, empreendi buscas por uma fêmea constante; não capturei nada. O jeito era consultar o manancial da faculdade.

Depois de vários dias de observação arguta, seguida de entrevistas e testes práticos, conclui que a mulher ideal não estava na minha sala. Passei a garimpar nos corredores durante os intervalos, mas foi numa escadaria que ganhei um sorriso diferente. Eu voltava da tesouraria, preocupado com o aperto que me esperava depois de mais uma mensalidade paga, quando uma beleza me ferrou o peito: cabelos lisos castanhos claros, olhos pretos de um mistério árabe, boca carnuda com dentes brilhantes, uma constelação de pintinhas num rosto de céu em negativo e um metro e setenta sustentados por um corpaço.

Entrei na sala de aula sem acreditar que aquele sorriso fosse para mim. Passados alguns dias, ela e uma colega tomavam refrigerante na praça de alimentação da faculdade. Passei em frente à mesa folheando um livro — um homem de letras perdido entre os folguedos estudantis. Sentei-me num banco e esfreguei a vista cansada de intelectual. Ela realmente não parava de me olhar, nem de sorrir para mim.

Depois da aula do sábado de manhã, puxei conversa na escadaria da saída. Detectei um sotaque tão paulistano que só faltava a garoa vir junto:

— Muito prazer, Sílvia.

Nos sentamos no banco para esperar o ônibus; ela me disse que tinha vindo parar em Formiga porque a mãe, formiguense, tinha se separado do pai e resolvido voltar à terra natal.

Eu e Sílvia passamos a nos encontrar nas noites de terça e sexta, depois das aulas, beijos longos, abraços cheirosos. Sua beleza, seu jeito de mexer os cabelos, retardaram uma malícia que já teria explodido na direção de um espécime comum. Escrevi cartas e poemas alucinadamente apaixonados. Fiquei bobo. Paspalhão. As coisas que ela me falava tinham a intensidade de um chumaço de algodão, mas eu sabia que a qualquer segundo conseguiria fazê-la verbalizar seu grande amor. Para mim, já era transbordante sua permissão para qualificar como namoro o nosso relacionamento, já era um milagre que uma mulher estonteante gostasse de Led Zeppelin. Alguém tinha esquecido aberta a porta do céu.

Apresentei Sílvia para a confraria do Porão e para o pessoal da banda. Muitos amigos me diziam que eu estava forte, pois dominava um mulherão em que muita gente estaria de olho. Não tinha carro, não tinha contador, mas era vocalista de uma banda de rock e tinha uma namorada maravilhosa. Formiga era a melhor cidade do hemisfério sul.

Numa terça-feira, esperei por Sílvia no barzinho de sempre, perto da faculdade, e nada. Telefonei. Ela me disse que a mãe estava em crise depressiva, precisando muito da filha e tal. Só voltaria ao curso de História na semana seguinte. Eu em vão a esperava no barzinho de sempre. Colocou a culpa de seu insistente sumiço num trabalho sobre a Guerra do Peloponeso. Seus beijos profundos se transformaram em bicotinhas, despregadas por expressões sisudas. Parou de sair à noite, pois precisava ficar ao lado da mãe. Parei de insistir, pois era vocalista de uma banda de rock e tinha um nome a construir.

A retração de Sílvia chegou ao máximo quando ela passou a se desviar de mim nos corredores da faculdade, pouco se importando se eu estava percebendo. As pessoas já tinham começado aquela perguntação nojenta, e minha tristeza já comandava que na gráfica eu cantasse blues. Depois de quase um mês nessa "lequelequeia", vi Sílvia conversando com um homem em frente ao coreto da Praça Ferreira Pires. Era sábado à noite, e as pessoas se aglomeravam perto do Clube Centenário, onde haveria um baile. Na minha condição de abandonado, nem quis saber de identificar o homem da jaqueta de couro.

A coisa se estrumbicou depois do baile. Eu voltava do Porão com o Paturi, quando encontramos o movimento das pessoas que deixavam o clube. Sílvia passou bem na minha frente, com sua boca a emanar o mesmo sorriso que me fincara o peito e de mãos dadas com o homem da jaqueta: o homem que arrancou meu couro era Danilo, meu primo em primeiro grau, que tinha se separado da esposa. Os dois zarparam em sua caminhonete negra, jogando fumaça na neblina que pairava sobre a praça. Paturi me deu dois tapinhas nas costas que diziam: "Bar do Preto".

Como disse Nabokov, uma ninfeta não tem noção do poder de seus poderes. Já uma mulher feita, uma potranca tipo Sílvia, tem plena clarividência do que é necessário para arrebentar um homem. Meus ombros pesavam, amargos. Formiga era o inferno.

Meses depois da tragédia, Sílvia voltou para São Paulo com sua mãe e sua beleza desgraçada. Todas as vezes em que ouvia uma fita Vat do Camisa de Vênus, que minha prima Heloísa gravou pra mim em 1988, me lembrava da "Sílvia Piranha".

33.

Fiquei baqueado por um bom tempo. Numa noite, tentava me concentrar nos estudos para uma prova de Literatura Portuguesa quando meu pai bateu na porta do quarto dizendo que um "menino" queria falar comigo: com sua mochila sobre o uniforme da Escola Estadual Professor Tonico Leite, o Pixote. Quando nos sentamos em minha cama, soltou um suspiro e demonstrou sua solidariedade pelo meu vácuo de Sílvia com duas frases, de impacto filosófico profundo:

— Pô, cara. Foda.

Explicou que tivera que parar de estudar de manhã para se matricular em um curso noturno com um grau de exigência menor, já que suas notas nunca saíam da penúria. A mudança, pelo jeito, não seria eficaz, pois já estava matando o segundo dia de aula. Ao perceber que eu estava estudando, quis ir embora, mas minha frágil condição precisava de um amigo, de preferência um amigo que tocasse guitarra no No Control, a instituição que me acolhera.

Para embalar a conversa, coloquei uma fita do Deep Purple com o "Machine Head" na íntegra. Depois de "Highway Star", Pixote deu um sorriso largo; disse que tinha visto o clipe da música no Clássicos MTV e já tinha feito a transposição para o violão.

— Bem que a gente podia passar no ensaio — disse o guitarrista.

A frase descortinaria um novo rumo para meu desempenho no No Control. Saiu uma conversa sobre várias bandas que nos interessavam e poderiam ter músicas salpicadas no nosso repertório. Ficamos bastante entusiasmados a cada citação dos videoclipes que poderiam ser aproveitados. Eu e Pixote acreditávamos nas mesmas apostas: "Nearly Lost You" e "Dollar Bill", do Screaming Trees; "Sex Type Thing", do Stone Temple Pilots; "Hunger Strike", do Temple of the Dog, projeto que misturava membros de bandas de Seattle; a pancada "Unsung", do Helmet; a arrastada "Angry Chair", do Alice in Chains, e "Paranoid", do Black Sabbath, outra velharia que frequentava o Clássicos. Sabíamos que não eram tão complicadas, o No Control poderia dar conta delas. Quanto ao meu vocal, eu estava tranquilo, pois já balbuciava aquelas canções na gráfica há vários dias, em meu inglês particular. Na despedida, Pixote disse que falaria com Jambo e Tulipa sobre a possibilidade de trabalharmos essas músicas no próximo ensaio. Eu me encarregaria de avisar Alemão.

— Pô, André, depois vou te aplicar num som pesado muito massa que a gente também pode colocar no repertório. É de umas bandas de *death metal*, muito legal. Tem Genital Deformities, Suppurated Fetus, Defecation. Cara, Defecation... é bom demais! Tenho um fanzine deles — arrematou o guitarrista, enquanto descia as escadas.

Pixote sempre me fazia dar gargalhadas búfalas. Não acreditei que bandas com esses nomes existissem, ou combinassem com o tipo de som do No Control. Além disso, Tulipa não suportava *thrash metal*.

34.

Os demais membros da banda não fizeram objeções quanto às músicas, assim como ninguém se importou se me dariam o mesmo tamanho de fatia que Jambo tinha como vocalista; minha voz, afinal, se ajustaria perfeitamente aos timbres daqueles cantores. Ficou combinado que o ensaio teria que acontecer, excepcionalmente, no domingo de manhã: o sábado pertenceria a Ramiro, que colocaria toda a família para ajudar nos retoques de acabamento da nova casa; o domingo seria de Pixote, que tinha trânsito livre para exercitar sua inabalável fé no Sagrado Coração de Jesus durante a missa matinal.

Como Ramiro fazia perguntas sobre a mensagem do Evangelho para conferir a atenção litúrgica de Pixote, Da Hora seria o missionário enviado à igreja para depois proferir as escrituras à ovelha da guitarra. O ensaio seria promovido pela igreja católica; porém, o que aconteceria naquele domingo ficaria conhecido como "O ensaio espírita".

Por volta das dez horas, a corja toda estava na casinha do barulho, sob um céu muito azul e quente. Depois de ajeitarmos tudo para começar o ensaio, instrumentos em punho, surgiu uma figura que nunca tínhamos visto. Era um homem de uns cinquenta anos, grisalho, óculos grossos e quadrados, cavanhaque de bode e uma carteira de couro muito grossa e comprida embaixo do sovaco. Trajava a roupa universal dos turistas: camisa branca, bermuda bege com um calombo grande num dos bolsos, tênis branco. Atrás dele, vinha uma escadinha de quatro garotos, aparentando ter entre treze e dezesseis anos. Todos usavam uma espécie de faixa em volta da cabeça.

Polido, o homem deu bom-dia, pediu licença, entrou devagar no cômodo e disse, com um sotaque doloridamente familiar para mim:

— É que eu sou de São Paulo, minha mulher tem parentes na cidade e venho aqui de vez em quando. Sempre fico hospedado na subida da praça e de lá ouço o som de vocês há muito tempo. Desta vez eu vim com meu filho — disse, apontando para o mais alto e pançudo — e uns primos dele. Eles têm uma banda que só toca Guns N'Roses e ficaram morrendo de entusiasmo quando eu falei que vocês ensaiavam aqui. Dá pra deixar eles tocarem uma musiquinha aí?

Foram cinco segundos de um silêncio de uma tonelada. Todo mundo olhou pro Tulipa, chefe e protetor da casinha. Com os olhos vermelhos, esbugalhados e quase lacrimejantes, o padeiro punk disparou:

— Lógico! Sem nenhum problema! Fiquem à vontade! — ele falou, com aquela gentileza forçada, que esbarra na hemorroida.

Com movimentos quadrados, Tulipa cravou suas baquetas sobre a pele da caixa e saltou da bateria, passando suas pernas por cima do surdo com a elegância de uma seriema. O cara estava tremelicando de tão puto, puto, puto. Dava até dó. Ao refletir sobre aquela diplomacia ardida, conclui que só podia existir uma única explicação para a reação paradoxal de um cara autêntico como Bob Cuspe.

Conforme o impossível leitor já sabe, a propriedade onde ficava a casinha era controlada pelos filantropos da maçonaria, entidade que tinha o pai de Tulipa como grão-mestre ou algo que o valesse. Não ficaria bem para o baterista escorraçar com chicotadas e pontapés os vendilhões do templo, que profanariam nossa igreja com Guns N'Roses.

O ódio de Tulipa pelo Guns escorria azeite a 0,3 de acidez. Seu passatempo preferido durante os atrasos de Pixote era brincar de descrever como mataria Axl Rose, o vocalista com cara de uma Jodie Foster ninfeta. De fato, Axl, com sua banda cheia de pose, era o anticristo dos punks. Eu até gostava de algumas músicas do Guns, mas tolerar o Axl já seria demais. Para mim, quem realmente prestava era o Slash.

É claro que os paulistaninhos não tinham trazido nem uma corda mi, e foram se preparando para vilipendiar nossos instrumentos sagrados. Ao testar o microfone, o pançudo deu a deixa de que era evangélico: "Alô, alô, Jesuuuusssssss", *u* para apalpar os graves e o *s* sibilante para os agudos, amplificadores ajustados, tudo pronto para a tortura.

Para meu estarrecimento, os garotos foram bem. Tocaram três músicas de maneira decente, "It's So Easy", "Move To The City" e a versão para o clássico de Bob Dylan "Knock On Heaven's Door". O guitarrista, com um nariz de paulistano italianado, mandou com decência suas versões para os solos de Slash. Ficou óbvio que teria ganhado sua primeira guitarra, uma Fender Stratocaster qualquer, quando ainda comia melecas do nariz, e deve ter tido todo o tempo do mundo para estudar com aqueles professores fodões. O vocalista imitava a voz do Axl, com todas as afetações de seu ídolo e de um jeito convincente o bastante para despedaçar o crânio de Tulipa e esquentar os piolhos que não tínhamos, esses garotos paulistanos e sua oportunidade de ensaiar horas seguidas em estúdios caros! Malditos!

Ao fim da exibição, as últimas centelhas de distorção foram sumindo até que se fez o silêncio mais curto e mais opressor que eu tinha escutado até então. Algum tipo de manifestação teria que brotar. Pixote acabou soltando um "Aíííí!", seguido de um "Valeu" de Jambo e de umas seis palminhas estaladas pelas mãos encaixadas no alto dos joelhos dos skatistas, sentados junto à parede do fundo. O senhor responsável pelos "ô meu" soltou aquele sorriso bobo de paizão orgulhoso e disse:

— Eles querem ouvir vocês tocando. Toquem alguma coisa aí!

O contra-ataque: o clima de sacrifício virou uma atmosfera de combate — Punks x Posers; Formiga x São Paulo; Aldeia contra Império; Banda do Messias Mugango Trompetista x Demônios da Garoa. E eu contra Mário de Andrade.

Olhei para Tulipa. Tulipa me devolveu o olhar, que transmitia o código "Execução" com a mensagem "Demolição sem misericórdia". Pixote, com sua calça comprida de missa, já fazia "kam, kam, kam". Alemão ajeitou o meio cabelo com sua frieza de filho do Córrego da Areia. Me apossei do microfone e o testei da maneira consagrada em todo o território nacional:

— Alô. Som? Teste. Som?

Jambo preferiu ficar imóvel na parede dos skatistas.

— Que tal se a gente tentasse uma daquelas que a gente combinou, hein, Pixote? — instiguei.

— Topo. O que vocês acham?

— Por mim, tudo bem — respondeu Tulipa, fazendo entre os dedos uma baqueta de ventilador. — E aí, Alemão?

— Não custa tentar. A gente ia experimentar, mesmo.

— Vamo de "Highway Star"? — sugeri.

— Bora lá! — carimbou Tulipa... e "ão, dois, três, quatro!"

O que se seguiu foi um fenômeno do outro mundo. Tulipa e Pixote fizeram a introdução repicada, Alemão entrou com o baixo, soltei aquele grito que vai do médio ao extremo agudo, bem ao estilão de Ian Gillan, vocalista do Deep Purple. Eu tinha visto o vídeo vezes suficientes para memorizar a pronúncia e as afetações de Gillan, que naquele clipe ao vivo que passava no Clássicos eram diferentes do disco original.

Foi incrível. Pulamos o solo de teclado e Pixote esmerilhou o solo de Ritchie Blackmore, enquanto eu dava mudas gargalhadas que diziam "Seu filho da puta!". Com alguns errinhos, a música saiu praticamente de primeira. Não daria pra segurar a satisfação estatelada em nossas bochechas. Estávamos possuídos, e era preciso aproveitar a ebulição daquela mediunidade. Ainda com os pratos de Tulipa tilintando, Pixote gritou:

— Vamo a do Stone Temple Pilots!

Olhamos uns pros outros balançando as cabeças na vertical e lançamos outro míssil. O instrumental teve alguns deslizes, mas saiu com a consistência necessária. Tive certeza de que minha voz estava deixando a música muito aproveitável, porque os vocais de Scott Weiland eram de uma especificidade grave facilmente alcançável para mim. Algo muito forte nos compactava.

— Legal! Toca mais uma aí que a gente precisa ir embora— pediu o paizão.

Eu lancei:

— Vamo a do Helmet?

Pixote deu um sorriso do tipo "É agora". Com sua formação nas vertentes mais pesadas e rápidas do *heavy metal*, ele adorava tocar músicas com um peso maior. Os caras do Helmet abusavam do peso com a rapidez e o volume de uma distorção monstruosa, mas faziam um som bem palatável e com uma pegada empolgante. O videoclipe de "Unsung" era interessante, porque mostrava um som geralmente feito por cabeludos grandões vindo de uns rapazes magrinhos, que mais pareciam estudantes de Direito com roupinhas de fim de semana. E o vocal mais para médio, outro filé para mim.

A música era muito energética e tinha riffs de guitarra muito bem emendados. Fomos deixando a vibração nos envolver e cedemos ao que aquele rock corpulento pedia. "Unsung" tinha uma parte em que a voz saía de cena para que os instrumentos caíssem até o final da música em movimentos ainda mais rápidos que o andamento normal. Foi quando deixamos a coisa se apoderar de nossos corpos: Pixote e Alemão sacudiam cabeças e instrumentos com a mais absoluta fúria; Tulipa, com olhos e dentes de Jack Nicholson em "O Iluminado", fazia com perfeição as rajadas de caixa e tambores; separei bem as minhas pernas, para projetar minha cabeça para frente e para trás com força suficiente para fazer meus pés saltarem repetidamente na tábua do assoalho.

Nosso som empurraria as colunas do templo dos filisteus. Éramos deuses guerreiros, com nossas clavas sagradas. Nossa felicidade era a de porcos na lama, cachorros no açougue, bactérias na coalhada. Naquele instante, percebemos que havíamos sido abençoados com o ingrediente mais importante de uma banda de rock: o entrosamento.

Concluído o bombardeio, os visitantes se despediram e agradeceram com palavras enfumaçadas, a timidez tonta de um boxeador que perdeu por nocaute. O paizão subiu o beco da igreja a passos arrastados, com a mão nos ombros do filho. Todos estavam de cabeça baixa. Se tinham gostado ou odiado, não daria pra saber, pois não emitiram qualquer parecer. O que captei foi o rastro de um pensamento daquele senhor: *Fomos varridos*. Com a satisfação da barriga cheia, espiávamos a desolação da porta da casinha.

— Em ninho de cobra não cresce lagartixa — sentenciou Tulipa.

35.

Meu coração bate esquisito enquanto meu nervo ciático dá suas fincadas que descem por trás da perna esquerda. Não crio coragem para operar essa hérnia e vou me aguentando. Só uma coisa realmente importa: escrever, para reviver cada milímetro daquelas sensações.

Eu era vivo demais. A memória daqueles anos ajuda a afastar a culpa por minha insegurança de agora. Em minha cabeça o "ensaio espírita" ecoa. Choro. Quando o andar de baixo da ampulheta está cheio de areia, ficamos emotivos e choramingas. É preciso fumar um cigarro na janela.

Vejo um menino de uniforme escolar descendo do carro, na companhia de um homem que tem tudo para ser seu pai. Correm de mãos dadas para atravessar a rua. As perninhas do menino mal suportam a pressa tensa; o homem o entrega para a funcionária militarizada do colégio em frente ao meu prédio. O homem beija o cabelo penteado do menino. Não é um motorista; é um pai. Motoristas são homens breves, e não beijam. O feio portão de ferro engole a moça e o menino. O pai volta correndo, para se blindar no carro com seu terno preto; parte relinchando os pneus. Passaria o resto do dia arranhando o céu em algum escritório com frigobar, secretária operada para redução de estômago e móveis pretos regidos em coro.

Nenhum outro carro passou pela rua enquanto esse instantâneo se desenrolava, nenhum indivíduo com um pacote suspeito se aproximou do pai. Mas a paranoia faz parte da vida, assim como a sede, o preço do antibiótico, a vontade depois do gozo de fazer sua parceira sumir. Pelo menos ali, naquela rua, um sequestro não tinha acontecido. Pelo menos até aquele comprimento de dia.

E a mãe? Por que a mãe não tinha levado o filho à escola? Estaria indo fazer dinheiro na outra extremidade da cidade? Estaria aguando as orquídeas? Estaria cheirada, em alguma orgia de Las Vegas? Ou já teria conseguido morrer, depois de fingir um sorriso na foto sustentada pelo bico de um beija-flor de plástico? Estaria sendo mulher só nos buchos, sem a força necessária para a guerra de ser mãe?

Quero levar aquele menino para a minha cidade antiga. Ando com ele pela avenida arborizada que margeia o Rio Formiga. Nem precisamos de mãos dadas. Enquanto ele usa a mãozinha para testar a textura das folhas de uma quaresminha, pode esticar o outro braço para perguntar: "Que passarinho branquinho é aquele?"

"É uma noivinha", respondo.

De boca aberta, observa a chegada das garças e o pôr do sol, centenas delas a obedecer o fogo do céu traçando formações em triângulo. Ao se ver embaixo das árvores enormes que abrigam o magro cansaço das aves, o menino ri e pula. São três flamboyants em frente ao Bazar Central, que todas as tardes se transformam em santuários. Em Formiga. O garoto ouve o barulho das asas pousando, sente o cheiro forte da reunião e escuta a conversa gutural dos pássaros. Descobre que o passeio abaixo das árvores aprendeu a ficar branco por causa das bostinhas das garças, e ri alto, com os dentinhos da frente um pouco separados.

Continuamos pela avenida do rio. Vários pássaros encantam o passeio do menino, sabiás, bem-te-vis, canários, pardais, tirizius, paturebas. Chegando à ponte da feirinha, ele arregala os olhos ao ouvir o canto de risada cortada da saracura-três-potes. "Nossa! Tem uma montanha bem ali na frente". Dá pulinhos e diz que quer subir o morro do Cristo, para ver a cidade lá de cima. Dou-lhe um copo de garapa e um pedaço de caçarola. Ele se lambuza todo, chupa os dedos na subida do morro. Não está de uniforme, está sem camiseta. Usa um short branco encardido que contrasta com seu par de Kichutes, cadarços trançados por baixo das travas. Carrego uma bola de meia para jogar com ele ao entardecer, sob os olhos da estátua do Cristo.

Teria tido o menino, desovado pelo pai naquela escola trancafiada, a boca cheia d'água por causa de uma caçarola de boteco? Aquela última fatia namorada pela mosca, toda boba de tão satisfeita no canto da estufa? Meninos como aquele nunca arrancarão bifes do dedão jogando bola na rua, nunca se esborracharão num carrinho de rolimã, nunca recolherão sua pipa cagada de urubu, nunca se avermelharão de amoras em cima da árvore, nunca ajuntarão pitangas para a menina mais bonita da rua, nunca tirarão um bicho-de-pé com a agulha de costura da mãe esquentada no fogão a lenha, nunca pilotarão um arquinho na Praça da Matriz, nunca gritarão seus clamores num microfone vagabundo.

— Meninos sem Kichutes, estamos quites! Vocês nunca crescerão em Formiga e eu em São Paulo nunca terei significado!

Deixo a janela e vou requentar o café.

36.

Aquele novembro de 1992 foi mixo na frequência de ensaios. Tulipa passou um fim de semana em Candeias para as comemorações do aniversário de seu avô. Num outro sábado, foi enviado por seu pai para um curso de aperfeiçoamento na produção de pães, visto que a Grão Sabor vinha crescendo. O padeiro punk passou uma semana em Belo Horizonte e voltou cheio de artimanhas para novas guloseimas. Pixote passou um bom tempo trancafiado no calabouço por causa de sua matança de aulas, flagrada por Ramiro, que viu o filho se apertando com a Valquíria da Pastelaria Glória na esquina da rua do hospital São Luís.

No último sábado do mês, fizemos algo que nem sei se chamaria de ensaio. Combinamos de nos encontrar no horário de sempre. Depois da faculdade, alguns colegas me convidaram para tomar cerveja e nem fui em casa almoçar. Uma enorme porção de tilápia me incentivou a tomar várias cachaças com laranjinha-capeta e fiquei irremediavelmente embriagado. Tomei o coletivo com dificuldade e desci babando, em frente à casinha do ensaio. Todos estavam lá, até Pixote com sua agente de liberdade condicional, Fernanda Viana. Entrei quando Jambo cantava a última música do seu set, tropecei num cabo e me espatifei ao lado do amplificador do Alemão. Tentei me recompor ficando de pé rapidinho, com as mãos espalmadas e aquele jogo de pescoço de quem pede desculpas. Expliquei que tinha feito uma festinha com os colegas da faculdade. Tulipa, com a cara muito ruim, me perguntou se eu tinha condições de ensaiar.

— *Lóchico* — respondi debilitado.

Consegui, com uma voz de bezerro perdido, cantar a primeira. Como eu tinha mania de cantar com os olhos fechados, perdi o equilíbrio no meio da segunda e fui amparado por Alemão. Ainda na segunda, chutei o quadradinho de madeira onde repousava o pedal de Pixote e o desconectei imediatamente. Pedi desculpas, supliquei para começar de novo. Antes do solo de guitarra, cambaleei, caí pra trás em cima do bumbo da bateria e derrubei duas estantes de pratos. Tulipa me empurrou de volta e caí de joelhos. O baterista me cobriu de tudo quanto é tipo de xingamento, afinal, eram seus pratos Ziltannan.

Se meu espetáculo à Vicente Celestino fosse a única desgraça daquela tarde, nem seria tal mal. Problema mesmo foi quando uma Chevy branca parou em frente ao cômodo de ensaio. Era o algoz em pessoa: Ramiro.

— Marcelo, entra nesse carro agora! — berrou. Saiu do carro batendo a porta e parou na entrada da casinha.

— Pô, pai, eu já fiz tudo que o senhor me pediu hoje!

— Já falei que não quero você andando com essa corja de desocupados.

— Calma, sô Ramiro, não é bem assim — interveio Tulipa.

— Como não? Olha o estado daquele rapaz ali. Tá tonto igual uma cabaça! Não quero meu filho nesse tipo de ambiente!

— Pô, pai. . .

— Vai tratando de entrar no carro. Ué, Fernanda, até você tá aqui?

— Os meninos são gente boa, sô Ramiro! — defendeu a moça.

— Gente boa só se for dormindo. Vou falar hoje ainda com seu pai — disse, apontando pra ela. — Marcelo, dentro do carro, AGORA!

Encostado na parede, eu não conseguia me mover. Aqueles gritos chegavam para mim como se viessem de um lugar distante. Me sentei no assoalho e apaguei. Depois do vendaval, ninguém quis me colocar no passeio. Resolveram me deixar dormindo. Tulipa me trancou lá dentro e foi pra casa. Horas depois, voltou para me acordar e me passar o relatório de toda a merda que eu tinha feito. Com o fedor azedo da ressaca, subi vomitando pelo beco da igreja. Era preciso reunir um mínimo de condições para que meus pais não me vissem naquela decrepitude. Passei um tempo escornado num banco da Praça da Matriz.

Não adiantou. Meu pai me encheu o saco assim que percebeu minha tolice alcoólica, no instante em que pus os pés dentro de casa. Preocupada, minha mãe quis saber por onde eu andara o dia inteiro. Eu era o mais fodido dos seres humanos: tinha avacalhado com a banda e não tinha um lugar para cair sozinho, sem entristecer boas pessoas. Depois do meu banho difícil, mamãe entrou no meu quarto com um prato fumegando nas mãos. Era uma sopinha com batatas e carne moída.

Dependendo da situação, carinho acaba de acabar com a gente.

37.

Meus amigos da banda já me conheciam o suficiente para saber que eu jamais teria a intenção de prejudicá-los. Logo trataram de transformar o desastre em piada e isso espantou minha consciência, que não parava de me bicar. Daí passamos a ficar antenados em músicas novas, para continuar renovando o repertório.

Formiga estava bastante quente em dezembro de 1992. Num domingo bem próximo do Natal, pouco depois de uma macarronada com queijo canastra, resolvi perambular pelas ruas do centro da cidade. Já tinha garantido minha aprovação no primeiro ano de faculdade, com notas mais do que interessantes. Minhas férias do curso de Letras estavam só começando, e eu via possibilidades de aproveitar merecidamente as festas do fim do ano, um ano que tinha começado negro e trazido surpresas revolucionárias. A única coisa que realmente me incomodava era a falta crônica de dinheiro no bolso. E de uma namorada.

Os bares no entorno da Praça Ferreira Pires sempre ficavam abertos nas tardes de domingo. Cruzei a praça e vi muitos jovens aglomerados nas imediações. Ao passar pelo bar do Claudinho, vi o Paturi sozinho tomando uma cerveja. Aproveitamos para colocar os assuntos em dia e ele apontou para o Fusca azeitona que havia comprado, graças ao comércio de artesanato em cobre. Me perguntou por que eu tinha sumido das festinhas na casa do Fabrício Mauro, e o informei a respeito do meu envolvimento com a banda.

Vi Jambo em frente à agência dos correios e gritei. Ele se sentou conosco e disse que estava aguardando Tulipa para andar de skate. Em frente ao Clube Centenário, vi Pixote e Alemão com suas namoradas. Quando tinha qualquer companhia feminina, Pixote era engraçado: levantava um pouquinho os ombros e abria os cotovelos para aumentar sua latitude. Costumava levantar um pouco o queixo durante suas tentativas de fumar um cigarro, gesto perfeito para um homem feito.

No momento em que ia me levantar da mesa para chamar os dois casais, entrou no bar o Mocó, ex-dançarino de lambada e então skatista; naquela tarde, dono de boteco. Todo suado e sacolejante, disse que tinha aberto um bar numa salinha. O acesso era uma porta estreita, cavada numa das paredes que acompanhavam a escadaria ao lado do Clube Centenário, uma escadaria bem larga, com um canteiro no meio e dois patamares de concreto que interrompiam os degraus. Servia de atalho entre o centro da cidade e o alto, onde ficava a estação ferroviária, bem no rumo do morro do Cristo. Para quem subia a escada, o boteco ficava do lado direito.

— Bem que vocês podiam fazer um som na escadaria. Nessa época de férias, o centro fica cheio na parte da tarde. Vocês podem puxar a energia do bar para plugar os instrumentos — ofereceu Mocó.

— É mesmo, André! Eu ajudo a pegar o material no meu Fusca — insistiu Paturi.

A fagulha virou um vulcão. Éramos fanáticos demais pelo rock para perder uma oportunidade daquelas. Nem ligamos para a ausência de cachê. O negócio era agarrar a chance de fazer uma coisa inédita, e divulgar o No Control para quem nem sonhava com sua existência. Jambo lançou-se da mesa para ganhar Pixote e Alemão. A excitação era tanta que afastou a sombra de Ramiro, ninguém quis cogitar sua interferência. Tulipa chegou de skate e se juntou à nossa euforia. Em três viagens de Fusca, Tulipa e Paturi trouxeram toda a tralha da casinha de ensaio. Nossos velhos amigos tapetes foram estendidos no primeiro patamar da subida para a estação. Armamos uma teia de extensões e levamos a energia para nossos amplificadores.

Depois de duas horas de correria, estávamos habilitados a tocar. Todo aquele vaivém de equipamentos e instrumentos despertou a atenção das pessoas, na praça e ao redor dela. Mocó não perdeu a oportunidade comercial e foi logo iniciando o pregão:

— Vamo chegando, minha gente! Aqui na escadaria tem cerveja gelada e o melhor do rock'n'roll! Vamo chegando! Tem churrasquinho da melhor qualidade! Olha o rock, gente! É ao vivo! Cês já viram a banda chegando! Olha a cerveja, moçada!

Começamos com "Highway Star". O público foi se formando; e o boteco do Mocó, enchendo. Ao final do clássico do Deep Purple, as pessoas já haviam lotado os degraus abaixo do nível onde tocávamos e os degraus de cima. Ficamos cercados, entre duas paredes de concreto e dois canteiros de gente. Eu e Jambo intercalamos os vocais para que a ala mais purista do público do No Control não se sentisse traída e as pessoas que conheciam os sucessos das bandas novas não ficassem desamparadas. Essa fórmula garantiu algo inédito para nossa banda: o contentamento de duas plateias, seus antagonismos dissolvidos pelo nosso som.

Se tocássemos Ramones, éramos aplaudidos. Se tocássemos Nirvana, éramos ovacionados. Eu e Jambo agradecíamos a acolhida ao final de cada música. O êxtase dominava as nossas faces. Não parava de chegar gente, na escadaria não cabia mais ninguém. Como estávamos numa posição elevada, a banda ficou visível o suficiente para que as pessoas pudessem assistir ao show, comodamente, em frente à praça. Toda a cerveja e todos os espetinhos de churrasco de Mocó duraram pouco mais de uma hora. Os outros bares logo abocanharam seu filão da farra surpresa.

Desfilamos tudo o que tínhamos ensaiado, mais algumas cartas improvisadas na manga. A sinistra "Angry chair", do Alice in Chains, saiu arrebatadora. Já nos preparávamos para nos despedir do público quando um pretinho de cabelinho rastafári saltitou pela escada e chegou até os tapetes. Era Rodinei, o cantor-guitarrista mestre das gambiarras. Revelou sua imensa vontade de aproveitar aquele movimento para colocar sua banda pra tocar. Ao lado de seus próprios instrumentos, os músicos estariam na praça aguardando nosso consentimento. Tulipa concordou em emprestar sua bateria, não seus pratos, mas isso não seria problema para Buiú, irmão de Rodinei e baterista excepcional, que estava muito bem armado. Imediatamente abandonamos o palco e o Slow Crash, a banda liderada pelo rasta roqueiro, seguiu tocando, enquanto a Praça Ferreira Pires ficava completamente apinhada pelas hordas que desciam dos cultos religiosos dominicais. O Slow Crash foi muito aplaudido, com seu som mais pop e mais voltado para o rock brasileiro dos anos 1980, com ênfase nos sucessos dos Titãs. Por volta das dez da noite, Rodinei não tinha mais voz nem repertório.

Lembro que uns rapazes e algumas garotas também cantaram — alguns com o acompanhamento de Pixote, outros, em parceria com Buiú e Rodinei ao violão. O Fusca azeitona de Paturi havia promovido o maior festival de rock que Formiga tinha presenciado.

Fomos para casa completamente exauridos, depois de desmontar, transportar e descarregar toda a aparelhagem. Não gostei de uma visão que tive ao deixar a Praça Ferreira Pires: Ramiro de braços cruzados e fisionomia grave, nas proximidades do Hotel Colonial.

38.

Passado o Natal de 1992, a juventude de Formiga caiu num buraco negro. A MTV sumiu. Fiquei triste e agoniado. O clima de lamentação era geral.

A sensação de vazio violentava todos que já tinham acondicionado sua rotina na programação alegre da emissora. Os donos de bar, preocupados, logo se equiparam com aparelhos de videocassete para saciar os clientes, acostumados aos ambientes irrigados de som e imagem.

Já os donos de lojas de discos não estavam tão abalados. Sabiam que os fãs das novas bandas apresentadas pela MTV estavam ardorosamente contaminados, e continuariam a comprar os discos de seus artistas preferidos. Os dependentes de música, como eu, ficaram sem chão; não se contentariam apenas com as lojas de discos. Pessoas de nossa estirpe precisavam dos clipes e do jornalismo que cobria cada passo daquelas bandas. E as preciosidades do Clássicos? E as novas tendências do Lado B? E o Fúria Metal? E o besteirol do CEP? E os sábados com o Top 20?

O povo das camisetas pretas encarou a passagem para 1993 como algo funesto, esquisito. Os primeiros dias do novo ano não passaram de cinzas que defumavam o desamparo pelo final da festa incendiária. Poucas coisas tiveram graça para pessoas como eu, e Formiga produziu muitos desses tipinhos naquela época. Para o espinho entrar ainda mais fundo na planta do pé, a Music Television Brasileira nunca mais foi a mesma nos anos que se seguiram.

Dezenas de jovens recorreram aos órgãos de imprensa da cidade para que houvesse um esclarecimento. A garota que presidia o grêmio estudantil da maior escola do centro reuniu páginas e páginas com assinaturas que foram levadas à prefeitura junto a um documento que requeria o canal de volta. Dias depois, o jornal *O Pergaminho* publicou uma matéria revelando que um representante da MTV teria procurado o prefeito Arturo Sandoval para alertá-lo de que o município não dispunha dos dispositivos legais para retransmitir o canal. Como as partes não chegaram a um acordo, o representante teria exigido o corte imediato dos sinais.

A tal garota do grêmio fez novo abaixo-assinado, implorando à prefeitura que cumprisse as exigências legais e financeiras. Eu mesmo assinei, junto com todos os que comungavam do mesmo tédio numa noite de Porão. De nada adiantou. Éramos um rebanho de órfãos.

O trauma custou a cicatrizar, mas a passagem da MTV por Formiga tinha causado um ótimo estrago. Nós, do No Control, tínhamos a mais cristalina consciência de que a Music Television jamais seria a salvação da humanidade; nos rendemos, porém, à constatação de que a emissora havia colocado nossa cidade na rota da última revolução musical, o grunge.

39.

1993 trouxe a síndrome de abstinência e um janeiro pelando fogo. Ainda de férias da faculdade, eu estava frequentando a Praia Popular, parque municipal construído em frente à Lagoa do Fundão. Aquilo ajudava a preencher o vazio, que aos sábados se fazia mais largo.

À direita da Praia Popular ficava o Country, um dos mais suntuosos clubes do interior de Minas Gerais que eu frequentara até os quinze anos, época em que meu pai desistiu de tanto sacrifício para pagar a mensalidade. Foi difícil para mim, porque nos finais de semana meus amigos não saíam de lá. O importante é que qualquer formiguense, sendo da elite ou da classe operária, poderia desfrutar da maravilha da Lagoa do Fundão.

Ao lado dela existia um lago menor, com a sede campestre do Clube Centenário e dezenas de casas de veraneio. Em minhas futuras travessias por Minas Gerais, eu não visitaria nenhuma cidade que tivesse duas lagoas naturais daquela envergadura a menos de cinco quilômetros de sua praça mais central.

A Lagoa do Fundão tinha um desenho majestoso. A quantidade de casas de veraneio não ofuscava a mata, com suas árvores enormes entrelaçadas em várias nuances de verde. Nas áreas de vegetação rasteira era possível ver as capivaras, que elegiam certas manhãs para se aquecer ao sol. De vez em quando, aparecia um jacarezinho de papo amarelo. Turmas de preás sempre brincavam. Toda a região era um verdadeiro santuário de pássaros, de vários tipos e cores, mas nenhum deles destronava o biguá. Maior e mais pescoçudo que o pato, aplainava seu voo esbelto atrás de cardumes até pousar no espelho d'água. Navegava com traiçoeira despretensão até que mergulhava, como uma flecha. Ficava submerso por vários segundos até emergir triunfante, com um peixe pendurado no bico a se sacolejar, prateado pelo sol. Jogava seu pescoço para trás de modo a acomodar a caça em uma posição que facilitasse seu deslizamento pela garganta. Satisfeito, levantava voo e desaparecia pelas colinas que protegiam o lago.

Na próxima encarnação, quero ser um biguá.

As águas da Lagoa do Fundão não admitiam desafios. Muitos perderam a vida no seio de sua beleza.

40.

Pixote andava sumido. Não estava sendo visto nem na padaria Grão

Sabor, onde passava habitualmente para bater prosa com Tulipa e cantar as atendentes. Eu e a turma da banda não nos conformávamos com mais um período mixado de ensaios. Num sábado, resolvemos passar a tarde na Praia Popular. Tulipa e Jambo foram de skate; eu e Alemão, de ônibus. Ao nos reunirmos no parque, Jambo sugeriu que fôssemos nadar num ponto da lagoa conhecido como pau torto. Percorremos uma trilha que passava por algumas casas e logo serpenteava pela mata densa. O pau torto ficava numa área que isolava seus frequentadores da civilização, que, empurrada para o outro lado do lago, não fazia ideia das picardias que aconteciam lá.

Jambo chegou assobiando, um sinal para alertar um possível casal trepando na natureza, mas naquela tarde éramos os únicos privilegiados. Uma árvore desfolhada e de tronco áspero era o pau torto. Era possível subir num de seus galhos e se atirar sem medo naquelas águas límpidas e gostosas.

Esticados na grama, mascando capim azedinho, dedicamos um intervalo da farra aquática à discussão de possíveis inserções no repertório do No Control. Nos descobrimos fascinados pelas bandas Sonic Youth e Screaming Trees: a primeira, por causa do experimentalismo do guitarrista Lee Ranaldo, que esfregava uma baqueta nas cordas da guitarra e tirava sons indecifráveis; a segunda, pelas ótimas canções com os vocais graves de Mark Lanegan. Certamente tentaríamos alguma coisa desses grupos quando o próximo ensaio fosse possível. A belíssima balada "Hunger Strike", do projeto Temple of the Dog, seria muito difícil de tirar por causa do refrão absurdamente agudo sustentado por Chris Cornell, uma das vozes de maior alcance daquela época. Apesar disso, eu disse que tentaria, já que tinha ouvido Pixote dedilhando a introdução da música num intervalo de ensaio.

Parecia que a paisagem à nossa volta alimentava nossas pretensões. Chegamos a cogitar que incluiríamos músicas do Lemonheads e mais uma do Alice in Chains, a pesada "Them Bones". Jambo disse que Pixote teria garantido, antes do show na escadaria, que tinha tirado os acordes de "Give Me Your Money", da banda paulistana Okotô, que tinha uma japonesinha de vocal esganiçado. Essa música tinha alcançado relativo sucesso na MTV e concluímos que combinaria com nosso show. Não é que estávamos nos tornando caçadores de hits, mas respeitávamos nossa sede de agradar ao público. Apesar do falecimento da MTV Formiga, nosso acesso a essas músicas já estava garantido pelos discos e fitas de Tulipa e Jambo.

Vontade, tínhamos de sobra. Incertezas, às pencas. O medo de que o sumiço de Pixote inviabilizasse essas ideias nos assombrava. Nadamos mais um pouco e tomamos a trilha de volta. Ao chegar à Praia Popular nos sentamos em frente à lagoa. Uma proposta de Tulipa colocaria fogo naquele resto de sábado.

— E se a gente organizasse um festival?

Três caras enigmáticas esperavam uma explicação.

— Do nada, a gente conseguiu todo aquele movimento na escadaria e na praça. Podemos convidar o Slow Crash, e outras bandas que estão pipocando por aí, e fazer um troço organizado lá no Pomar — emendou o baterista.

— Meu irmão, o Walter, tá tocando guitarra base no Slow Crash. Vou falar com ele hoje — prometeu Alemão.

Jambo propôs um lance inusitado:

— Eu tô pegando uns bicos na oficina de um torneiro mecânico que é um guitarrista de blues muito fera. Não custa nada convidar ele.

— É um cara que costumava fazer uns shows no estacionamento atrás do Porão? — perguntei.

— Ele mesmo — confirmou Jambo.

Voltamos a pé para a cidade afagando mil planos. Até nome o festival ganhou no trajeto: Garage Rock.

41.

Entusiasmados, os integrantes do Slow Crash toparam participar. Alimentavam seriamente a pretensão de se tornarem uma banda apropriada para qualquer ambiente, como clubes e festas de aniversário. Rodinei e seu irmão baterista não admitiam viver de outra coisa que não fosse de música; estavam, portanto, ansiosos para divulgar o trabalho do grupo.

Resolvemos convidar o Senhor Viril, banda que tocava covers de Poison, Mötley Crüe, Kiss, White Snake, Bon Jovi e outras bandas farofa de cabelos armados com laquê. Seria o primeiro show deles; logo, o convite também foi motivo de euforia. Ao permitir a participação do Senhor Viril, Tulipa me pareceu um delegado da Unicef, um embaixador da tolerância.

Ainda em fase embrionária, o Garage Rock sofreu seu primeiro revés: o Pomar seria reformado e os proprietários não tinham ideia de quando o bar voltaria à vida. Sabíamos que os bares da Praça Ferreira Pires não ofereciam condições de acomodar o festival. Procuramos o Osmar Brito, do Porão, e propusemos a realização do evento no estacionamento, onde aconteciam shows de vez em quando. Desanimado, ele confessou que estava na iminência de vender o bar por não suportar mais os embates com os vizinhos, que acionavam frequentemente a polícia por causa das pequenas travessuras de duas caixinhas de som. Osmar lamentou não poder ajudar e admitiu que, se colocasse três bandas para tocar no estacionamento, teria que dar explicações à cavalaria do exército. Não chegamos a tentar o Tijolinho, que tinha o privilégio de estar ao lado da faculdade e a preocupação de se localizar a menos de cinquenta metros do quartel da polícia militar.

Numa tarde quente, quando voltava para a gráfica depois de uma suada entrega de impressos, encontrei meu amigo Sandro, do clã dos Natale, uma entre as várias famílias italianas da cidade. Sandro andava sempre de bermuda e sandália havaiana, e nunca abandonava seu cachimbo. Era pai de Lorenzo, um bom amigo que nunca perdia os ensaios e os shows do No Control.

— E aí, André? O que você tá arrumando?

— Trabalhando e estudando. Também estamos pelejando para organizar um pequeno festival de rock, mas tá dando pra trás.

— Ué! E o Pomar? Vocês tocam lá direto...

— Tá reformando, e o pessoal do bar nem sabe quando vai ficar pronto.

— Por que vocês não fazem no galpão da fábrica de pregos? — Sandro disse, e eu fiquei suspenso no nada. Ele estava se referindo a um lugar que ficava bem na mira dos meus olhos — o momento em que o óbvio soa estranho. A fábrica de pregos era um empreendimento do pai de Sandro, Pasqualino Natale, e estava desativada há vários anos. Todo o maquinário tinha sido retirado, deixando apenas algumas tábuas velhas espalhadas pelo galpão enorme. O portão que dava acesso à antiga fábrica ficava em frente à gráfica onde eu me matava todos os dias. Os Natale moravam na esquina da rua da gráfica com a Praça Getúlio Vargas.

— Você tá brincando, né, Sandro?

— Não, pode fazer lá. Vocês só não podem tocar até muito tarde. Tem um tanto de apartamentos atrás do galpão.

— Você tá brincando, Sandro.

— Tô não, sô! Pode fazer lá! Vocês vão precisar é de fazer uma limpeza. O Lorenzo ajuda.

— Sandro, então posso avisar o pessoal? Você não tá brincando, não?

Sandro Natale deu uma boa risada enfumaçada e um tapinha nas minhas costas, dizendo que Lorenzo pegaria a chave do portão assim que precisássemos.

Depois do serviço, passei na casa de Tulipa. Ele riu até na orelha. O Garage Rock estava vivo.

42.

Não tínhamos chegado a um acordo quanto à data do festival. O carnaval de 1993 estava chegando, e o Brasil transpirava axé music. Teríamos que esperar março ou abril, quando a tempestade do som da Bahia já tivesse amainado.

Em fevereiro daquele ano, o No Control conseguiu fazer apenas dois ensaios, no fim de semana em que Pixote pôde aparecer graças à santa viagem que Ramiro fez a Brasília para ir a um casamento. No momento em que o guitarrista chegou naquele sábado, notamos que havia algo estranho em sua silhueta. Seus cabelos, que costumavam atingir os ombros, estavam curtos.

— Olha que gracinha de rapaz — ironizou Tulipa.

— Tirei umas notas ruins aí. Meu pai horrorizou e cortou meu cabelo enquanto eu tava dormindo.

Enchemos Pixote de toda a sorte de gozações. Dei uns tapas na nuca dele, mas não como parte dos achincalhes; fui movido por um sentimento de ternura, despertado pela sinceridade do moleque. Normalmente, um adolescente ocultaria esse tipo de verdade e teria dito:

"Cortei porque tava a fim".

Aproveitamos para trabalhar as músicas combinadas na Lagoa do Fundão. Pixote se esbaldou nas guitarras pesadas de "Them Bones". Tive que fazer adaptações em "Hunger Strike": não daria pra ser fiel aos vocais agudos de Chris Cornell. Também adotei outra modulação de voz para a música do Okotô, a banda da vocalista japonesinha. "Mrs. Robinson", versão do Lemonheads para o clássico de Simon & Garfunkel, e "100%", do Sonic Youth, não ofereceram maiores complicações. Pixote se enrolou com as guitarras de "Nearly Lost You", do Screaming Trees, mas botamos fé que ela soaria bem se trabalhássemos duro. Jambo havia escolhido novas músicas para seu set de punk rock e as passou com sucesso e com a boa vontade de Alemão, que se esforçou muito para pegar as linhas de baixo — Alemão estava muito motivado com seu baixo Giannini bege-madeira, que acabara de comprar.

Ao final do ensaio de domingo, por volta do meio-dia, estávamos muito empolgados com o rendimento do trabalho. Com um calendário da Padaria Grão Sabor nas mãos, Tulipa tentava escolher uma data para o Garage Rock. Já falávamos no formato dos ingressos e nos meios de divulgação do festival, quando Pixote distribuiu as seguintes palavras:

— Pô, gente! Vou ter que sair da banda.

Ninguém disse nada. Tudo ficou naquela de "Você não tá falando sério". Ninguém botou a menor fé. Mas ele insistiu:

— Vai ser meu último show.

— Deixa de conversa fiada, Pixote! — admoestou Jambo.

—Não vem com charminho, Pixote! — emendou Tulipa.

— Só que é verdade. Não tô aguentando a pressão que meu pai tá fazendo. Isso tá me dando a maior neura, um clima ruim dentro de casa. A coisa não tá nada boa pro meu lado, é melhor eu sair fora e dar um tempo. Nem sei se vai dar pra tocar nesse festival...

Pixote nunca tinha demonstrado uma expressão tão grave. Seu tom de voz carregava uma tristeza trôpega, mas verdadeira o suficiente para antecipar uma tragédia. Fiquei tão arrebatado por aquelas palavras que não consegui maquinar qualquer tipo de reação. Alemão também caiu em silêncio. Tulipa começou a passar os dedos pelo polegar esquerdo a ponto de sair faísca. Jambo se distribuiu no degrau de entrada da casinha de ensaios.

— O Ramiro tá te batendo, Pixote? — perguntou Tulipa.

— Meu pai nunca me bateu. Só tô tentando ter um pouco de sossego. Lá em casa tá foda. Não tô aguentando mais. Até que minha mãe e minha irmã pegam leve, mas a coisa tá feia.

— Por que é que você não faz as coisas que ele quer? Tenta agradar o cara, Pixote! Não custa nada você dar uma de servente de pedreiro de fez em quando — argumentou Jambo.

— Não é isso, não. Eu faço tudo que ele me pede, menos uma coisa: estudar. Cara, minhas notas são ruins demais e eu não tenho saco pra escola.

— Pô, Pixote, então se liga, cara! Estuda um pouco, não custa nada! — insistiu Tulipa.

— Já tentei! Escola não é comigo!

Seria o fim do nosso sonho acordado? Seria o Garage Rock o último show do No Control? Pixote conseguiria aparecer para tocar? Com todas essas perguntas doloridas, marcamos o festival para o dia quinze de março, um sábado. Pixote foi embora sem dar certeza de que conseguiria participar de mais ensaios até o evento. Eu e Tulipa atravessamos a Praça da Matriz com o baterista dizendo que já seria o momento de arranjarmos outra pessoa para tocar guitarra na banda. Eu não conseguia pensar no No Control sem Pixote.

43.

Com fé em que o Garage Rock teria que acontecer de qualquer jeito, focamos nossas vidas na produção do festival. Nos dias em que eu não tinha faculdade, nos encontrávamos às dezoito e trinta no portão da fábrica de pregos, onde Sandro Natale e Lorenzo sempre nos esperavam.

As condições do galpão não condiziam com a facilidade pintada por Sandro: o espaço estava imundo e exigiu de todos nós um trabalho duro. A limpeza começou nos fundos, de onde retirávamos pilhas e pilhas de entulho que eram transferidas para o corredor que desembocava na rua da gráfica. Para nos livrarmos desse material, investíamos moedas e notas surradas para contratar os serviços do sô Antônio Cantinho, carroceiro dos mais conceituados, que recolhia e transportava quase todo tipo de dejeto para os arredores da cidade. Constava que o apelido vinha da resposta que o velho sempre dava quando lhe perguntavam onde ele e seu burro jogavam o entulho recolhido: "Pra não *chujar* a cidade, eu jogo num cantinho que só a Santa Luzia sabe". Como ele fez várias viagens até que o galpão ficasse desentupido, conseguimos abatimentos no valor dos traslados.

Numa dessas sessões em que ficávamos cobertos de imundície até os cabelos, Jambo solicitou minha ajuda na articulação de mais uma atração para o Garage Rock: precisaria de apoio para convidar seu patrão, o torneiro-mecânico guitarrista de blues. Entre o final do expediente na gráfica e mais um turno de limpeza, fui até a oficina do torneiro às margens do Rio Formiga, em frente à rodoviária. Seu nome era Jorge de Matos, mas as pessoas só o chamavam de Bodeus.

Entrei devagar, e notei que a tornearia era muito bem montada e asseada. Um torno enorme ficava bem no centro. Em volta, havia três mesas com aparelhos indecifráveis para mim. As paredes eram cobertas com ferramentas e quadros com fotos do Allman Brothers, Johnny Winter, Robert Johnson e outras lendas. Na entrada do banheiro, calendários bem grandes, com mulheres carnudas em poses discutíveis, e ao lado do portão de entrada, dezenas de unidades daquilo que seria a especialidade da casa: rodas de liga de alumínio para carros de design esportivo.

Jambo me viu e fez sinal para que eu me aproximasse de Bodeus, que estava debruçado sobre o torno com um avental de camurça esverdeada e luvas que percorriam toda a extensão do braço até serem amarradas nos ombros. Seu rosto estava coberto por um protetor com um visor no meio, preso à cabeça por uma correia em volta da nuca. Suas mãos manipulavam um instrumento provocando uma erupção de faíscas que caíam no chão como uma cachoeira dourada e breve.

Posicionei-me na frente do torneiro e fiz um sinal com as mãos. Ele pareceu não me notar. Esperei alguns minutos, e nada. Como eu não poderia me demorar, contornei o torno, me aproximei devagar e cutuquei o ombro de Bodeus. Nenhuma reação. Olhei para Jambo, que estava com os lábios retorcidos e o olhar confuso. Quando comecei a ir embora, o torneiro ergueu seu fazedor de faíscas, levantou a proteção do rosto e rosnou:

— HUM!

Saiu do protetor o rosto redondo de um homem mulato, a careca central sustentada por cabelos grisalhos e ralos que se alastravam de uma orelha à outra. Eu o tinha visto uma vez, mas ele não me conhecia. É claro que não passou pela minha cabeça que o torneiro iria me partir ao meio, mas tive um susto danado. O que se seguiu foi algo que se aproximou de um diálogo:

— Sou um dos vocalistas da banda do Jambo, o No Control. Estamos organizando um festival e gostaríamos muito que o senhor participasse. Já vi o senhor tocando uma vez no estacionamento do Porão e fiquei embasbacado com o tanto que o senhor toca bem. Seria uma honra para nós que o senhor participasse.

— ...

— Deve ser no dia quinze deste mês. Vai ser na antiga fábrica de pregos, ali na Rua Pio XII.

— ...

— Vai ser com a nossa banda e mais duas.

— HUM!

— Seria ótimo se o senhor topasse participar.

— Mas o que você quer que eu faça?

— Ué, que o senhor toque.

— O quê?

— Guitarra.

— Não, o quê?

— O que o quê?

— Vocês querem que eu toque o quê?

— Aqueles blues que o senhor toca.

— E o que a banda de vocês toca?

— Punk rock e bandas de rock da atualidade.

— HUM! No momento eu tô sem banda.

Bodeus recolocou seu protetor e recomeçou a trabalhar. Fiz sinal para Jambo de que estaria indo para a fábrica de pregos. Quando eu estava perto da saída, ouvi: "HUM!" Olhei para trás.

— Vou pensar. O Jambo leva minha resposta pra vocês. E para com esse negócio de me chamar de senhor.

44.

Na primeira semana de março de 1993 nos dedicamos à fase final da limpeza da fábrica de pregos. Sô Antônio Cantinho desapareceu com a última carroça de entulho, e nos dedicamos a varrer os restos e lavar o chão de cimento liso. Não tínhamos recursos para anunciar o festival em cartazes ou na imprensa da cidade, então teríamos de apelar para o método boca a boca. A boa notícia da semana foi que Flavinho, dono do bar na esquina da rua da gráfica, demonstrou interesse em colocar dois freezers no galpão para vender refrigerantes e cerveja. Terminada a faxina, organizamos um mutirão para confeccionar os ingressos, já que também não dispúnhamos de dinheiro para dar conta do abatimento no preço da impressão das entradas que Tio Otávio daria, se as rodasse em suas máquinas. Surrupiei folhas de cartolina na gráfica e as cortei em quadrados pequenos, onde seriam registrados os dados do festival. Para que os ingressos não se tornassem um convite à falsificação, peguei emprestado um clichê que meu tio guardava numa velha caixa de madeira.

Também dos tempos de Gutemberg, o clichê permitia que certos tipos de impressos ganhassem ilustrações como logomarcas, motivos artísticos, religiosos ou infantis. Tratava-se de um pedaço de madeira quadrado e escavado com um estilete, de modo que a figura ficasse em alto relevo. Tal processo exigia do tipógrafo as habilidades de um artista plástico. Meu avô, fundador da gráfica, produzira várias dessas peças, guardadas como relíquias por Tio Otávio. O clichê era encaixado na chapa dos tipos de chumbo e o rolo de tinta passava sobre o alto relevo, cujo desenho era impresso na folha com nitidez e precisão.

Para que nosso ingresso tivesse identidade, escolhi um clichê usado na década de 1950, nos folhetos de propaganda das atrações musicais do Cine-Teatro Glória. O desenho era de um boneco tosco, com um estranho cabelo longo partido ao meio. Esse homenzinho segurava o que parecia ser um alaúde, o tataravô do violão. Nessa época, eu ainda não conhecia muito bem o personagem de Schiller, mas comecei a chamar a figura de Guilherme Tell, nome imediatamente adotado pela banda — que passou a tratar o bonequinho como uma espécie de mascote do Garage Rock.

Tell seria molhado numa esponja de carimbos com tinta azul

marinho e firmemente pressionado nos quadradinhos de cartolina. Tínhamos a pretensão de colocar cerca de trezentas pessoas no galpão, número de vezes em que a figurinha teria que ser impressa por Jambo nas cartolinas. Eu, Tulipa e Alemão preencheríamos os dados do Garage Rock com canetas pretas.

Quando fui registrar a data do festival no primeiro ingresso feito por mim, dei um "Alto lá". Perguntei se alguém tinha se encontrado com Pixote desde o último ensaio, se haveria qualquer tipo de informação confiável sobre sua participação. Como tal informação não existia, decidimos que a confecção dos ingressos seria apenas adiantada, não finalizada. Também não tínhamos a resposta de Jorge Bodeus, portanto, as inscrições apontariam o nome do evento, local, horário e valor da entrada. Decidimos que a data só seria grafada depois da confirmação da participação de Pixote, e que os nomes das bandas seriam anunciados no método boca a boca. Assim, a produção dos bilhetes ganharia em agilidade.

Esparramados sobre um carpete velho que Lorenzo Natale jogou no centro do galpão, adiantamos o serviço em meio a piadas, casos, depoimentos saudosistas sobre a MTV e debates sobre bandas. Fundo musical num toca-fitas movido a pilha: o "Badmotorfinger", álbum maravilhosamente pesado do Soundgarden.

45.

A indefinição sobre a participação de Pixote no festival estava incomodando muito. Já passava da hora de definir a data e começar a divulgação e a venda de ingressos. Da gráfica, telefonei para Pixote num horário em que Ramiro estaria trabalhando em seu escritório de contabilidade. Em relação a futuros ensaios, ele foi logo afirmando que não poderia ir. Ramiro tinha descoberto que o filho não havia alcançado a média das notas referentes a cinco matérias do primeiro bimestre letivo, o que levou à proibição automática das saídas no sábado à tarde, quando, depois dos serviços de servente de pedreiro, Pixote sempre dava a desculpa de que iria jogar futebol. Quanto à participação no Garage Rock, o guitarrista disse que não poderia dar certeza alguma, pois Ramiro estava constantemente no seu encalço por causa das médias perdidas.

Depois daquela conversa, voltei ao trabalho desencorajado. O jeito seria promover o festival com o Slow Crash e o Senhor Viril, já que Jorge Bodeus não dava nenhum sinal. A provável ausência do No Control fazia minha cabeça doer. Com as palavras de Pixote a me martelar, fui para a faculdade arrastando o meu desânimo.

A professora de Literatura Brasileira havia recomendado que fôssemos conferir no quadro de avisos a programação de um seminário sobre Castro Alves. Na hora do intervalo, fui procurar o tal programa. No cantinho inferior esquerdo do quadro de avisos havia um pequeno cartaz sobre a realização de um encontro religioso para jovens, no auditório da paróquia São Vicente Férrer. O evento seria realizado no dia 22 de março e duraria das oito da manhã às dez da noite. Quando li aquilo, minha cabeça entrou em ebulição. Pixote estava precisando mesmo de uma fundamentação religiosa para cobrir seus passos de bênçãos. O No Control estava precisando mesmo tirar Pixote de casa numa noite de sábado. E uma noite santa estava precisando mesmo aparecer para salvar o rock.

Na manhã seguinte, Marcelo Henrique da Silveira estava inscrito no 5º Encontro da Jovem Renovação Carismática, para que Pixote pudesse tocar no Garage Rock. Liguei para o guitarrista e o cientifiquei dos objetivos de minha iniciativa. Ele torrou meu saco porque teria que rezar e cantar com dezenas de jovens católicos por toda a extensão de um sábado, mas achou ótimo quando eu disse que ele poderia passar mal à noite, para sair mais cedo do encontro e tocar no festival. Pixote sabia que, com a poderosa desculpa de lustrar o espírito, conseguiria o passaporte para a liberdade. Alegando que Formiga era uma cidade muito pequena, me disse que Ramiro poderia sentir o cheiro do rock e passar no festival para se certificar da ausência do filho.

— Se isso acontecer, você dirá pro seu pai que a música é um dom de Deus e você está honrando o nome do Senhor — brinquei.

Pixote caiu na gargalhada do outro lado da linha e soltou:

— Foda-se. Vou tocar nesse festival.

46.

Eu sabia que a criação do plano para garantir a presença de Pixote não seria suficiente. Seria preciso fisgá-lo com uma auréola de interesse que enfiasse na cabeça dele o quanto seria fantástico pra todos nós a realização de um festival de rock. Parece que tinha pesado para o guitarrista o relatório que eu fizera em outro telefonema, sobre o trabalho na fábrica de pregos e com a produção dos ingressos. Pixote acabou sendo demovido de sua fleuma e tragado pelo redemoinho rock'n'roll que sua bravura poderia possibilitar.

Mais tarde, o pessoal da banda se encontrou no galpão da fábrica para discutir a finalização dos ingressos. Contei a história do encontro religioso e de minhas conversas telefônicas com Pixote enquanto observava a luz que brotava nos rostos de Tulipa, Jambo e Alemão. Os três me cobriram de abraços e encheram minhas costas de tapas. Os ingressos foram finalizados com a data de vinte e dois de março.

A localização da Padaria Grão Sabor a tornava o ponto ideal para a venda das entradas: com sua fachada azul e um ambiente muito iluminado, ficava na Praça Ferreira Pires, do lado oposto aos bares. Os membros do No Control entraram em contato com o pessoal das outras bandas e ficou acertado que os músicos — e todos os cidadãos das comunidades que floresciam ao redor dos ensaios de cada grupo envolvido no Garage Rock — fariam a divulgação onde quer que seus tentáculos chegassem.

A semana que antecedeu a data do festival começou com uma procura fraca pelos bilhetes. Na quarta-feira, a coisa começou a esquentar. No crepúsculo da sexta, Tulipa chegou à fábrica de pregos bastante animado: cento e dezenove ingressos tinham sido vendidos, tudo sob a supervisão de elementos das outras bandas, que exigiram sua numeração para que não houvesse confusão na hora de partilhar o pão.

Ainda na sexta, mandei a faculdade pro espaço e finalizamos a limpeza do galpão. Contamos com a ajuda de Sandro e Lorenzo para que o único banheiro disponível voltasse a funcionar. Tulipa informou que sua namorada Marina, a delinquente de bibliotecas, viria de Divinópolis e se juntaria a Fernanda Viana na venda de ingressos na portaria. O trabalho das meninas ganharia a cobertura de Mocó, ex-dançarino de lambada, ex-dono de boteco e então skatista iminente jagunço de festa de rock.

Naquela mesma noite, Da Hora já trabalhava na instalação do sistema de iluminação. Ele e sua equipe, constituída de seus dois irmãozinhos, haviam trazido seis lâmpadas comuns conectadas a uma extensão comprida. Cada uma delas foi envolvida por um cone de cartolina, e a abertura daqueles estranhos abajures ganhou coberturas em diferentes cores de um papel muito fino e transparente. A equipe de Da Hora instalou e testou o esquema nos velhos caibros por cima de onde seria montado o palco.

Vencida a etapa da sexta, decidimos que Tulipa precisaria permanecer o maior tempo possível na padaria durante o dia de sábado, porque a venda de bilhetes poderia esquentar. Não daria para eu matar as aulas da manhã seguinte, de modo que ficou combinado que as bandas começariam os trabalhos de montagem de som e palco a partir das 13h00.

Fernanda Viana disse para Jambo: "A família do Pixote está radiante com o encontro de jovens. Até a Bárbara fez inscrição e vai participar também!" — Bárbara, a ruiva, irmã mais velha de Pixote. Fui pra casa pensando se aquilo seria uma bênção ou uma catástrofe.

47.

Contatos feitos na prefeitura viabilizaram o material para montar o palco. O pai de Alemão, primo de um dos responsáveis pelo almoxarifado, conseguiu o empréstimo sob juramento de devolver tudo intacto. Eu, Jambo e mais cinco skatistas tivemos que carregar as tábuas e suportes por uns oitocentos metros, quase tudo no braço e num sol de rachar mamona. As tábuas maiores tiveram suas extremidades deitadas em skates e foram deslizando pelos passeios.

A montagem do palco até que foi tranquila, mas deu um desânimo desgraçado quando soubemos que teríamos também que carregar parte do equipamento de som e a bateria de Tulipa, que estavam no cômodo de ensaio. Como o nosso equipamento não seria suficiente para um local quatro vezes maior do que o Pomar, o restante da aparelhagem seria providenciado pelas outras bandas. O irmão do baterista, que tinha garantido que transportaria em seu Fusca a parte do equipamento que nos caberia, sumiu para uma festa de bola e viola no distrito de Timboré, mas assim que retiramos os instrumentos e amplificadores da casinha, uma ajuda preciosa apareceu: Elder e a bicicleta de carga da mercearia Quinzinho, a mesma emprestada a mim quando tentei persuadir Ramiro a liberar o filho para o ensaio.

Com seu cabelo liso até a cintura, Elder estava sempre enfurnado nos ensaios, e era um entusiasta do No Control. Fanático por Sepultura e Pantera, o cabeludo era muito amigo de Pixote, sob cuja orientação pelejava com um violão ao lado do balcão de queijos quando o movimento da mercearia dava uma trégua e o guitarrista aparecia para comprar alguma provisão doméstica. Enquanto carregávamos os amplificadores, Elder fez várias viagens para transportar os tambores da bateria, a guitarra e o baixo.

Palco pronto, o Slow Crash e o Senhor Viril fizeram os testes da aparelhagem. O som não estava maravilhoso, mas decente. O No Control não poderia passar o som sem Tulipa, que estava com os ingressos na padaria, e sem Pixote, que estava com Jesus no auditório da paróquia. Flavinho já tinha começado a transferir seu boteco para o galpão, e seus funcionários instalavam os freezers quando apareceu Jorge Bodeus.

O torneiro, que passara vários dias sem dar a menor satisfação em relação ao nosso convite, entrou desfilando nas ruínas da fábrica de pregos com a bolsa da guitarra em um dos ombros. Os membros das bandas mantinham uma conversa animada no momento em que foram interrompidos:

— HUM!

— Tudo bem, Bodeus? — eu disse, formal.

— Vocês me convidaram pra tocar e eu tô aqui. Vou tocar sozinho ou alguém vai me acompanhar?

— A gente queria que você tocasse com a gente — respondeu Jambo.

— Então vamos passar o som. Tenho que passar pra vocês as músicas que eu quero tocar.

— Não vai dar. Tem dois membros da banda que só poderão aparecer na hora do show. A gente tava pensando em escolher umas duas ou três músicas do nosso repertório com você improvisando em cima — sugeri.

— Não, assim não. Deixa eu passar minha guitarra e daqui a pouco a gente conversa — decretou o torneiro.

Jorge Bodeus plugou no amplificador Watson, da banda Slow Crash, a sua Fender Stratocaster, linha assinada por Stevie Ray Vaughan. E, simplesmente, estraçalhou, varou escalas numa rapidez espantosa. Os dedos de operário aquecidos, deslizou metade de "A Flood Down In Texas" eternizada por Steve Ray, uma das canções mais bonitas da coletânea da gravadora Atlantic que eu tinha convertido em cassete em 1989, época em que o povo dançava lambada e eu me perdia em horas de bebedeira, ouvindo blues na república em Belo Horizonte.

Bodeus tocava, regulava o amplificador e minha estadia em BH passava na minha mente como um curta-metragem. Nossos queixos despencaram diante do bizarro: um torneiro mecânico mulato e careca, de braços cabeludos e mãos de cacto, codificando solos diamantinos. Era inadmissível que uma criatura como aquela, afeita a sutilezas como uma revoada de hipopótamos, tocasse com tanta classe. Bodeus terminou sua passagem de som e disse:

— O som tá meia-boca, mas dá pra rolar. Vou tocar essa do Stevie Ray sozinho e outras três músicas que já escolhi com vocês.

Eu, Jambo e Alemão éramos três bobos a se entreolharem depois daquela esmerilhação, e nos perguntávamos, estupefatos: "Como assim, 'tocar com a gente'?"

Tal exibição de virtuosismo tinha feito com que desistíssemos automaticamente de subir no palco com aquele monstro. Dissemos que seria melhor se ele tocasse sozinho, enquanto o bluesman insistia que queria tocar "Proud Mary", do Creedence Clearwater Revival, com a nossa banda, além de "Sweet Home Chicago" e "Rambling On My Mind", ambas do bruxo Robert Johnson.

Num átimo, meu medo se transformou em delírio: na época em que almoçava e jantava Led Zeppelin, acabei conseguindo gravar um disco de John Mayall e os Bluesbreakers que tinha um versão linda e delicada de "Rambling On My Mind", com guitarra e voz de Eric Clapton. Para mim, estaria no papo. Para Tulipa, seria moleza: através de nossas trocas de fitas, tinha entrado em contato com os sons do Mississipi. Alemão fez uma pergunta sincera:

— Mas o que é mesmo esse troço de *blu*? Por acaso é aquilo que influenciou algumas músicas do Jesus & Mary Chain?

Jorge Bodeus sentiu o drama, e pediu que arranjássemos um lugar silencioso para ele passar para o baixista os acordes das três músicas. O galpão já estava na maior agitação, com as bandas e seus escudeiros; e alguém tinha enfiado uma fita com o "Ten", primeiro disco do Pearl Jam, no tape conectado à aparelhagem. Realmente, não havia condições para os dois trabalharem ali.

Lorenzo Natale teve que levar Alemão e Bodeus para o apartamento de seu pai. Como sua tia estava dormindo, se instalaram na escadaria de acesso, estreita e molhada pela faxina recente, onde permaneceram por umas duas horas. A sorte de Alemão é que a música do Creedence tinha uma linha de baixo muito fácil, e as de Robert Johnson giravam em torno da progressão simples dos acordes tradicionais do blues.

O baixista saiu das aulas encantado, em franco alumbramento. Naquele dia, Alemão finalmente entendeu por que vinha do blues o aranhol de distorções do Jesus & Mary Chain.

48.

No sábado, às seis da tarde, Tulipa chegou berrando que tinha vendido mais trinta e tantos ingressos. Já tínhamos garantido um público três vezes maior do que a média dos shows do Pomar. Tulipa, Jambo e uma cambada transformaram o galpão da fábrica numa pista de skate — pareciam cachorrinhos mijando para demarcar território. As luzes da engenharia iluminadora de Da Hora, as paredes da fábrica, com a sobra do reboco do começo do século XIX, e o teto alto, com sua colcha de telhas antigas, moldavam um ambiente diferente de tudo o que havia em Formiga, de modo que nos sentimos meio fora do país. Para mim, era como se estivesse num daqueles clubes de rock de algum subúrbio de Londres ou Nova York.

O clima meio soturno fazia daquele lugar um inferninho bonito e provocador. Eu estava alucinado de ansiedade para cantar ali. A chegada de Bodeus e o modo surpreendentemente cortês com que ensinara Alemão haviam trazido ainda mais excitação para todos nós. Percebi que todos os envolvidos na organização tinham abandonado qualquer forma possível de sectarismo musical: ninguém estava dando a mínima para as diferenças entre Ramones, Poison e Titãs. A energia de todos corria pura, com o objetivo único de fazer pegar o Garage Rock.

Ao sairmos do galpão, com a sensação de tudo pronto, um homem baixinho e gordinho nos abordou:

— Quem é o responsável pelo evento?

Pensamos em designar Sandro Natale para aquela função estranha. Lorenzo leu a cara e as roupas do elemento e subiu as escadas como um busca-pé, mas logo voltou dizendo que o pai não estava. De todos os membros das três bandas, eu era o único maior de idade. Os meninos olharam para mim com cara de pidão e acabei dizendo que o responsável era eu.

— O senhor terá que quitar este boleto bancário na segunda-feira. É a taxa do ECAD — disse. Reparou em nossas caretas de inocentes imbecis e explicou que a quantia, alta para nossos bolsos, seria destinada ao Escritório Central de Direitos Autorais, procedimento obrigatório previsto em lei.

Nós realmente não entendemos como um naco daquele dinheiro chegaria à carteira da Kim Gordon, baixista do Sonic Youth. Peguei o boleto e o enfiei no bolso. Usaríamos o dinheiro arrecadado no show para nos rendermos àquela cobrança maldita.

— Esse cara tem um açougue lá perto de casa. Como ele pode ter a ver com direito autoral? — questionou Alemão.

"Coisas do Brasil, coisas do amor", respondeu a MPB.

Aquilo não roubou nossa incandescência. Tínhamos que ir pra casa e nos preparar para explodir Formiga.

49.

Estou passando muito mais tempo sentado por causa deste texto, parei até de fazer minhas caminhadas no pátio do prédio. Minha hérnia de disco dói cada vez mais. Ando sentindo umas bambezas, e insisto em que as batidas de meu coração estão fora de ritmo. Escrevo e fumo sem parar, litros e litros de café durante o dia, litros e litros de uísque durante a noite. Um velhote viciado, acompanhado de suas doenças: falta de ar; calores em corrente pelo corpo; pensamentos de velório com caixão, mas sem nenhum ser humano por perto. Um marimbondo grande e preto entra pela janela. São quatro e trinta e sete. Não vou chegar aos setenta. Os pelos das minhas costas são horríveis. Quero que o universo se foda.

50.

Da minha casa à rua da gráfica eu costumava gastar uns dez minutos a pé. Naquele sábado, eu levaria uma vida. Desci lentamente a minha rua com os olhos fixos no morro do Cristo. Pedi sua benção. Desci a Rodolfo Almeida e cruzei a rua do hospital com os olhos de um cavaleiro que vai cumprir sua nobre missão. Desci o beco da Concórdia e vi o trem passando, na linha escavada no paredão do morro do Cristo. A locomotiva era eu. Ao ganhar a Quintino Bocaiúva, meu peito sentiu uma ferroada: bastava percorrer a rua até a Praça Getúlio Vargas para chegar ao local do show. Já haveria algum tipo de movimentação? As meninas estariam vendendo mais ingressos?

Resolvi passar no bar do Kalo. Tomei uma pinga com jurubeba e comi um coração de frango, mas nada disso estancou a minha ansiedade. Cruzei a praça. Quando cheguei à Rua Pio XII, minhas pernas foram paradas por uma visão arrebatadora: o portão da fábrica de pregos estava mafagafado de gente.

A rua, muito estreita, estava tomada pelas pessoas, o que obrigava os carros a passarem muito lentamente. Mesmo tendo instalado dois freezers no corredor de entrada do galpão, Flavinho, esperto, mantivera funcionando a matriz de seu bar, com mesas e cadeiras em cima do passeio na esquina com a Barão de Piumhi. A Rua Pio XII havia se transformado no principal ponto de encontro da cidade naquela noite de sábado.

Pude ver e cumprimentar muitas pessoas verdadeiramente bacanas: ex-colegas de escola, ex-parceiros dos treinos de basquete na praça de esportes, antigos peladeiros da quadra do colégio de freiras, a confraria do Porão, meninas sobreviventes de uns rolos antigos. Estava uma festa. Até o Fredinho, amigo das antigas que tinha passado uma temporada nos Estados Unidos, tinha aparecido. Nos abraçamos, trocamos tapões nas costas e fomos logo pedindo uma cerveja. Alemão e Tulipa se juntaram a nós para festejar a venda de todos os ingressos disponibilizados na bilheteria improvisada por Marina e Fernanda Viana. Do galpão da fábrica, vinha o som de uma seleção de músicas do Red Hot Chili Peppers, gravada por Jambo especialmente para a ocasião.

Tivemos que acionar Sandro Natale e pedir sua autorização para que mais pessoas pudessem ter acesso ao festival, mesmo sem bilhetes, mediante o pagamento do mesmo valor do ingresso. Ele estipulou um limite de cinquenta excedentes para evitar confusão, já que não tínhamos alvará nem nenhum tipo de documentação oficial, ou seja, se a polícia tivesse motivos para intervir no festival, tudo melaria.

Jambo fez sinal para que entrássemos, pois o Senhor Viril já se preparava para abrir o festival e o galpão estava praticamente tomado pelo público. Me despedi de Fredinho e comecei a atravessar a rua, me sentindo um híbrido de rock star e Roberto Medina, o idealizador do Rock in Rio. Parei para cumprimentar um conhecido e tive a visão do inferno: em frente à butique Voo Livre, Ramiro e Pixote conversavam.

Depois da explosão do susto, o calor do pânico: sem a participação do No Control, toda aquela maravilha, construída com o esforço mais sincero de nossas almas empenhadas, seria transformada na fornalha da danação dos anjos caídos. No silêncio que só eu escutava, flashes da semana espoucavam na minha cabeça: a visão do cartaz do encontro de jovens; eu na casa paroquial, fazendo a inscrição de Pixote; Antônio Cantinho e a limpeza divertida do galpão; as tábuas do palco andando de skate; Jorge Bodeus batizando Alemão nas águas crioulas do blues; o açougueiro dos direitos autorais; e o coração no bar do Kalo.

Teria sido muito melhor se toda essa expectativa alegre, quase infantil, tivesse sido arrancada de nossos ventres logo no nascedouro. Gritei para o pessoal da banda e apontei para o quadro da desolação. O único que teve forças para dizer alguma coisa foi Tulipa:

— Puuta que o cacete! Estamos completamente fodidos!

51.

Tulipa, Alemão, Jambo e eu: irmãos na devastação, servidores do Estado de Choque. Sob nossos olhares torturados, Pixote e Ramiro atravessaram a rua, bem em frente à entrada da fábrica de pregos. Estavam muito sérios. Pixote só conseguia olhar para o chão. Vimos uma moça se aproximar dos dois e tocar o ombro de Ramiro. Antes que eu reunisse forças para perguntar quem era, Jambo disse:

— É a Bárbara, irmã do Pixote.

Eu a tinha visto pouquíssimas vezes, e só de longe. Ela sempre tinha andado em outras paragens, com outras turmas, gente careta que nunca parava de usar canudinhos e guardanapos de papel. Atolados na nossa trincheira, espiávamos Bárbara e tentávamos ouvir nosso destino.

— Pai, onde é que vocês vão?

— Pra casa.

— Mas o Marcelo tem que tocar no festival!

— Tocar no festival? Você tá cansada de saber que ele tá proibido de andar com essa corja que virou a cabeça dele!

— Não tem nada de corja. Sei quem são os meninos. São gente boa.

— Gente boa? São eles que colocam fogo no seu irmão pra ficar mexendo com rock. São eles que atrapalharam seu irmão na escola!

— Eles não têm culpa se o Marcelo não gosta de estudar.

— Têm culpa, sim. Tudo o que seu irmão quer é a semana passar rápido pra ele se enfiar naquela casinha onde a cambada ensaia no sábado. É sempre aquela historinha de ir pro campinho jogar bola. Tudo enrolação pra encontrar aquele bando de vagabundo.

— Pai, nunca passou pela sua cabeça aceitar que o Marcelo tem dificuldades na escola? Por que o senhor não paga aula particular pra ele, em vez de obrigar ele a trabalhar na casa?

— Seu irmão tá cozido na preguiça, minha filha! Não estuda porque não quer. Burro ele não é!

— Não estuda por que não tem saco pra isso. Muita gente é assim. Só o senhor não vê isso.

Os dois conversavam como se Pixote não estivesse ali, olhando pro chão e preferindo não entrar na linha de fogo. A essa altura, o Senhor Viril já estava moendo.

— Pai, deixa o menino tocar! A organização desse festival deu o maior trabalho. Se ele não tocar, a banda dele não toca, e as outras vão se dar bem e vão aparecer mais. Olha a quantidade de gente que tá lá dentro!

— Bárbara, seu irmão foi capaz de mentir só pra me tapear. Essa balela de encontro de jovens foi só pra me fazer de palhaço. Assim que ele saiu de casa pra ir pro encontro, vi dois meninos conversando sobre esse festival na porta da padaria. Fiquei esperto e o peguei com a boca na botija.

— Me mostra onde é que ele mentiu.

— Ora, falou que ia ao encontro só pra tocar.

— Então ele não mentiu. Foi ao encontro junto comigo e ficou lá o tempo todo.

— Ficou nada. O encontro só termina dez horas. São nove e pouco.

— É que a última coisa do encontro era a missa. O padre falou que era opcional. Quem tivesse qualquer tipo de compromisso podia sair, e nós saímos. Eu passei na sorveteria e ele seguiu pra cá. Pai, tá todo mundo aqui, deixa ele tocar, por favor?

— Não! Vamo embora, Marcelo!

Bárbara correu as unhas pelo rosto e disparou a chorar: se pintou para a guerra, listras vermelhas na pele sardenta.

— O senhor não vê que seu filho tem um dom? Se ele tem dificuldades na escola, não tem na música! Tem gente que nem com altos professores de música vence a dificuldade de tocar! O Marcelo nunca teve aula e toca! Toca bem! A maioria dos pais adoraria ter um filho com talento, como o Marcelo! Todo pai se orgulha quando um filho é artista! Para com isso! O senhor tá podando o seu filho! O senhor tá sufocando, torturando o seu filho! Para de fazer isso com ele! Para de prejudicar o meu irmão! Olha o tanto de gente que tá aqui pra assistir o show! Se ele não tocar, o senhor vai destruir a imagem dele! — gritava Bárbara, amparada por Pixote, que pedia calma à irmã.

— Pai, pelo amor de Deus! Deixa ele tocar só hoje, então! Olha o trabalho que deu pra fazer isso aqui! Olha que festa bonita! Deixa seu filho brilhar pra toda essa gente! Pelo amor de Deus, pai! Pelo amor de

Deus! Deixa o Marcelo de castigo a partir de amanhã, por três meses, um ano, sei lá! Mas hoje, não! Deixa ele tocar! Deixa ele tocar! Deixa ele tocar! Deixa de ser ruim! — soluçava Bárbara, que tinha perdido as forças para ficar de pé.

Seu pranto era doído demais para uma menina de dezoito anos. Sua beleza e seus cabelos ruivos eram delicados demais para aquele sofrimento pesado. Sua compaixão pelo irmão vinha em ondas, que emocionavam a todos.

Ramiro foi ao encontro de Bárbara e também a amparou: Bárbara soluçava e gritava muito. Percebeu que a filha estava sofrendo um colapso emocional. A essa altura, vi o rosto de Pixote transfigurado. Estava acostumado a vê-lo sempre alegre e bonachão, e seu rosto vermelho e molhado causou um rombo em mim. Outras pessoas presenciavam a cena sem se atrever a dizer palavra. Da emoção daquela família emanou uma redoma úmida, inquebrantável. Abraçados, os três foram se arrastando em direção à Praça Getúlio Vargas e viraram a esquina.

O Senhor Viril tocava, o público se divertia, Flavinho não parava de vender cervejas e as meninas contavam o dinheiro. Nós, porém, não víamos nada disso. Tulipa, Jambo, Alemão e eu estávamos completamente arrebentados. Em nosso luto, a alegria que vinha do galpão nos agredia.

Voltei ao bar do Flavinho e pedi um conhaque para desengasgar. Virei o troço de uma só vez. Bati o copo no balcão e pedi outro. Virei o troço e vi Pixote correndo. Paguei rápido e corri também, até o portão da fábrica.

— Meu pai levou a Bárbara e disse que eu posso tocar, pela última vez!

Gol! Gol! Gol! Saímos pulando e gritando feito uns desvairados. Alemão, o pétreo, não resistiu e chorou. Nos abraçávamos até misturar nossos catarros. O relógio do rock não faz tic-tac, faz céu-inferno, céu--inferno, céu-inferno...

50.

Interessante a diversidade das espécies que compunham a massa multicolorida, untada pelo galpão: enquanto o Senhor Viril se despedia com um cover do Bon Jovi, muitas menininhas davam seus últimos gritinhos em frente ao palco, com suas roupas combinando cintos e sapatos; o povo das camisetas pretas estava espalhado perto das paredes, esperando sua hora e vez; outros estavam mais distantes porque esperavam pelo Slow Crash, muitos zanzando e se misturando para definir que bocas e corpos seriam caçados; os tomadores de cerveja, com seus copos de plástico, riam alto, satisfeitos com a confusão barulhenta; moças com cabelos arrumados e roupas de grife, e rapazes de camisa social pra dentro da calça, tinham aquele olhar curioso e apreensivo, dando na cara que nunca tinham entrado num inferninho.

Sandro Natale determinou que Mocó não deixasse entrar mais ninguém. Marina e Fernanda Viana tiveram sossego para contabilizar a arrecadação. Para que não houvesse nenhum ranço de desconfiança, pessoas ligadas às outras bandas puderam acompanhar de perto a apuração.

A fila do banheiro às vezes se complicava. Homens e mulheres tinham que usar as mesmas instalações, o que exigiu a presença constante de Da Hora e de seus dois amigos avantajados, que prestavam serviço militar no quartelzinho do Tiro de Guerra.

Eu e os compadres do No Control fomos logo comprando cervejas e nos misturando à plateia, para ver o Slow Crash. Ainda processávamos a ruptura do cabo das tensões que tinha envolvido a entrada de Pixote; procurávamos conversar e rir com o maior número possível de chegados. Minha euforia, sustentada pelos fios desencapados de meus nervos, me fez abraçar todas as pessoas que conhecia. A real preciosidade da festa só poderia ser dimensionada por poucos, os que tanto haviam sofrido para estarem ali.

A apresentação do Slow Crash foi de arrasar. Rodinei e os outros entraram como se fosse o último show de uma turnê mundial. Não demoraram a fisgar o público de vinte e tantos anos com sucessos do rock nacional dos anos 1980. Muitos dançaram e cantaram junto músicas dos Paralamas, Barão Vermelho, Legião Urbana, Ultraje, Ira!, e até Plebe Rude. O clímax foi o set dos Titãs: sacudiu praticamente a plateia inteira. Satisfeito em seu corner de guitarrista-base, Walter, irmão de Alemão, tocava sua Giannini Sonic.

Para mim era estranho ver aquele instrumento, que compunha a história do No Control, em mãos que não fossem as de Pixote. Fiquei na expectativa da nossa hora, que estava chegando. Foi quando senti um tapa no ombro: era Jorge Bodeus.

Combinamos que eu o chamaria ao palco depois de cantar a quinta música da parte do repertório em que fazia os vocais. Rodinei agradeceu a todos e anunciou a saideira: "Polícia", dos Titãs. O público veio abaixo, e nossa responsabilidade escalou picos. Apesar de possuirmos um repertório poderoso, a maioria das músicas não poderia ser considerada pop.

Enquanto o Slow Crash se despedia e nos anunciava, Tulipa disse que corríamos o risco de a maioria das pessoas não entender nosso show. Para ele, o mais provável é que muitos iriam embora, e outros sairiam da frente do palco para tomar cerveja ou fazer as investidas sexuais de praxe. Como o nosso público estava todo ali, decidimos nos dedicar a ele com todo o nosso gás.

Apesar de nossa disposição, depois do que tínhamos passado nos portões da fábrica de pregos, estávamos autorizados a tremer. Os dedos de Tulipa tiveram dificuldades para girar as tarraxas e prender a parte superior dos pratos. Jambo foi logo encaixando seu microfone no pedestal, para não ter que firmá-lo com as mãos. Alemão se enrolou na afinação do baixo e Pixote só plugou a Giannini no amplificador depois de umas cinco tentativas.

Comprei mais uma cerveja. Deveria esperar a minha entrada atrás das caixas amplificadas, mas resolvi ir para o fundo do galpão para sentir a banda, fazer de conta que não estava apavorado. Fui logo percebendo que o consumo de álcool não poderia passar dali, senão eu corria o risco de naufragar a odisseia.

Jambo deu boa-noite e Tulipa mandou "ão, dois, três, quatro": foi a senha para que o povo de preto deixasse de lado copos de cerveja, bate-papo, beijo na boca, saquinhos de batata, amassos nas paredes do fundo e maquinações para o dia seguinte. Vieram pulando, de todos os cantos das ruínas da fábrica, no delta que desaguou em frente ao palco. Jambo berrava "Anarchy In The U.K.", dos Pistols, e a horda pulava o mais alto que conseguia. Tulipa tinha acertado: algumas pessoas se assustaram e saíram, porém boa parte do público entendeu que a festa passava por nova transformação, permanecendo nos fundos e nas laterais para assistir os punks, skatistas e afins se esbaldarem com força.

Jambo sempre apostava nos clássicos para esquentar os shows, estratégia que deu certo novamente, inclusive para espantar o nervosismo. O cover dos Ramones, "Sheena Is A Punk Rocker", foi a segunda música, e "You Can't Bring Me Down", do Suicidal, o terceiro lança-chamas. Por causa das confusões de Pixote durante toda a maratona da produção do Garage Rock, Tulipa e Jambo decidiram deixar de fora algumas músicas novas, na parte do show reservada ao punk rock. Julgavam que o guitarrista não daria conta por causa da escassez de ensaios, também considerando que Pixote estaria mais envolvido com as bandas de Seattle.

Depois de desfilar os clássicos mais conhecidos do público do No Control, Jambo se despediu com "Formiga Shit", música da banda entoada aos gritos pelo povo de preto, que a essa altura mandava seus emissários treparem nos caibros para se atirarem de lá de cima sobre as camas de braços. Os que não pertenciam à irmandade se dividiam entre expressões de espanto, admiração e repulsa. Para os punks, não bastava ser público: era preciso correr riscos.

Chegara a minha vez. Meu coração saía pela boca; um conhaque entrava. Galguei o palco e cumprimentei todo mundo sem ver ninguém. Pixote e Tulipa puxaram "Territorial Pissings", do Nirvana: foi o momento em que descarreguei uma porção de coisas — o empreguinho na gráfica, a falta de dinheiro, a falta de mulher, o choro de Bárbara, o sofrimento dos que nascem, o medo de chegar perdido aos trinta anos. Gritei feito um desgraçado nos refrões, e me acabei na parte esganiçada do final. Agradeci os aplausos já percebendo o quanto o cigarro, a bebida e uma única música tinham agravado a minha rouquidão.

Rapidamente, virei pra trás e avisei ao pessoal da banda que as outras do Nirvana estavam automaticamente fora; e que "Highway Star", uma de nossas pérolas, também teria que cair. Tulipa fez uma cara péssima; Alemão disse que o show ficaria muito curto, mas minha garganta tinha ido pro saco. Decidi investir nas músicas mais fáceis para mim. Mandamos "Would?" e "Angry Chair", do Alice in Chains, a versão do Lemonheads para "Mrs. Robinson" e "100%", do Sonic Youth. Em seguida, pregamos a fábrica de pregos com "Unsung", do Helmet. Apesar da

potência reduzida de minha voz, a parte instrumental saiu perfeita —
resultado dos poucos ensaios, levados em clima de culto religioso, e dos
treinamentos metódicos feitos em casa mesmo. Depois do final matador
de "Unsung", ouvi os urros de que precisava para lavar a alma. Chegara
o momento de chamar Jorge Bodeus.

— É com enorme prazer e com muita honra que o No Control
chama ao palco um dos melhores guitarristas de blues do Brasil! Com
vocês, Jorge Bodeus! — eu disse, enquanto o torneiro subia ao palco
para plugar sua Fender.

— Não é assim também, não! Não sou isso tudo, não — disse
Bodeus, o gentleman, me tomando o microfone.

Nas baquetas, Tulipa chamou "Proud Mary"; até que todo mundo entrou certinho, e consegui disfarçar minha dificuldade. O problema
foi que Alemão se embananou para acompanhar Bodeus, posicionado
para que o baixista "colasse" as posições. Do solo em diante, cagamos
a música, mas Bodeus deu uma boa disfarçada, com malabarismos de
guitarra que levaram o público a aplaudir nossa versão-gambiarra do
clássico do Creedence.

Em "Rambling On My Mind", a coisa se acalmou um pouco.
Como tocamos a versão bem lenta e delicada dos Bluesbreakers, ficou
bem fácil, para eu disfarçar a voz arranhada; e para Alemão, relembrar
o que tinha aprendido nas aulas da escadaria. O arranjo de Tulipa saiu
ainda mais arrastado, e pudemos oferecer condições para que Bodeus
brilhasse, em um solo inspiradaço. Mesmo quem nunca tinha ouvido
um blues na vida foi tocado pela beleza da execução.

O torneiro aproveitou o clima de reverência em torno de si e
emendou "A Flood Down In Texas". Como o guitarrista garantia os baixos e notas altas de maneira vertiginosa, Tulipa sentiu-se à vontade para
marcar o tempo e encorpar a canção. Com Alemão novamente colado
na mão esquerda do guitarrista, fechamos a parceria com Jorge Bodeus
e o pequeno tributo a Robert Johnson, com uma versão de "Sweet Home
Chicago" que acabou saindo mais suingada, por causa da levada um
pouco mais rápida de Tulipa.

Para quem sonhava em cantar um blues fora de uma gráfica
barulhenta, me senti muito privilegiado por ter conseguido cantar de-
centemente ao lado de um verdadeiro bluesman; Jorge Bodeus saiu do

palco sob um estrondo de gritos, assobios e palmas — emoções de uma profundidade tal que permitiram que eu me sentisse o mais afortunado dos homens, e a mais boba das crianças.

Enquanto Jambo tomava meu microfone emprestado para dar uns avisos sobre um campeonato de skate, me reuni com a banda perto da bateria e disse que conseguiria, no máximo, cantar mais duas ou três músicas, dentre as quais "Hunger Strike", do Temple of the dog, e "Sex Type Thing", do Stone Temple Pilots, passariam longe de figurar. Feita a intimação, Pixote foi logo avisando que não lembraria o solo de "Them Bones" e nem se atreveria a tentar tocar "Nearly Lost You", do Screaming Trees, mas que enrolaria a outra música da banda, última a estourar antes de a MTV sair do ar, a balada "Dollar Bill".

Encerramos o show com o tal de Pixote completamente encapetado. Mandamos o set final mais improvável da história do rock'n'roll: "Paranoid", do Black Sabbath, eu no meu *embromation* total e Pixote fazendo improvisos longos, muito bem encaixados; "Dollar Bill", eu com meu dedo atolado no ouvido para garantir a afinação e a banda colocando todo o peso necessário no sprint final; "Give Me Your Money", do Okotô, minha voz grave, rouca e desafinada seguindo acompanhada do espancamento da Pinguim por Tulipa, com Alemão agachado em frente ao amplificador espremendo microfonias graves e Pixote fazendo mil brigas de rato na Giannini Sonic. O Garage Rock terminou como uma célula musical do Sonic Youth: estrondos, rugidos e microfonias estrategicamente pulverizados.

O público da antiga fábrica de pregos saiu satisfeito, por motivos que tangiam "várias variáveis": bons shows de rock com entradas baratas, cerveja gelada, trocas de saliva e seus desdobramentos, pogo, confusão, blues, rock'n'roll. Não houve uma briga sequer. Flavinho vendeu quase todo o conteúdo dos freezers.

As bandas não ganharam cachês altos, porém decentes. Mostrei o que teria que ser descontado para o pagamento dos direitos autorais. Ninguém chiou. Em minha tonta ingenuidade, acreditava que nós, músicos, éramos muito maiores do que roubos disfarçados de boletos bancários. Como guerreiros, bebemos a vitória sobre toda a súcia de inimigos que tinha nos flagelado, principalmente os que moravam dentro de nós. Como funcionários públicos, morremos de preguiça quando vimos o tamanho da desmontagem que nos aguardaria, quando o domingo estivesse a pino.

O sucesso do Garage Rock nos transformou em pessoas mais fortes. Foi aí que tive a certeza de que o rock é muito mais que uma rebeldia de videoclipe ou combinação de acordes simples, é uma impetuosidade que "vem não se sabe de onde, nem se sabe bem o porquê". E quem a possui morre, se lhe for arrancada.

"Não sei se te amei, ou se para o céu irei, mas rock eu já toquei" — diziam os versos registrados na borracha que chegou a morar no estojo escolar de Bárbara. Pixote sempre fazia os shows com ela no bolso.

53.

A desmontagem e o transporte do equipamento que dormiu na fábrica de pregos não doeram muito. O pai de Alemão apareceu com uma caminhonete da firma onde ele trabalhava e salvou a devolução do material para a prefeitura. Foi tudo bem rápido e silencioso. A ressaca da noite anterior trazia a serenidade da batalha vencida, mas não permitia a plenitude da alegria: um troço nos roía por dentro. Por mais que as lembranças do Garage Rock ainda estivessem bem vivas, Tulipa, Alemão, Jambo e eu estávamos enquadrados num velório. A situação, para mim, só oferecia uma leitura: o Garage Rock tinha também significado o fim do No Control. Ninguém teve coragem de tocar no assunto durante os trabalhos de desmontagem. Restou uma conversa entre mim e Tulipa na volta para casa.

— Pois é, né, Tulipa... Pixote nunca mais. Fodeu.

— Não, sô. Tô esquematizando umas coisas. O Alemão vai passar pra guitarra e eu tô arrumando outro baixista, um cara que faz artesanato de cobre com o Ciganinho.

— Alemão na guitarra? O cara aprendeu a tocar baixo faz pouco tempo! — constatei.

— Ele me disse que tá tirando um tanto de coisa no violão.

— Eu acho que isso não tem a menor chance de acontecer. O Alemão comprou o baixo dele há pouco tempo e ele vive me falando só em baixo, baixo. Ele gosta de baixo.

— Não, sô. Eu conversei com ele. Ele falou que topa. Já tô pra marcar um ensaio. Só vou esperar que ele tire na guitarra algumas músicas que a gente toca.

Passaram-se duas semanas e Tulipa marcou o ensaio. O tal baixista nem apareceu. Alemão pegou a Giannini Sonic pra fazer um teste, e o jeito com que ele a pegou já fez meu pescoço entortar; os dedos grossos e borrados de graxa de oficina tropeçavam nas cordas, não saiu uma base completa sequer. Era ótima a intenção de Tulipa ao nos enrolar, mas Alemão jamais tocaria guitarra. Trancamos a porta da casinha de ensaio e fomos embora.

Cheguei em casa arrasado, e o fim de semana ficou com uma atmosfera de merda. Abril de 1993 foi uma merda. Maio, outra merda. E uma pergunta não parava de martelar minha cabeça: por que não conversar com Jorge Bodeus sobre montar uma banda de blues?

54.

O pai de Tulipa, Atílio Castro, era muito bem relacionado em Formiga por causa das obras filantrópicas da loja maçônica que ele liderava. Nisso se baseavam as medidas afoitas tomadas por Tulipa para que o No Control continuasse existindo. Atílio tinha gostado tanto do resultado do Garage Rock que decidira promover duas festas beneficentes que arrecadariam fundos para o Patronato São Luiz, que há muitos anos acolhia crianças muito pobres lhes dando educação e comida. Tulipa revelou tudo numa rápida passada que dei na Padaria Grão Sabor e acrescentou, para minha tristeza, que o No Control seria uma das bandas convidadas para as apresentações, que teriam palco e iluminação profissionais.

Voltei para a gráfica ainda mais arrebentado. Na manhãzinha do outro dia, Tulipa me telefonou ainda antes que eu saísse para o trabalho. Ele disse que o pai se mostrara solidário com nossa desolação e que iria conversar pessoalmente com Ramiro sobre a possibilidade de Pixote integrar o No Control pelos menos nos dois eventos beneficentes.

Antes do meio-dia Tulipa correu até minha casa, os dedos saltitando pelo polegar esquerdo. Atílio Castro devolveu Pixote para o No Control para duas derradeiras apresentações. Ramiro só havia permitido a participação do filho pelo fato de a iniciativa ser beneficente, deve ter se imaginado na tribuna mais importante do Coliseu a colocar o polegar para cima, num gesto magnânimo de misericórdia aplaudido pela multidão do pão e circo.

Se eu tivesse dinheiro, teria mandado celebrar uma missa para o senhor Atílio Castro. No criado da minha mãe tinha um toco de vela, tinha um toco de vela no criado da minha mãe. Acendi.

55.

Os shows aconteceriam nos dois últimos finais de semana de junho, de modo que dispúnhamos apenas de dois sábados para ensaiar. Como sempre, nos restava ouvir maciçamente as músicas em fitas para facilitar as coisas, principalmente para o pessoal das cordas. Durante os ensaios, passamos tudo o que tocamos no Garage Rock e colocamos em dia o que não tínhamos tocado. Ao final do último ensaio, nos reunimos na Praça da Matriz para listar as que soavam melhor e encaixá-las no repertório, pois não poderíamos tocar o número de músicas a que estávamos acostumados, já que dividiríamos o palco com os amigos do Slow Crash.

O primeiro show aconteceu num galpão enorme perto da faculdade, onde duplas sertanejas tocavam com frequência. Mais de duzentas pessoas ocupavam as mesas para saborear porco no rolete — não era um público que cairia no pogo, mas ficamos muito empolgados com o uso de amplificadores decentes. Tocamos no sistema de som mais potente de nossas vidas sob dezenas de canhões de iluminação que tentavam superar os projetos de Da Hora & Brothers. Jambo nos surpreendeu, cantou afinado como nunca. Atribuímos isso à ótima qualidade do retorno das vozes.

Minha voz, dessa vez, estava impecável. Com o tal retorno esplêndido, custei a reconhecê-la. Foi maravilhosa a ressurreição de "Highway Star", e com um prazer pesado cantei "Nearly Lost You", "Hunger Strike" e "Them Bones". Pixote andou cagando nas duas primeiras porque quis, mas o que ele aprontou na última foi de embasbacar: o cara reproduziu o solo fodaço do Jerry Cantrell e nos deixou de bocas abertas.

O público reagiu com uma certa frieza, afinal, aquele galpão sertanejo não era um nicho típico do povo de camisetas pretas, e poucos da nossa etnia apareceram por lá. Já que não estávamos em casa, relaxamos e gozamos o som durante o resto do show. Coube ao Slow Crash fazer todo mundo dançar. Coube a nós assistir, encher a cara e voltar pra casa rindo a cada passo.

A segunda apresentação beneficente ocorreu num lugar lindo, o bar e restaurante Sol & Lua que um aventureiro de Belo Horizonte tinha montado às margens da Lagoa do Fundão, ao lado do Country Clube. O salão, com vista panorâmica para a floresta da lagoa, era repleto de móveis rústicos. A casa ficou completamente lotada, e o som estava ainda melhor que o do show anterior. Novamente, o público não entendeu muito bem a proposta do No Control, e o Slow Crash chegou para animar a festa. Bateu uma saudade danada do bar Pomar, com a nossa irmandade livre para se chutar em paz.

Pouco depois da apresentação do No Control, Ramiro veio buscar Pixote. Eu esperava que fôssemos desabar ao vê-lo entrar na Chevy, mas isso não aconteceu. Estávamos ralados, calejados o bastante para entender que de nada adiantaria ficarmos nos esticando na tensão eterna puxada por Ramiro. Comungávamos de um cansaço que não nos incentivaria a viver situações tão dramáticas e desgastantes para fazer um show de rock. Tulipa, que sempre tinha pendurado a banda em várias tábuas de salvação, confessou que não conhecia ninguém que fosse compatível com a gente. Santo mártir, o No Control morreu numa noite gelada do fim de junho de 1993.

56.

O fim só não doeu mais porque o curso de Letras me apertou para as provas que antecederam as férias da segunda quinzena de julho. Também como integrantes da banda, tiramos férias uns dos outros. Às vezes nos topávamos em conversas fugidias, tênues o bastante para não atiçarem demais a dor da separação. Eu tinha a impressão de que estávamos cansados de gostar tanto uns dos outros. Seria necessário que cada um voltasse para seu próprio habitat. Tulipa e Jambo foram hibernar no skate. Alemão morava e trabalhava no outro lado da cidade, e era dificílimo esbarrar nele. Fiquei sem qualquer vestígio de Pixote.

Resolvi torrar as noites livres das férias promovendo meu triunfal retorno como mosca do Porão. O frio e meu dinheirinho ralo me levaram pros conhaques ordinários ao lado de viciados e de mulheres que, apesar de cheirosas, não se importavam em dar nos lotes vagos ou em sacos de cimento no interior de construções. Com suas bolsas cheias de camisinhas e de vidrinhos com cheirinho-da-loló, aquelas moças não se importavam em pedir "a *bença*, pai" num minuto para no seguinte gemer debaixo de curradas descompromissadas.

Como a mãe de Fabrício Mauro já tinha voltado de Portugal, a turma das antigas teve que abandonar as festinhas privativas e voltou a fazer esticadas do Porão para o Captain Night Club. A casa estava vendendo mulheres diferentes, mercadorias mais sofisticadas vindas de Belo Horizonte — pelo menos assim juravam os proprietários. Lembro-me da noite em que Murilo Clemenza entrou aos berros naquele puteiro alardeando que tinha recebido uma rebarba da herança deixada pelo avô. Ordenou que, sob a chancela de seu dinheiro, consumíssemos todas as atrações que aguentássemos. Cheirei boa parte de meus neurônios e esfolei "o músculo que sente" todo: fui Santino Corleoni por uma madrugada inteira. Meus picos de virilidade só não foram dignos de fogos de artifício por causa da falta de comprometimento da terceira rameira da empreitada, uma morena sarará de boca grande e bunda de calendário de mecânico. Ela me recebia de quatro, com suas ancas elevadas a guiar meu rodeio entusiasmado. No momento em que eu estava me sentindo um touro reprodutor, percebi que a moça estava com o olhar pensativo de quem espera um ônibus; roçava a unha vermelha do dedo indicador enquanto descascava lascas de tinta da parede com o cuidado de um restaurador de imagens barrocas. Era fácil ignorar sua dispersão, mas ela soltou uma frase que desligaria a eletricidade da Disneylândia inteira: "É, amanhã tenho que estar às cinco horas lá em Ribeirão Preto". Tentei pensar que a putinha era a Naomi Campbell. Não adiantou. Não é que eu brochei; meu bilau entrara em extinção.

Mesmo com a volta às aulas, minha relação com a perdição insistia em transformar o que era errado em algo confortável. Já era o momento de alguma coisa acontecer para sufocar a ressurreição da minha vocação para o malfeito.

57.

Eu tocava meu serviço na gráfica quando me chamaram à recepção. Um homem alto e gordo procurava por mim e se apresentou como diretor do jornal *Voz Ativa*, um jovem semanário que vinha trazendo independência para a imprensa local por não precisar da rédea de políticos para sobreviver. O homem me disse que havia conversado com professores do curso de Letras sobre a existência de algum aluno que escrevesse bem o suficiente para trabalhar como repórter. Os professores teriam me indicado.

Foi como se injetassem fermento na minha alma. Nem considerei petulante o gesto de um homem que oferece outro emprego a alguém em plena atividade no local de trabalho. Certamente tinham buzinado no ouvido dele o quanto eu estava insatisfeito. Na faculdade, toda a comunidade acadêmica via minha peleja com os remedinhos que eu pingava no nariz contra a rinite alérgica constante, provocada pela poeira de chumbo. Apesar da ousadia do dono do jornal, sua proposta não foi ouvida por mais ninguém, o barulho das impressoras tapou nossa conversa. Eu e aquele sujeito boa-praça combinamos um encontro para depois do expediente, que naquele dia foi cumprido com minha cabeça muito longe das impressoras.

Fui recebido num escritório minúsculo que funcionava num corredor ao lado da funerária Santa Clara, na Rua Casemiro Fontes, um dos becos que desembocavam na Praça da Matriz. Fernando Miranda, o gordo alto, era jornalista e papa-defunto. Me ofereceu um salário mínimo e metade do valor da mensalidade da faculdade, mais carteira de trabalho assinada, benefício que meus próprios familiares sempre se haviam recusado a me conceder. Minha função seria colher informações e transformá-las em notícias, além de revisar textos de colaboradores. O subempregado viraria jornalista: eu finalmente voltaria a ter mais do que moedas nos bolsos, poderia finalmente me divorciar do frasco de desentupidor de nariz.

Seria a morte da mula de carregar papel, o fim da tosse por poeira de chumbo. A música sertaneja chorada por meus colegas tipógrafos seria desligada. O salário, é claro, não seria estupendo, mas não seria preciso cozinhar o galo para aceitar. Minhas roupas federiam a querosene pela última vez, e eu não sabia o que fazer com tanta alegria. Alguém tinha enxergado pela primeira vez que eu poderia crescer.

A redação do *Voz Ativa* era distribuída por duas máquinas de escrever, e os primeiros meses na empresa fizeram meu ego ronronar. Para quem sempre rastejara pelo submundo de Formiga, era delicioso ser bem tratado por políticos e empresários: tinham que montar sorrisos para mim, mesmo odiando meu gravador e detestando o que eu escrevia. Um vereador chegou a me dar uma camisa do Atlético para que eu publicasse projetos de lei de sua autoria, coisa que acabei fazendo, sem deixar de apontar as falhas constitucionais e o homicídio no trato da Língua Portuguesa.

Como o jornal era um semanário, podíamos trabalhar numa cadência tranquila. Redigíamos tudo nas máquinas de escrever e enviávamos para uma gráfica em Passos, sudoeste de Minas, de onde os exemplares vinham às quintas-feiras. Nesse dia, a saleta da redação virava uma festa, durante a etiquetagem dos jornais. Membros do conselho editorial, articulistas, artistas, espiões de políticos, amigos e penetras contavam mil casos com café e cigarros, enquanto os jornais, um por um, ganhavam as etiquetas com o nome e o endereço dos assinantes. Serviço pronto, despachávamos tudo na agência dos correios. Fernando Miranda tinha a juventude e a inteligência necessárias para que o *Voz Ativa* conquistasse rapidamente a cidade. Antes de completar um ano de vida, tornou-se o veículo de comunicação de maior credibilidade do município.

Às vezes, Fernando e eu tomávamos cerveja depois do expediente das quintas-feiras no Kanekão, no bairro da Rua Nova. Numa dessas, vi no fundo do bar um careca comendo fígado com jiló. Era Jorge Bodeus, que foi logo nos adotando em sua mesa. Me disse que Jambo não trabalhava mais para ele, se mostrou pesaroso com o fim do No Control e quis saber sobre o rumo tomado pela rapaziada. Eu disse que cada um estava seguindo seu próprio curso e que nos encontrávamos com pouco tempo e quase nenhuma intensidade.

Conversa vai, cachaça vem, disparamos a falar sobre blues. Bodeus me contou que se apaixonara pelo estilo quando ainda morava em Belo Horizonte. Em Formiga, no final dos 1970, tinha chegado a montar uma banda com o baterista Gilson Vieira e com o baixista e gaitista Ricardo Falcon: primeiro grupo de blues de Formiga, a banda se chamava Empréstimo, pois nenhum equipamento ou instrumento pertencia a eles.

— O que você acha de a gente montar uma banda de blues? — perguntei.

— Ué...

— Eu canto. Tenho certeza de que o Tulipa faz as bateras. Arrumar baixista é que de repente vai dar trabalho.

— Conheço um, já tocou comigo, o Joe Basílio.

— Não custa nada a gente reunir esse pessoal e trocar uma ideia.

— Vou tentar marcar com o Joe na minha oficina amanhã à noite — prometeu Bodeus.

Eu nasci de novo.

58.

Nasci de novo nesse passado, mas meu presente está cada dia mais feio justamente agora, que escrevo sobre a fonte da juventude. Terei que pôr o pé fora de casa pra ir ao médico, e não é por causa da hérnia nas vértebras: aquilo que chamo de tropeço no coração nunca foi uma metáfora barata. Venho sentindo uns batimentos fora do ritmo há muito tempo, mas ultimamente estão vindo fortes demais. Outra merda é que não consigo dormir por causa de uma angústia que chega a atrapalhar até minha respiração. É certo que me empurrarão alguns remédios e uma série de exames. Serei proibido de fumar e de beber. Mas será que adianta, a essa altura?

Só sou um apaixonado pela vida enquanto escrevo esta história. Fumo enquanto escrevo. Bebo depois de escrever. Acordo, leio no banheiro, volto a escrever. Minhas pequenas refeições salpicam farelos sobre a mesa enquanto meus dedos, engordurados, azeitam a minha escrita, e mais um ciclone de recordações deixa os meus nervos extasiados e exaustos. É quando vou pros goles, ou "me dou com os copos", como se diz nas terras lusas. Se meu coração estiver indo pro açougue, aí é que não paro de beber mesmo. Além do mais, não dá pra ouvir Ella Fitzgerald sem me encharcar de Jack Daniels.

Como diria Tio Zé Mariano, a vida é comer, dormir e cagar, comer, dormir e cagar... E isso me faz lembrar de uma enfermeira que trabalhava na maternidade do hospital de Formiga. Quando se deparava com minha mãe na janela, sempre contava que tinha vindo ao mundo o filho de fulano de tal; e mesmo se fosse bem-nascido de um dentistazinho, dono de dois carros populares, sempre encerrava o relatório do parto com a expressão: "Coitadinho, nasceu!" Eu a chamava de "enfermeira existencialista".

Acendo mais um cigarro em nome da pá, do fim e do ex-pito santo. Amém.

59.

Em janeiro de 1994 nascia a Bodeus Blues Band. Nossa frequência de ensaios dependia da disponibilidade de Bodeus e do baixista Joe, que, além de coordenar sua empresa de publicidade em placas e camisetas, era um dos líderes do centro espírita Lázaro, entidade que ajudava dezenas de pessoas muito pobres. Os ensaios aconteciam na tornearia de Bodeus, mas eram tão raros que a banda só pôde estrear em maio, no Aqui Jazz. O bar, que queria ser sofisticado, começou a funcionar naquele ano em um casarão antigo bem conservado, que ficava na Barão de Piumhi. A localização parecia querer brincar comigo: a cem metros do Pomar e a uns trezentos da casinha do No Control .

A estreia foi um sucesso. Fomos intensamente aplaudidos. Joe era um músico fabuloso, e seu baixo foi muito bem sustentado por Tulipa, que desenvolveu uma pegada bluseira firme. Ensaiar com músicos experientes foi essencial para que meu estilo de cantar evoluísse. Bodeus me deu toques preciosos sobre técnica vocal, me ensinou a cantar com respiração adequada e intensidade suficiente, sem que eu precisasse me portar como um estouro de bois bêbados.

Nosso repertório passava pelo rock tradicional de Chuck Berry, Little Richard e Jerry Lee Lewis e se dedicava a standards do blues, com enfoque para Robert Johnson, Muddy Waters, B. B. King e Howlin' Wolf. Também tocávamos versões quentes de Allman Brothers, Stevie Ray Vaughan, John Mayall e Eric Clapton. Jorge Bodeus sempre tocava com absoluto comprometimento, mas caprichava ainda mais em "Mean Town Blues", gravada por seu grande ídolo, Johnny Winter. Outra coisa que deixava todo mundo babando era a habilidade do guitarrista para deslizar o slide, uma espécie de dedal de costureira, só que mais comprido, colocado por ele no dedo anelar da mão esquerda. A função do artefato era tirar um efeito parecido com aquele som esticado de guitarra havaiana, só que mais rouco.

Fizemos uma espécie de temporada no Aqui Jazz: um show em junho, dois em julho — casa lotada por causa das férias escolares —, e um em agosto. A banda chegou a um ótimo grau de entrosamento. Tulipa finalmente aprendeu que existia algo além do punk e amadureceu muito musicalmente. Passou a estudar bateristas do calibre de Neil Peart, do Rush, e Bill Bruford, de uma das formações do Yes.

Éramos uma boa banda, mas Bodeus e Joe tinham compromissos demais para que nos tornássemos grandes amigos. Na minha cabeça, música tinha a ver com amizade extrema, vício que eu me recusava a abandonar desde que pertencera à irmandade do No Control. Um sentimento de que estaria faltando alguma coisa não me largava. Estava cantando muito bem, ganhando uns trocados, mordendo mulheres, me divertindo numa superbanda, mas algo estava dando dentadas na minha satisfação.

Em setembro de 1994 resolvemos promover um show na fábrica de pregos e mandamos imprimir cartazes, folhetos e ingressos. Não tínhamos a menor dúvida de que daria certo, afinal, estávamos com um bom nome na praça. Na tarde do sábado em que aconteceria o show, fizemos uma passagem de som maravilhosa no galpão. Flavinho levou seus quatro freezers lotados de bebida até a boca. À noite, fiz o trajeto até a fábrica com a beleza do Garage Rock na cabeça. Resolvi passar no bar do Kalo para tomar um trago e comer o coração da sorte: esperava ver o mesmo empapuçamento de gente da noite do festival, e cheguei explodindo à Rua Pio XII.

Três pessoas estavam em frente ao portão. Ninguém "me sorriu latindo".

Tulipa tentava não se assustar. Disse que o movimento da região da Praça Ferreira Pires precisava cumprir com o rendimento habitual e que logo as pessoas começariam a chegar. Depois de uma hora de espera, chegaram mais cinco. Tocamos nosso repertório poderoso para uma plateia de oito pessoas, mais Flavinho e dois ajudantes. Foi um fiasco total. Tivemos que bancar com dinheiro nosso o material impresso.

A banda voltou a se reunir para ensaiar no primeiro sábado de outubro, tudo muito sem tempero. Cheguei a pensar que o projeto congelaria de vez, mas dias depois, houve uma boa nova: apareceram dois shows no Sol & Lua, bar junto à Lagoa do Fundão — o primeiro no feriado de 12 de outubro, e o segundo em outro feriado, 15 de novembro. Novamente as apresentações alcançaram ótima repercussão, mas comecei a enjoar do repertório. A escassez de ensaios nos impedia de renová-lo; fazíamos, portanto, sempre o mesmo show.

O troço começou a desandar de vez para mim depois da saída de Joe Basílio, que se matriculara num curso de direção de cinema em São Paulo. Como não aparecia outro baixista, não tínhamos como ensaiar. Nesse período, Bodeus conheceu Daniel Monstro, um formiguense que fazia Direito em Belo Horizonte e vinha a Formiga com frequência para ver seus pais. Além de cantar muito bem, Daniel esmerilhava uma gaita. Descobri que os dois estavam tocando bastante na casa de Bodeus e tinham se transformado em grandes parceiros, um sintoma que me fez admitir: eu seria frito a qualquer momento.

Comuniquei minha saída da banda a Tulipa e Bodeus sem que houvesse a menor rusga. Tudo aconteceu num curso natural: a banda ficaria muito mais bem servida com Daniel Monstro e eu não estava a fim de me dedicar somente ao blues, gênero que aprendi a amar e a trair. Um ex-aluno da escola municipal de música, Manu, acabou pegando o baixo e a banda durou alguns anos, chegando a fazer shows em BH e em várias cidades mineiras. Foi assim que eu e Tulipa nos despedimos musicalmente e passamos a nos ver em aniversários e outras festinhas cretinas.

Não tenho a menor dúvida de que Jorge Bodeus é um dos melhores guitarristas de blues do Brasil. Até hoje me sinto orgulhoso por ter dividido o palco com ele.

60.

Conclui a faculdade de Letras em dezembro de 1994, época em que o curso só durava três anos. Como convivera com o meio musical desde o início de 1992, resolvi compensar a saudade dos palcos com a aquisição de meus primeiros CDs. Alguns eu comprei para substituir fitas cassete perdidas ou roubadas; outros, para continuar acompanhando as bandas de Seattle. Também aproveitei para adquirir álbuns de grupos que me passaram despercebidos, como o Pixies.

O ano de 1995 também representou uma reviravolta profissional. O *Voz Ativa* tinha crescido bastante e já contava com quatro repórteres. Fui promovido a chefe de redação e conquistei uma melhora no salário, justamente no momento em que me livrava das mensalidades da faculdade. Como eu estava completamente desfocado do ambiente musical de Formiga, na época repleto de duplas sertanejas, bandas de baile e de rock dos anos 1970, enfiei a cara no trabalho.

Nos fins de semana, ia de ônibus para Piumhi, cidade onde tinha muitos parentes, ou para São Roque, portal do Parque Nacional da Serra da Canastra, onde me esbaldava nas cachoeiras, nos queijos e nas meninas arredias da roça. Também passei a frequentar as festas dos clubes do Lago de Furnas. Esbórnia nunca faltou por lá.

Fernando Miranda havia transformado o *Voz Ativa* num jornal ousado. Todo dia acontecia uma aventura. Lembro-me de um telefonema que me levou a flagrar caminhões e pás-carregadeiras da prefeitura limpando e nivelando um loteamento que pertencia a ninguém menos do que o próprio prefeito. Foram quatro fotos na primeira página. Incrível foi também o dia em que um funcionário municipal entrou na redação, morrendo de medo de ser visto no jornal. Na salinha do café, me contou que uma pá-carregadeira da prefeitura estaria cavando um enorme buraco onde seria a piscina da academia de ginástica do filho do prefeito. Máquina fotográfica em punho, consegui fotos que mostrariam a máquina dentro do buraco, com foco nítido nas inscrições que a identificavam como propriedade do município. Adilson Dedão, segurança e motorista do prefeito, me viu tirando as fotos, entrou no carro oficial e partiu pra cima de mim. Corri para um beco próximo, onde havia uma distribuidora de bebidas. Me escondi atrás de uma pilha de caixas de cerveja e o carro seguiu, beco adiante. Dias depois, publicamos a primeira página fulgurante que levou o promotor de justiça a ferrar o prefeito. Realmente, era preciso fiscalizar aqueles caras.

A Câmara de Vereadores também não saía de nossa mira. Era um tal de dinheiro público bancar viagens pra lá, festinhas e salários gordos pra cá, que não tinha limite; fomos levados a investigar os critérios para esses gastos e a população pôde cobrar de seus representantes maior transparência e honestidade no trato das verbas oficiais. Não me esqueço do dia em que a Câmara de Formiga levou horas para discutir o projeto de lei que criaria o Dia Municipal do Abraço. O vereador que assinava o projeto teve a capacidade de torrar grande parte da reunião legislativa com a demonstração dos tipos de abraço que poderiam ser distribuídos na ocasião: abraço de lado, abraço de urso, abraço com tapa, sem tapa, e mais umas cinco modalidades. O projeto foi aprovado e Formiga tem até hoje o seu Dia Municipal do Abraço, só me recuso a lembrar qual é. A Câmara de Formiga só abandonou práticas desse tipo graças ao trabalho da imprensa; senão, teríamos o Dia Municipal da Fungada no Cangote.

Um dos nossos gols de placa foi a série de reportagens sobre os dejetos industriais que empresas subsidiárias da Fiat Automóveis estavam despejando na zona rural de Formiga. Essas empresas recolhiam o lixo na montadora de Betim e achavam que as erosões próximas às nascentes do Rio Formiga poderiam ser tapadas com toneladas de plástico, borracha, lã de vidro e outros materiais para revestimento de carros. Diversos pontos do município foram presenteados com essa porcariada.

Um fazendeiro resolveu acionar toda a imprensa da cidade e o pau moeu. Como as matérias não estavam conseguindo sensibilizar as autoridades quentes, telefonei para o repórter Thomas Traumann, da Folha de S. Paulo. Enviei as fotos mais impactantes, e o cara ficou escandalizado. Dois dias depois, percorri todos os locais da desova com um repórter e a fotógrafa Marlene Bergamo, ambos do referido diário paulistano. Foi bastante para que a Folha escancarasse as montanhas de lixo na primeira página.

O *Voz Ativa* não foi o único a brigar pela causa. Jornalistas ligados a outros jornais formiguenses estiveram em Brasília para promover manifestações em eventos recheados de políticos, que se diziam patronos do meio-ambiente. A partir daí, apareceram vários órgãos de imprensa de Belo Horizonte e do Rio de Janeiro, e o fato se espalhou nacionalmente. Até o Greenpeace apareceu, com suas roupas de filme B de ficção científica. A Folha de S. Paulo publicou também a montanha de dejetos que os ambientalistas do grupo esculpiram na frente do escritório da Fiat, em São Paulo. O município de Formiga acabou recebendo uma indenização, que foi convertida em ambulâncias, aparelhamento da Polícia Militar e outros benefícios.

Eu nunca tinha imaginado que trabalhar na imprensa pudesse ser tão punk.

61.

Ainda em 1995 me matriculei num curso de pós-graduação no ensino da Língua Portuguesa. As aulas, com professores da Universidade Federal, aconteceriam no prédio da faculdade onde me formei. A mensalidade novamente me deixaria duro, mas eu punha fé em que o curso me traria oportunidades. Outro benefício: eu me veria obrigado a diminuir a intensidade de meus voos noturnos.

Depois de mais uma noite sufocado por tantas aulas, eu voltava pra casa de lotação quando reconheci uma figura no banco da frente. Era Walter, irmão de Alemão. Sentei-me afoitamente ao lado dele para saber informações sobre o baixista. Desde o fim do No Control, tinha visto o branquelo pouquíssimas vezes, e a distância alimentou o boato de que estaria de casamento marcado com a loira Cláudia. Uns diziam que ela estaria esperando um alemãozinho, outros, que era por causa do "amor, doce amor".

Walter, que vendia peças na mesma concessionária onde o irmão lambrecava as mãos na oficina, esclareceu que o baixista andava meio sumido por causa do excesso de trabalho. E acabou tocando no único assunto relevante para a comunicação humana:

— A gente tá tocando numa banda.

— Banda? Como assim?

— Eu faço vocal e guitarra...

— A Giannini Sonic? Você tá com ela? — rompi.

— Tô.

— Por falar nisso, você tem notícia do Pixote?

— Me falaram que ele tá mexendo numa distribuidora de água mineral que o Ramiro montou pra ele em Pains.

— Hã? O quê? Pixote trabalhando! As galinhas vão criar dente...

— Já tem um tempão que ele tá lá. Até já arrumou namorada.

Senti uma saudade danada do Sobrancelhas de Taturana e de seu pedal-interruptor, fazendo kam, kam, kam.

Walter me explicou que sua banda tinha o Alemão no baixo e um amigo deles, Itamar, na bateria. Disse que estavam ensaiando muito para fazer o primeiro show. O trio se chamava Crocodilos, uma referência-homenagem ao "Crocodiles", nome do primeiro disco do Echo & The Bunnymen.

Descemos do lotação e caminhamos por toda a avenida do Rio Formiga. Walter ia buscar a namorada no curso de culinária da dona Cidinha Barbosa, que funcionava pros lados da minha casa. Aproveitamos pra colocar o saudosismo em dia e tivemos uma conversa longa, sobre os tempos da MTV e do Garage Rock. Ao se despedir, Walter disse frases fluorescentes:

— Aparece lá em casa domingo de tarde. O Itamar não vai poder ensaiar, mas a bateria dele tá no nosso quarto. Chama o Tulipa pra gente fazer um som.

61.

Tulipa ficou empolgado com a reunião das células do No Control, mas naquele domingo teria ensaio com a Bodeus Blues Band. Peguei o lotação que cruzava a cidade e segui para o bairro Ouro Negro. Munido de uma sacola cheia de latas de cerveja, apertei a campainha da casa dos irmãos Vilela. Uma menina de pele branquinha e cabelo pretinho atendeu a porta: era Jussara, irmã deles. Aparentava ter uns dez anos e já ostentava uma camiseta preta do The Cure. A menina me conduziu ao quarto dos irmãos enquanto seus pais olhavam com aflição a sacola com as cervejas. Dei boas-tardes ao som de Sílvio Santos e seu microfoninho de pescoço.

Dei um abração no Alemão. Ele estava diferente. Tinha ganhado alguns quilinhos e usava cabelos curtos, espetados. A bateria havia sido montada entre as camas dos irmãos. Repousando sobre os lençóis, o baixo bege e a Giannini Sonic indicavam a propriedade dos leitos. Bebemos e conversamos sobre o que havíamos feito depois da dissolução do No Control. Walter disse que fora gentilmente convidado a sair do Slow Crash por falta de compatibilidade musical com a banda. De fato, um fã de Jesus & Mary Chain devia sofrer demais num projeto que havia adquirido contornos de banda de baile, com Bee Gees no repertório.

Walter contou como se manifestara a tal falta de compatibilidade: em pleno show do Slow Crash, na arena lotada da exposição agropecuária e embalado por algumas doses de conhaque, tinha gritado "Fuck you" no microfone do vocalista Rodinei, após a execução de uma balada de Richard Marx. Rimos demais daquela despedida em alto nível e partimos para os instrumentos.

Tentei ativar os tempos da banda que tive aos 14 anos e me sentei à bateria. As baquetas me pareceram pesadas demais, e não saiu uma virada decente. Abandonei o instrumento e peguei o microfone. Alemão propôs que eu cantasse alguma coisa do repertório dos Crocodilos, calcado em Joy Division, Cure e outras bandas do pós-punk. Eu conhecia as músicas, mas não sabia cantar nenhuma. Lembrei que tinha conhecido Alemão através do U2 e perguntei se sairia algo dos irlandeses. Algo? Os irmãos tinham todos os discos da fase iluminada da banda.

Tocamos "I Will Follow", "Gloria", "New Years Day" e "Sunday Bloody Sunday", eu fazendo a percussão com tapas em minhas coxas ardidas. A maravilha maior aconteceu quando partimos para o álbum "The Unforgettable Fire". Não tocamos as músicas por inteiro, mas conseguimos articular longos trechos de "Bad", "Elvis Presley And America" e "A Sort Of Homecoming", músicas que tinham carimbado um peso pesado e bonito em minha adolescência. Sem botar a menor fé, sugeri "Promenade". Walter começou o dedilhado e Alemão foi fazendo uns climas. Comecei a simular os vocais suaves de Bono e as lágrimas resolveram correr. Enquanto eu tremia e cantava olhando pro céu, a luz do sol ficou espessa sobre o quarto. Tudo ficou calmo e doce. Éramos três almas misturadas num único tacho.

63.

Cerca de três meses depois daquele som, Alemão telefonou para a redação do *Voz Ativa* para me convidar para a estreia do Crocodilos. O show seria na hora do recreio do turno da noite na Escola Estadual Abílio Machado, o Polivalente. Como o diretor tinha sido meu professor no curso de Letras, pude me misturar junto aos alunos para assistir ao show de um canto do pátio.

Com equipamento de amplificação reduzido a duas caixas, os Crocodilos tiveram peito para preencher o curto intervalo de jovens estudantes, que trabalhavam o dia todo em escritórios de contabilidade, fábricas de roupa, lojas, fornos de cal. A única música que conseguiu extrair alguma reação foi a primeira, o eterno hit "Boys Don't Cry", do Cure. A "Forest", da mesma banda, "Panic", dos Smiths, e "I Will Follow", do U2, serviram de trilha sonora para a sopa servida na cantina. "Transmission", do Joy Division, embalou o retorno dos alunos para as salas de aula.

Fiz algumas fotos para ilustrar a nota que o *Voz Ativa* publicaria na edição seguinte. Os Crocodilos estavam cientes de que não tinham tocado para o público ideal, mas estavam satisfeitos com a ruptura da paranoia do primeiro show. Convidei-os para jogar sinuca no Bar do Preto. Itamar, o baterista, preferiu ir embora, por ser evangélico. Alemão, Walter e eu jogamos uma partida, sem medir as consequências de nenhuma tacada; jogamos foi conversa. Walter acabou confessando que tinha estocado coragem para enfrentar públicos hostis depois de ver a apresentação do No Control no Clube Centenário. Engraçado: aquele show de punk rock em 1992 tinha funcionado como um curral, que aproximaria várias vidas.

Eu disse a Walter que tinha ficado bastante impressionado com sua evolução como guitarrista, algo que ele já tinha demonstrado nas músicas que tocamos em seu quarto. Ele me contou que tinha sido na marra — quem manifestava a mínima propensão para tocar um instrumento de cordas geralmente comprava revistinhas que traziam mastigadas as posições das notas nos acordes. O problema de Walter é que as revistinhas da época só traziam acordes de bandas como Legião, Paralamas, Barão Vermelho e Guns N'Roses, grupos nos quais que ele não estava minimamente interessado. No começo dos anos 1990, quando começou a se empenhar mais na guitarra, ele jamais poderia encontrar uma revistinha tipo "Aprenda a tocar Jesus & Mary Chain" ou "Toque o melhor dos Smiths". Teve que se debruçar sobre os discos e tirar os acordes de ouvido, o que lhe valeu uma profusão de calos nos dedos. Não bastasse a solidão do aprendizado sobre algo que ninguém queria, os irmãos Vilela tinham ainda que transformar as poucas horas vagas em usinas de rendimento, já que eram obrigados a vender à concessionária Fiat, por um preço bem baixo, suas horas trabalhadas até o meio-dia do sábado.

Os Crocodilos sobreviveriam até novembro de 1995, com apresentações no bar Carlitos II e no parque de exposições. Sua última apresentação foi num show de novos talentos promovido pela prefeitura de Formiga, em cima de um caminhão estacionado em frente ao Tiro de Guerra — ocasião em que foram roubados dois pedais de Walter, um chorus e um flanger. A saída de Itamar, o baterista religioso, selou o fim da banda.

64.

Uma mulher alta, de pele muito branca e cabelos pretos curtos, de olhos sérios e desafiadores, passou a surpreender a noite de Formiga. Eu a via principalmente no Porão e no bar Aqui Jazz. Estava sempre enturmada com professores da faculdade e tinha um encanto diferente, incomum naquelas profundidades mineiras. Falsa magra, com seu batom escarlate, parecia uma francesa da Paris vanguardista do início do século XX. Era óbvio que se tratava de uma forasteira, e nossos olhares vinham se cruzando. Passaram a se demorar, mas eu não quis tomar qualquer iniciativa. Optei por esperar a oportunidade de uma aterrissagem calma, escolha típica de um homem que reconhece ter medo de uma mulher.

Em janeiro de 1996, fui a um concurso de beleza no Clube Centenário, o Miss Comércio e Indústria. Enquanto a mulherada desfilava na passarela, eu e Paturi virávamos doses de conhaque. Com seus vestidos e saltos, nada quebrava tanto assim o prato-feito em que costumávamos vê-las, na repetição caduca do colunismo social. Esperamos em vão por alguma coisa de biquíni.

Um desfile tedioso como aquele já teria nos mandado pra nossa casa, o Porão, não fosse por um acontecimento lindamente estranho: "Agora, com vocês, Mônica, a representante do Posto Caipirão!" Deixando como rastro a franja do tecido em tiras da porta que dava acesso ao palco, a tal falsa magra ganhou a passarela ao som de "West End Girls", do Pet Shop Boys. Não houve uma alma sequer que deixasse de olhar para a passarela, que se estendia até o meio do salão de baile. Destoando daqueles vestidinhos típicos de revistas femininas, a mulher desfilava vestindo um macacão de frentista do posto Caipirão, em cima de um salto agulha preto. A gola do uniforme, ligeiramente para cima, realçava a aerodinâmica dos cabelos pretos, partidos de lado. Sem se fechar até o pescoço, o zíper revelava o caminho aberto pela pele branca em direção aos seios, modestos, porém insistentes. Mônica deu a paradinha no final da passarela, fez um jogo de pernas e voltou, exibindo nas costas a logomarca do posto: um porco sorridente, de camisa xadrez e chapéu de palha, empunhando um revólver de gasolina.

As saliências do elástico no meio do modelito afunilavam sua cintura fina, sugerindo a bundinha empinada sob o mistério do caimento do tecido grosso do macacão e provocando dúvidas sobre o calibre de suas coxas. Antes de desaparecer pela franja dos fundos, Mônica deixou para trás um discreto sorriso de canto de boca.

O público explodiu em aplausos, e as mulheres suspiraram de inveja. Eu não morreria sem conhecer pessoalmente aquela frentista de posto com um porco nas costas — uma atitude punk pra muito moicano aprender. O problema é que a concorrência acirrada no bando de machos poderia fazer com que eu terminasse num asilo meus dias de espera por uma oportunidade.

Mônica ficou em terceiro lugar: seria demais a vitória de uma recém-chegada sobre as jovens da terra e suas tias costureiras, e um segundo lugar ainda seria muita deferência para uma atitude tão anárquica. O terceiro foi ideal para que o abarrotamento do público fosse respeitado.

Os olhares que tínhamos cruzado em fogo de bar me fizeram acreditar que eu poderia tentar alguma aproximação durante o baile que se arrastou depois do concurso. Esperei, mas ela não deu as caras. Devia ter saído pelos fundos do clube. *Com quem teria ido embora?* — era o pensamento que me queimava.

65.

Um mês mais tarde, no carnaval de 1996, resolvi passar uma noite no Clube Náutico, às margens do Lago de Furnas. Alguns ex-colegas da turma da pós-graduação tinham me convidado para ocupar uma mesa bem perto da represa, onde, para meu alívio secreto, o som da axé music incomodava menos. Entre conversas e bebericagens, meu coração doía enquanto me apavoravam os passos impressos por aquela mulher na trilha de pedras São Tomé que conduzia às mesas do enorme quiosque do bar: a falsa magra do macacão de posto. Duas ex-colegas gritaram por ela e por outra moça; dentro de mim, surgiu uma euforia com cobertura de medo.

Com beijinhos e cumprimentos, Mônica e sua amiga se sentaram. Ah. A beleza daquela mulher. Na medida em que as conversas voltavam a diluir as atenções, ela tentou de tudo para demonstrar que minha presença era só uma a mais. Mônica cruzou as pernas, cravou seu cotovelo na mesa, dedilhou um cigarro e sorriu — a boca não carnuda, quase grande —, palavras, risos, pedidos ao garçom, até que seus olhos começaram a me polinizar e me transformar num bobo, atrapalhado com a conveniência dos próprios gestos.

Só um pensamento pôde me erguer no ringue, antes do final da contagem: a insistência dela em me olhar não era de hoje, e naquela noite parecia endossar alguma espécie de interesse em mim. Enquanto ela conversava e eu jogava frases para os lados, surgiam na minha face sorrisos orgulhosos que eu desviava de sua verdadeira dona — eu não estava lá muito pronto para o jogo que a qualquer momento começaria. Contra a minha insegurança de gato pesteado, o bom amigo álcool estenderia sua mão.

66.

Algumas pessoas deixaram a mesa para macaquear na pocilga axé. As cadeiras certas se esvaziaram e eu pude me aproximar. Puxei conversa sobre o concurso de beleza e a parabenizei pelo choque causado no desfile; me coloquei como mais um súdito, boquiaberto com seu charme punk, e arranquei um sorriso de covinhas. A conversa se plugou.

Perguntei como tinha ido parar naquele desfile. A dona da casa alugada pela falsa magra era também dona do posto Caipirão, uma senhora muito abalada por sua recente viuvez; e a menina que representaria o posto no desfile, funcionária do setor administrativo, tinha quebrado o braço num acidente de moto dois dias antes do concurso. Mônica teria se apiedado da decepção da viúva e se oferecido para desfilar. Me contou que se mudara para Formiga, em novembro de 1995, a fim de se preparar para dar aulas no curso de Direito que seria inaugurado, depois do carnaval, pela fundação que mantinha as faculdades — naquela época promovida a centro universitário. Natural de Belo Horizonte, onde passara a maior parte de sua vida, tinha terminado sua graduação no Rio de Janeiro, para onde teve que se mudar com a família por causa da transferência do pai, funcionário da Petrobras. Uma ex-colega dos tempos de faculdade em BH havia sido contratada para lecionar em Formiga e a indicou para uma das vagas do corpo docente.

Muito inteligente, bem articulada e informada, Mônica falava e ria muito. Recusou todos os convites para a pulação — de acordo com minha interpretação secretamente entusiasmada, um sinal de que eu era senhor de sua exclusividade. Quando eu disse que era jornalista, ela estalou um "Ó, que chique!". Passei uns bons segundos refletindo se seria de aprovação ou gozação. Preferi a permanência da dúvida, pois, se tirarmos a ambiguidade e a leviandade das mulheres, elas perdem o encanto, nos furtam os méritos da dominação.

Quando exibi meu histórico de vocalista de banda de rock, ela o taxou de "o máximo" — eu ali, naquele clube, sendo chamado de "chique" e "máximo" por uma mulher daquele tamanho, eu, o menestrel do submundo de Formiga! Nós dois, André e Mônica, éramos ridiculamente humanos, personificando naquela conversa mais um ritual de exibição de acessórios entre macho e fêmea. Drinques e mais drinques depois, nossas línguas se entrelaçaram às margens do lago sob a luz do luar, em meio ao coaxar dos sapos e às picadas dos maruins.

A princípio, calculei que meu sucesso se devia a um desses comportamentos próprios do carnaval: as mulheres se veem na obrigação de serem menos burocráticas e mais soltas, e mesmo as comportadinhas preferem adiar, para depois da quaresma, a vigência daquela regra de nunca beijar no primeiro encontro. Mas uma mulher como Mônica, livre, independente, uma força da natureza, talvez não se deixasse enquadrar por essas convenções estúpidas.

Ficamos juntos no domingo de carnaval, até de mãos dadas andamos pelo clube. Ela voltou para a cidade na segunda para fazer alguns estudos, pois o início das aulas já se aproximava. Tentei permanecer em Furnas para o restante da bagunça, mas não vi a menor graça; na segunda à tarde, já estava em Formiga. Passei o resto do carnaval tomando cerveja com meu pai e a turma das antigas no quintal de casa. É claro que todo mundo perguntava a toda hora por que eu estava falando tão pouco e sorrindo sem parar. Era um homem apaixonado: o mais besta dos exemplares.

Eu e Mônica passamos a nos buscar com frequência. Meu local de encontro preferido era a casa alugada no bairro Jardim América, onde também morava Aline, a professora que dirigia o curso de medicina veterinária recentemente inaugurado no centro universitário. Aline tinha montado um consultório caprichado no centro da cidade, e já estava plenamente integrada à comunidade formiguense. Conversávamos sobre livros, filmes e música e jantávamos os experimentos culinários da veterinária, sempre muito satisfatórios. Foi a época em que aprendi a tomar vinho: "Um tinto seco do Ribatejo?"; "Que tal um fondue de carne de avestruz?"; ou "Prefere um Camembert com creme de peras?". Era preciso aproveitar a oportunidade que mulheres não rasteiras proporcionam a homens essencialmente agrestes — o revestimento da sofisticação.

No carro marrom de Mônica, um Gol versão 1994, apresentei a ela todos os cantos da cidade, das lagoas à rabada do Bar do Preto. É claro que ela é quem dirigia, pois eu nunca tinha me sentado ao volante de um carro. Mônica tomava cerveja com meus amigos no Porão, eu tomava uísque com os amigos dela no Aqui Jazz. Costumávamos terminar as

noites de sábado no morro da Melancia, de cume muito elevado, junto
à estrada para Campo Belo. Eu sempre levava um cassete no bolso para
incendiar nossas peles: estrelas, blues, vinho, nossos desertos sedentos
se cavando até as nascentes dos líquidos mais verdadeiros.

Éramos animais jovens. Podíamos uivar, morder, gritar. Assi-
návamos desejos honestos com palavras entremeadas de soluços e ar-
ranhões. Tudo passou a doer quando não estávamos juntos. Num meio
qualquer de semana, levei Mônica à redação do *Voz Ativa* depois do
expediente. Fernando Miranda nos recebeu em sua sala e conversamos
um tempão. Convidei-a para um lanche na Padaria Grão Sabor. Achei
que ia encontrar Tulipa, mas ele tinha acabado de sair para andar de
skate. Paguei a conta e arrisquei:

— Pois é. Acho que a gente tá namorando.

— Eu tenho certeza de que a gente tá namorando.

Eu, André Benevenuto, amante das mulheres e dos animais, era
um homem feliz. Pelos menos é o que escreveria o formidável Arturo
Bandini.

67.

Mônica quis que eu fosse conhecer a família dela na Semana Santa de
1996. Achei melhor não ir. A coisa ainda estava muito no começo para
que eu concedesse uma longa entrevista regada a bacalhau na Sexta-
-Feira da Paixão.

Interpretei o convite precoce como um símbolo da credibilidade
que Mônica atribuía a nosso relacionamento. Ela seguiu para Belo Horizonte e no dia seguinte eu já estava febril, nunca tinha sentido tanta
falta de uma pessoa. Tinha a essa altura 27 anos; e estava cansado de
rolinhos e putarias, queria cultivar saudades e me escurecer ao meio-
-dia. Dormia com a luz acesa para perder o sono. Tinha o entusiasmo
de um suicida, queria transbordar aquele troço dos poetas e dos bobos.
Eu me permitia amar.

68.

No Sábado de Aleluia, foi estranho entrar no Porão e ouvir a pergunta do Osmar Brito vindo do balcão:

— Cadê a namorada, André?

Também era estranha a tranquilidade do jornalista que tomava uísque numa grande roda de amigos, sem se preocupar em comer qualquer mulher na mata da estação ferroviária. Assumi a figura de homem comprometido e adulto, paguei minha conta e saí.

Quando passava em frente ao bar do Claudinho, ouvi alguém me chamar. Com o peito estufado, sentado ao lado da porta da entrada principal, copinho de cerveja na mão e camisa branca para dentro da calça jeans tocando em sapatos pretos, estava Marcelo Henrique da Silveira, o Pixote.

Meu Deus, como eu gostava daquele sujeito. Logo eu, que já tinha lido em Pixote os verbetes "imaturidade", "falta de compromisso" e "superficialidade", principalmente nos primeiros tempos de No Control. A convivência dentro da banda me ensinara a respeitá-lo, não só como músico, mais cheio de altos que de baixos, mas como uma pessoa que vivia tudo com muita leveza — sei que já contei isso, mas é que sinto uma saudade profunda daquele moleque. E outra: não existia uma pessoa em Formiga que não gostasse dele. Como eu sempre tinha vivido em redemoinhos, tive dificuldades para compreender sua fala arrastada, seu jeito distante e sua risada moleque. Demorei a admitir que o que eu precisava mesmo era assimilar um pouco daquela conduta pachorrenta. Junto de Pixote, eu era o irmão mais velho, não, irmãos mais velhos não gostam tanto.

Pixote tinha abandonado o casulo de adolescente. Estava mais fortinho, com os braços cabeludos e até um pouco mais alto. Ao abraçá-lo, senti o quanto amava aquele filho da puta. Todas as situações bárbaras pelas quais tínhamos passado juntos davam a nossa amizade uma carga muito forte, cuja voltagem permaneceu profunda e duradoura, tanto é que ao nos vermos acabamos por nos flagrar umedecidos e emocionados. Ele estava numa mesa com uma menina chamada Júlia, que me foi apresentada como sua namorada. Tempos depois, eu saberia que Fernanda Viana tinha perdido a titularidade, mas não se incomodava quando era sobrevoada por Pixote.

Contei sobre Mônica e indaguei ao Sobrancelhas de Taturana as razões de seu longo sumiço. Ele disse que Ramiro tinha montado uma pequena distribuidora de água mineral em Pains, uma das cidades do calcário na região de Formiga. Contou que acordava de madrugada todos os dias para ir de ônibus ao trabalho, de onde só retornava à noite. Além de ser o responsável pelas vendas, tinha que fazer as entregas numa motinha. Quando Júlia se distraiu com amigas na mesa ao lado, Pixote contou que mantinha uma namorada lá, obrigação que também o absorvia em certos finais de semana, quando os galões d'água testemunhavam a luxúria do Sr. Pés de Petróleo.

Logo a conversa tomou o rumo da música e de nossos velhos tempos. Relembramos as músicas mais incendiárias dos shows, o êxtase pós-agonia do Garage Rock, a novela dos seus atrasos para os ensaios. Perguntei se ele ainda curtia Defecation. Explodimos de rir.

O que se seguiu foi a demonstração de um traço típico da personalidade do guitarrista: quando Pixote detinha uma informação preciosa, que deveria ocupar o posto máximo na hierarquia dos assuntos, esta só chegaria à civilização caso seu cérebro se lembrasse por acidente. Naquele sábado, Pixote tinha a pedra filosofal, a máquina do mundo, e só se lembrou disso quatro cervejas depois de nosso reencontro.

— Pô, André, a gente tá fazendo um som, cara.

— Som? — engasguei. — A gente, quem?

— Eu, o Alemão e o Walter.

— Como assim?

— Eu na bateria, o Alemão no baixo e o Walter no vocal e guitarra.

— Você na bateria?!

— Depois que o Itamar saiu dos Crocodilos, ele emprestou a bateria dele pra gente. Até que eu tô conseguindo levar mais ou menos.

— Mas, como é que é isso? Vocês já fizeram algum show?

— Não, por enquanto a gente tá ensaiando no porão lá de casa.

— Na sua casa?! E o Ramiro?

— Aquelas neuras acabaram. Eu tô trabalhando beleza e meu pai deixa a gente ensaiar lá numa boa.

— Pixote, não acredito...

— É, sô. Completei o ensino médio naqueles cursos noturnos que facilitam a vida de todo mundo. Meu pai tá numa boa comigo. Todo sábado que eu tô em Formiga tem ensaio. Aparece lá uma hora.

Pixote disse que a bateria não ficaria disponível por muito tempo, porque o dono a levaria a qualquer momento para o templo da Assembleia de Deus. Me despedi do casal, Pixote e eu prometemos manter contato. Cruzei toda a avenida do rio com um único pensamento: comprar uma bateria. E não era para Pixote tocar.

69.

O intangível leitor já sabe que o No Control não foi minha primeira experiência musical. Relatei capítulos atrás que fui uma espécie de baterista de uma banda de garagem, a Alerta Vermelho, nome a que meus catorze anos não atribuíam nenhuma conotação política. Tudo o que eu sabia era que se inspirava na britânica The Alarm, da qual nunca ouvira uma música sequer. Eu, Michel, o baixista e Wagner, guitarrista e vocalista, estudávamos na mesma turma no início dos 1980, controlávamos nossas inteligências criadoras de caso na Escola Estadual Professor Joaquim Rodarte. Passávamos o recreio inteiro cantando rocks brasileiros que estouravam naquela época, mas não ficávamos estacionados só no Brasil. Em toda Formiga, éramos os únicos que conheciam todos os discos do U2 lançados até então, pelo menos tínhamos certeza disso. Para nós, o quarteto irlandês formava a melhor banda do mundo, e essa minha devoção se tornaria solitária quando Michel e Wagner sumiram de Formiga na reta final da década.

Quando começamos a levar os primeiros acordes na garagem da casa do Michel, coberta de pôsteres da revista *Bizz*, eu ficava fazendo percussão nas almofadas colhidas nas cadeiras do alpendre. Era muito frustrante; eu me sentia um chimpanzé de circo, mas não perdia a fé no surgimento de uma oportunidade de tocar os tambores verdadeiros.

Eu sabia que meus pais não tinham a mínima condição de comprar uma bateria para mim, nem mesmo usada. Pedi que pagassem umas aulas com o professor Mário Murari, baterista da banda de baile Tropicaps, mas meu pai disse que o dinheiro não dava: "Filho, nós somos pobres. Pobre tem que se virar. Se vira!"

Como já contei, na década de 1980 a TV Alterosa exibia aos sábados o TV Sucesso, programa de videoclipes que me ensinaria a tocar bateria. Eu ficava vidrado em todos os bateristas, mas um em especial me prendia mais a atenção: Phil Collins. Sua banda, Genesis, estava lançando aquele disco que tinha na capa figuras meio quadradas e douradas sobre fundo preto. Em todos os clipes, Collins aparecia tocando uma bateria esquisita, sem tambores: era a febre das baterias eletrônicas. Ele tocava e ao mesmo tempo cantava num microfoninho sustentado pelas orelhas.

As músicas daquele disco de 1983 me pegaram em cheio! "Mama" começava com umas batidas industriais idênticas ao barulho das máquinas da gráfica onde um dia eu trabalharia. Os teclados possuíam timbres de filme de terror, e por cima de tudo a potência da voz rascante de Collins. "Second Home By The Sea" me lançava nas alturas, a bateria guiando os teclados potentes que celebravam a vitória de algum exército do bem, até Collins diminuir o ritmo e começar a cantar com aquela postura classuda. Eu via aquilo e ficava estupefato. Teria que aprender a tocar bateria, e nem era aquele sentimento tipo "é isso que eu quero fazer na vida". Só tinha a certeza de que não existiria nada mais divertido na face da Terra.

Segui o conselho do meu pai e me virei. Todos os sábados, durante as duas horas do TV Sucesso, imitava os movimentos dos bateristas usando o par de baquetas que minha irmã usava para tocar tarol na fanfarra do colégio de freiras. Meu chimbal era o ar, meus tambores as almofadas do sofá e meu banquinho, a cadeira de costura da minha mãe. Tempos depois, satisfeito com meu desempenho com os braços, me dei conta de que precisava de algo para simular os pedais do chimbal e do bumbo. Olhei por toda a casa, revirei a oficina do meu pai, mas não encontrei nada que pudesse imitar os pedais.

Ao final do intervalo do programa, quando voltava para meu treinamento, vi dois objetos repousando debaixo do sofá. Era o que eu precisava para resolver o desfalque: meu par de sandálias havaianas. Virei os chinelos ao contrário e os posicionei entre o banquinho e o sofá. As tiras de borracha sustentavam a elevação da sola e proporcionavam uma pequena resistência no momento de apertar os "pedais". O pequeno estalo nos tacos me dava o retorno discreto para eu saber que meus movimentos estavam no tempo certo.

Fiz isso durante meses, até que um primo do Michel vendeu pra ele uma bateria caindo aos pedaços, com o chimbal todo rachado e um único prato cheio de rebites. Depois da tremedeira que me deu quando vi o pedaço de instrumento na garagem, por Deus! Sentei e fui tocando. Lembro a primeira música que toquei numa bateria quase de verdade: "Geração Coca-Cola", do Legião Urbana. Minha maior conquista foi ter concluído a reprodução exata da bateria de um clássico do U2, "Sunday Bloody Sunday", que tinha uma levada marcial entrecortada pelo chimbal de Larry Mullen Jr.

O Alerta Vermelho nunca fez um show. A banda começou a acabar quando Wagner ingressou na escola preparatória de cadetes do exército, em Campinas, e aparecia em Formiga só de vez em quando; e acabou de acabar por dois motivos: o primeiro foi que Wagner não quis mais tocar "Proteção", da Plebe Rude, por causa da letra que feria os votos militares então recém adquiridos; e o segundo foi que num belo dia Wagner apareceu no ensaio com um tecladista, para que tocássemos "Save A Prayer", do Duran Duran. Pulei da bateria e nunca mais apareci na garagem do Michel.

Por tudo isso, quando Pixote pronunciou a palavra "bateria" um estampido estapeou as minhas têmporas.

70.

Acabei de deduzir que meu coração está apodrecendo. O médico ligou, disse que os exames não estão bons, quer que eu vá ao consultório para termos uma conversa. Provavelmente, vai me olhar por cima dos óculos na ponta do nariz e desfiar aquela ladainha de eufemismos científicos nojentos, com a voz baixa e meio rouca que todo médico gosta de cultivar para garantir sua racionalidade diante do desgraçado, para escamotear sua absoluta e irritante falta de envolvimento com as merdas do paciente. Os dedos do doutorzinho vão estar entrelaçados em cima da mesa de madeira nobre, ao lado da caneta de ouro e do retrato do casal de filhos — o médico equilibrado, só toma uma dosezinha de seu

Chivas aos sábados, mesmo assim quando não está de plantão. Nunca se sentiu agoniado o bastante para tomar um porre, nunca perdeu uma noite de sono cheirando Charlie Parker. Nunca pensou em explodir a cabeça nem cantou numa banda de rock.

Caro doutor: enfie sua vitória no rabo! Como assim, "precisamos ter uma conversa"? São maneirismos vasculares querendo dizer que eu estou numa situação delicada, na tábua da beirada, no bico do urubu. *Dendágua*. No *curé*. Frito. Fodido. "Mire e veja, doutor, diga de uma vez que estou morrendo. Grite que minhas artérias estão piores do que o intestino de um porco e que o meu coração vai explodir como um balão de aniversário", juro que vou dizer isso se ele vier com aquele papinho.

Então, é assim? A vida é essa? Comecei a escrever esta história para processar a depressão, e agora nem sei se a terminarei porque posso morrer dia desses, depois de uma punheta inocente. Então deram nisso todos os meus excessos. Desde que ingressei na grande imprensa de São Paulo, meus dias foram tragados por anestésicos que me ajudavam a enfrentar a pressão. Eu era muito coitadinho, ingênuo até a medula, morria de medo do chefe de redação. Sabia que não podia confiar nem no cheiro quente do cafezinho.

Fui engolido pela onda de pressa que não parava de esmagar meu peito: uma reportagem atrás da outra, as fontes me assombrando durante o sono, parágrafos inteiros revisados no fritar da cama, reuniões com os filhos da pauta em sonhos cor de bílis. Correr, investigar, escrever. O tempo. O fechamento da edição. Texto, café, cigarro, telefone, texto, tempo, deputado, manchete, favela, Brasília, cigarro, texto, porre, texto, pó, despertador, ressaca, pauta, puta, texto, tempo, pó, café, cigarro, manchete, pó, porre. Anos e anos e anos e anos. Primeira promoção, primeiro filho, primeiro prêmio: uma quase celebridade da imprensa, uma majestosa celebridade dos bares.

Mônica até que aguentou demais, mas se deu conta de que nosso segundo filho nasceu sem que eu sequer percebesse direito. Eu ajudava a prover a casa e a pagar as contas, mas minha cabeça tinha entrado num redemoinho de loucura. Respirando cocaína, fedendo a cigarro e álcool, eu era o pai engraçado e serelepe, o marido espirituoso e potente, mas quando as ressacas me arrasavam e eu atravessava a sala tateando a parede e olhando para o desespero, ninguém se aproximava.

Não que eu fosse bater em alguém, mas poderia vomitar em meus filhos mais uma vez. Mônica até conseguiu me levar a um grupo de toxicômanos anônimos. Quando completei uma semana longe da dobradinha copo/ pó, cumpri com a sina dos fracos: saí para comemorar, enchi a cara e cheirei umas dez gramas.

A loucura não me abandonou. Minha família, sim. Consegui manter meu emprego porque conseguia empurrar a doideira para fora da redação. Meu texto se manteve saudável por anos a fio, até que ganhei o direito de trabalhar em casa e me devastar nas horas apropriadas.

A cocaína é o demônio. Basta dar os primeiros tecos numa carreira da pura para se sentir Caius Julius César, tudo o que você diz é genial, você não precisa de nada nem de ninguém. Você é Magnânimo. Você é Apolo. Comer não é necessário. Trepar não é necessário. Você é o Sol. Mas o que me fodeu de verdade foi a bebida: bati o carro com todo mundo dentro. Era tanta sideração que nunca consegui me lembrar de nada.

Sei que os anjos salvaram meus filhos com apenas algumas escoriações. Sei que Mônica quebrou três costelas e um dos braços em dois lugares. E eu, o coisinha, por ironia besta, saí ileso. Ela insistiu em me perdoar, continuou investindo em mim, a Dra. Mônica e seu escritório que ele mesma decorou, na Alameda Jaú.

Ninguém da OAB jamais entendeu o que fazia com que aquela mulher me amasse tanto. Advogados importantes, com sua ética e suas Ferraris ordenhadas de ricaças divorciadas, viviam dando em cima da beleza da minha mulher. E eu fazendo o que fiz.

Ouço o sinal do porteiro do prédio e vejo a chegada das minhas encomendas: dois litros de Jack Daniels e uma morena de arrebentar. Dessa vez eu quis uma morena de cabelos lisos, bem negros. Não se comemora um coração ferrado com uma loira.

Estou sozinho. Estou com medo. Já fui atraente, já fui quase bom. Cheguei perto demais do coração selvagem e ele caiu doente, Clarice.

70.

No suplemento "Balcão de Negócios" do *Voz Ativa*, me deparei com dois anúncios de venda de baterias usadas. Liguei para o primeiro número: um cara queria vender uma Ludwig pelos olhos da cara. Ao ligar para o segundo, fui chamado ao bairro Rosa Mística para conferir o instrumento de um rapaz que ingressaria nos quadros da Polícia Militar. Era uma Kanner, uma bateria azul toscamente fabricada nos Estados Unidos. Os tambores eram bem razoáveis, mas as ferragens bem grosseiras, o cromo estava descascado e as articulações muito duras. O chimbal e o único prato não tinham grife, mas estavam inteiros. Lembro que o dono queria seiscentos reais pelo instrumento, na época um dinheiro muito difícil de ganhar.

Mônica, que sabia do meu amor desesperado pela música, se apiedou da minha miséria. Além de me levar duas vezes ao Rosa Mística e ficar dentro do carro esperando as longas provas a que eu submetia o instrumento, me emprestou a quantia para que eu o comprasse em dinheiro e à vista, condições impostas pelo dono do instrumento e que refletiam a flexibilidade típica de um futuro operador de cassetetes. Com a alegria bruxuleante de um homem que tem na namorada um fundo de empréstimos, enchi o Golzinho de Mônica com o kit de bateria e a promessa de que devolveria o dinheiro em seis prestações.

A questão que se seguiu não era arranjar um lugar onde eu pudesse simplesmente montar o instrumento. Precisava de um lugar onde pudesse masturbá-lo à vontade, para tentar ressuscitar meus genes rítmicos sem despertar a fúria do inimigo número um do aprendiz de bateria: o quarteirão inteiro.

Jorge Bodeus salvou minha vida. Numa fila de supermercado, contei a ele sobre meu problema. Ele disse que eu poderia montar a bateria nos fundos da oficina de torno, uma vez que a Bodeus Blues Band ensaiava em sua casa. Instalei a Kanner na tornearia, onde passava todos os dias depois do expediente do jornal para treinar levadas bem quadradas. Bodeus, imerso na sua máscara protetora e na cachoeira de fagulhas douradas do torno, parecia não me ouvir. Trabalhava até as sete, de modo que eu podia praticar cerca de cinquenta minutos por dia. Bumbo, chimbal, caixa, bumbo, bumbo. Tum-tis-ta-tum-tum semanas inteiras.

De vez em quando eu arriscava os tons, o surdo e o prato. Tudo era muito estranho: o peso das baquetas, as dores nos braços e nas costas, a dureza do contato com o metal do chimbal e do prato, a dificuldade de adestrar o pedal do bumbo. Nas noites em que não dava aula ou não estudava processos, Mônica comprava uma latinha de cerveja e ficava roendo bolachinhas salgadas sentada num tamborete de couro de bode, peça de estimação de Jorge Bodeus: uma prova de amor.

Quando senti que estava em condições de acompanhar um roquinho básico, liguei pro Pixote. Ele disse que eu poderia montar minha bateria no porão de sua casa, já que a banda estava sem ensaiar desde que o baterista evangélico reivindicara a santidade de sua alma — um pastor lhe teria dito que a música rock o levaria ao mais vulcânico dos infernos. Insisti em perguntar se realmente não haveria problema com Ramiro. O guitarrista insistiu que tudo estava em paz. Frases finais de Pixote: "Estamos te aguardando para uns testes. Precisamos avaliar seu desempenho". Ri do tom de avaliador do DETRAN. Mandei-o tomar no cu.

72.

Num sábado de junho em 1996, desembarcamos na casa de Pixote, eu e minha bateria. O transporte foi feito no Golzinho da Mônica, que tratou de ir embora logo para desengrossar meu embaraço por estar dentro da cidadela de Ramiro. Ao ver Pixote, Alemão e Walter, fiquei com vontade de abraçá-los com muita força: eu me sentia um animal em extinção, acolhido pelos de sua espécie depois de vagar anos pelo deserto. Como foi maravilhoso entrar no porão da casa e ver microfones em riste nos pedestais, cabos pelo chão, a lampadinha vermelha dos amplificadores, guitarra, baixo e violão descansando nos tapetes! Minha felicidade só não deu um berro por causa da presença grave de Ramiro. Quando me viu carregando as peças do instrumento, disse:

— Então é você o novo baterista.

Não foi uma afirmativa. Foi uma pancada. Deduzi que ele se lembrou do dia em que me viu babando cachaça no ensaio do No Control, porém nenhuma menção foi feita. O clima meio áspero foi polido pela mãe de Pixote, dona Carmem, que me recebeu, toda sorrisos, dizendo que se sentia honrada pela presença de um jornalista em sua casa. *Eu é que deveria pedir desculpas por estar aqui* — pensei. Bárbara, a padroeira do Garage Rock, trouxe sua beleza ruiva e até se atreveu a carregar algumas ferragens. Ramiro puxou conversa comigo. Fez um breve histórico da construção de sua casa e revelou suas intenções de novas benfeitorias. Uma sala de sinuca e uma pequena quadra de peteca estavam entre suas prioridades.

Eu não conseguia prestar atenção às palavras dele. Não estava preparado para bater papo com um homem que até então era socado pelo pilão do meu ódio. Na minha vingativa concepção, Ramiro era o embaixador do Principado da Caretice, símbolo de repressão familiar e da ojeriza ao rock. Chegara a amaldiçoá-lo muitas vezes, nos tempos do No Control; chegara a imaginar um bonequinho vodu com a aparência dele, cheio de agulhas de crochê na cabeça. E naquele sábado, estava na iminência de tocar rock nos alicerces familiares de Ramiro Silveira.

— Vou lá pra dentro pra vocês ensaiarem mais à vontade — ele disse.

As coisas realmente tinham mudado, não havia motivos para aquilo ser um teatrinho escroto. Cheguei a concordar que o ser humano nascia bom.

Montamos a bateria em clima de festa, todo mundo querendo conversar ao mesmo tempo. Falamos de nossas vidas pós-No Control e sobre quais bandas estávamos ouvindo. Alemão me perguntou se era verdade que eu havia me casado. Devolvi perguntando se era verdade que ele era o mais novo papai da praça. Ficamos nessa tiração de sarro por um bom tempo, até que Walter puxou a conversa para a banda.

A palavra Crocodilos estava pintada na parede do porão, num canto ao lado da porta. Eu nunca tinha gostado daquele nome, mas era cedo demais para fuçar assuntos delicados. Eu tentava o tempo todo me lembrar de que estava num covil de amigos, mas ainda não pertencia a banda nenhuma, afinal, teria que ser "avaliado" primeiro.

Pedi para dar uma olhada no repertório, achando que ia ver somente as bandas britânicas do pós-punk, tocadas pela antiga formação dos Crocodilos. Elas estavam lá, mas a lista tinha também nomes muito familiares para mim: grupos de rock brasileiro da década de 1980, alguns ainda sobrevivendo nos 1990, como Legião Urbana, Titãs, Barão Vermelho e Ira!. O fato de Alemão e Walter estarem tocando músicas dessas bandas não era grande surpresa. Quanto a Pixote, fiquei embasbacado. À época do No Control, ele vivia insistindo que tocássemos coisas mais pesadas, como Slayer, Sepultura e o Metallica do álbum "Master of Puppets", sem contar o Genital Deformities e outras podreiras.

A mudança de personalidade que eu havia percebido no guitarrista, em nosso reencontro no bar do Claudinho, se confirmou naquele porão. Vi Pixote com um CDzinho azul na mão e perguntei do que se tratava:

— É o novo do Legião. Chama-se "A tempestade".

— Você tá ouvindo Legião!? Que negócio é esse?

— Há um tempão. Esse disco tem uma música que é demais, "Natália". O Helder me emprestou. Você conhece?

— Nem sabia que eles tinham lançado.

— Então você vai ter que ouvir, porque estamos tocando duas músicas dele: "Natália" e "Dezesseis".

Pixote pegou um som portátil e pôs o CD pra tocar. "Vamos falar de pesticidas e de tragédias radioativas", assim começava a letra de "Natália". O guitarrista acompanhou a música inteira ao violão enquanto Alemão passava o baixo, baixinho. Eu era fascinado pelos três primeiros álbuns do Legião, sabia todas as letras de cor. A maioria das músicas com mais pegada estavam concentradas naquela fase. Depois, tudo foi ficando muito arrastado e depressivo, o que me fez buscar outras bandas nacionais. Mas aquela música rompeu minha greve de Legião Urbana e me conquistou pela melodia e pela letra, ambas belamente energéticas e desiludidas.

Mais tarde, Alemão me contaria que Pixote começara a ouvir rock nacional por influência de Helder, o cavaleiro da bicicleta de carga que dava uma de *roadie* do No Control. Helder mesclava seu gosto por heavy e thrash metal com sua admiração por Renato Russo, uma paçoca insólita que passou a temperar os encontros musicais da dupla na mercearia Quinzinho. Quando Pixote virou empresário da água em Pains, Helder emprestou a ele, a conta-gotas, um arsenal de fitas e CDs com o melhor do rock brasileiro até 1996. O material chapou Pixote em cheio, o levou a fruir com intensidade as letras de Russo e de outros bons compositores, assim como o estilo dos bons guitarristas daquelas bandas.

— Vamos tentar levar com o André — disse Pixote.

E "Natália" saiu. De um jeito meio quadrado, mas saiu. Tivemos que repassá-la várias vezes para eu pegar o andamento e uma pausa que havia no meio. Foi muito difícil para mim. A bateria da música era comunzona, sem nenhuma firula, mas eu estava muito nervoso. De repente, estava tocando com aqueles caras de novo, e bem no meio do ex-berne do rock, a casa de Ramiro Silveira.

Outra coisa que me deixou meio perdido foram os vocais de Pixote. Aquela música era a única do repertório que o guitarrista cantava, e cantava muito direitinho. Era muita maluquice para eu admirar e administrar, mas, ali pela quinta tentativa, conseguimos.

Fizemos um pequeno intervalo para que eu descansasse meus braços. Enquanto reexaminava o restante do repertório, pedi a eles que priorizássemos as músicas mais fáceis, para facilitar minha adaptação à bateria. Voltamos com o clássico-mor do Cure: "Boys Don't Cry". Senti-me útil e feliz fazendo a viradinha dos tambores. Fiquei impressionado com a voz de Walter, idêntica à do vocalista Robert Smith. Também do Cure, saiu um pedaço de "In Between Days", com Pixote fazendo o teclado na guitarra e Walter enfiando a mão no violão da base. Outros pedaços saíram: do U2, New Years Day — o piano na guitarra — e Sunday Bloody Sunday, cuja batida marcial eu tinha treinado todos os dias na oficina do Bodeus; dos Titãs, "Polícia" e "Lugar Nenhum". O pessoal pelejou para que eu tocasse "Beds Are Burning", do Midnight Oil, mas nada me fazia acertar aquelas pausas que picam a música do começo ao fim.

Meus braços pararam por ali. Minha boa vontade e meu entusiasmo foram derrotados pela absoluta falta de técnica. Pixote, Walter e Alemão sabiam que teriam que carregar carrocerias de paciência até que tivessem um baterista pronto. Notei que depois daquela tentativa de ensaio a cara de Walter não estava lá muito boa. Não era pra menos: de um baterista que virou pastor para outro que não sabia tocar, estariam os Crocodilos virando calangos?

Fui pra casa felizinho, mas com um baita dó de mim.

73.

Alemão me delegou a missão de ouvir quilos de músicas, para que eu pudesse me enquadrar com mais rapidez no repertório da banda. O que eu não tinha em fita cassete o baixista me emprestou em CDs, produto ainda meio novo no nosso mercado particular. Era a conta de sair da redação do *Voz Ativa* para me trancar no quarto; desenterrei o velho sistema de almofadas e chinelo ao contrário e praticava em cima de umas trinta músicas. Praticar no Porão de Ramiro era algo impensável: estrondos bombos de um baterista cambeta enquanto a mãe de Pixote e o resto do bairro assistiam à novela das seis?

Mônica ficou fazendo biquinho, pois passamos a nos ver somente nos finais de semana. Sentia falta das sessões de vinho na casa dela às quartas-feiras, e sua imagem me acompanhava durante os treinamentos. Nunca tinha estado em meus planos gostar tanto de uma mulher a ponto de dividi-la com a música. As canções que falavam de amor ou de corações despedaçados me traziam seu perfume, sua língua travessa, seus cabelos espremidos na palma de minha mão, seu corpo leve, que eu montava e desmontava com facilidade. Mesmo quando estávamos juntos, de mãos dadas, minha saudade de Mônica continuava funcionando. Apesar de minha disciplina shaolin nos treinamentos de bateria, ela me cobria de incentivos, e isso lapidava nossa paz vermelha de amantes brutos.

Alemão me fez ouvir uma porção de músicas mortas para a época, porque não havia possibilidade de desenvolvermos um repertório calcado no panorama de então. E não estávamos nem aí pra isso: nos idos de 1996, montar uma banda de rock no interior do Brasil era como colocar um velocípede na contramão de uma carreta. Os tempos não eram favoráveis, como tinham sido para o No Control. Aquelas bandas de pagode, formadas por oito vocalistas com camisas apertadinhas pra dentro da calça e sapatinhos de couro bico fino, sempre punhetando qualquer percussão e dando passinhos em programas de auditório, faziam insuportável sucesso. As duplas sertanejas e sua choradeira continuavam arrebatando milhões; e o axé. Meu Deus, o axé.

A música pop daquele período era outro gari a nos varrer margem acima. Não conseguíamos gostar de nada, e não fazíamos a menor força para isso. O mangue beat não passou por Formiga, e o pouco que chegou até nós não nos comoveu. Não éramos chegados àquele negócio de misturar guitarras com maracatu, uma tradição popular que para nós, formigas rockers da Minas profunda, pertencia a outro país. Além do mais, não tínhamos caranguejos, e nem maré para nos preocuparmos se iria encher ou não.

Outras bandas brasileiras que alcançavam ótimas vendagens na época tampouco nos convenceram. Só Pixote gostava de Raimundos, mesmo assim, não a ponto de querer tocar. Os grupos de Seattle pararam de significar tanto, e o Britpop não chegou nem a nos coçar. No meu caso, eu não aguentava pousar meus olhos em qualquer uma das bestas dos irmãos daquela banda sem tempero. O rapaz que cantava de mãozinhas pra trás, então... me repugnava com gosto.

Música eletrônica? Hip hop? Diante de um cenário estranho para uma banda que pretendia cometer o absurdo de tocar apenas o que gostava, erguemos um paredão de indiferença que nos fez dar meia volta e pular de ponta no rock dos 1980. Em meus treinamentos no quarto, tive uma overdose de Ira!. Ouvia os discos "Mudança de Comportamento" e "Vivendo e Não Aprendendo" várias vezes. O segundo eu sabia de cor, o primeiro deu mais trabalho. Havia nele uma música de que eu gostava muito, "Longe de Tudo", que os caras da banda estavam loucos pra tocar. "Arrastão", do disco "Música Calma Para Pessoas Nervosas", também seria tocada.

O Ira! tinha lançado o álbum "7" e nossa banda queria aproveitar "É Assim Que Me Querem" era, para mim, a melhor faixa do disco. Tive que revisitar alguns clássicos do Legião e dos Titãs. Até o primeiro dos Engenheiros do Hawaii, "Longe Demais Das Capitais", foi preciso que eu ressuscitasse. Ainda bem que ninguém quis tocar nada dos Engenheiros que não fosse desse disco, porque os demais trabalhos da banda eram insuportáveis. Vi que não daria trabalho tocar "Música Urbana" e "Independência", do Capital Inicial, banda esquecida naqueles tempos. E o que me deu mesmo tesão foi recuperar "Até Quando Esperar" e "Proteção", do primeiro disco da Plebe Rude, o curto e maravilhoso "O Concreto Já Rachou".

Considerei que o restante do repertório estaria no papo. The Cure e U2 eram muito familiares para mim. Dei atenção especial para

"Beds Are Burning", do Midnight Oil, que me deu uma surra no primeiro ensaio. Me dediquei às audições por duas semanas, até que Pixote convocou um ensaio para um sábado em que não estaria em Pains, namorando em seu complexo empresarial de uma porta só.

74.

Pegamos firme. A cada meia hora de ensaio eu pedia cinco minutos de intervalo para relaxar as costas e os braços. Ainda estava bastante duro, e com muito medo de não conseguir me firmar como baterista. Mesmo assim, conseguimos passar umas vinte músicas. As de bateria mais simples fluíram razoavelmente; as que tinham arranjos mais complexos tive que simplificar com uma marcação básica, para que os outros instrumentos cumprissem seus papéis. Walter fazia cara feia de vez em quando.

Pixote estava tocando melhor do que na época do No Control. Acredito que a trégua com Ramiro e a revolução que chacoalhou o gosto musical do guitarrista tinham polido sua técnica. Solos complicados, como os de Edgard Scandurra, do Ira! e aquelas guitarras com dedos carinhosos em harmônicos de The Edge, do U2, eram percorridos com precisão e elegância pelo Sobrancelhas de Taturana. A Giannini Sonic preta de braço dourado permanecia lá. Já o pedal-interruptor tinha caído; em seu lugar reinavam uns pedaizinhos de distorção bem decentes, adquiridos por Walter e Alemão. Num rompante, Pixote decretou:

— Vamos tocar "Meninos e Meninas" do Legião. É facinha, todo mundo conhece, vai pegar bem em show. E pode deixar que eu faço os vocais.

O guitarrista passou os poucos acordes pro Alemão, e a música, um roquezinho aviolado, saiu. Quando chegou a parte promíscua da canção, em que Renato Russo cantava "gosto de meninos e meninas", Pixote se saiu com essa: "E eu gosto de meninas e meninaaasssss". Riu de lado, improvisou um solinho chasquento, e, enquanto eu soava os pratos no final, soltou:

— Sabe como é que é, né, gente. Se eu cantar "meninos", minha imagem de macho potente fica comprometida.

Pixote protegeu seu rosto com os braços para receber as baquetas que eu atirei nele, com meia força. Walter o mandou "tomar no mutambo". Rimos pra caralho.

Agora com cabelos de ambas as metades da cabeça quase rapados e menos raquítico, Alemão ainda tocava seu baixo Giannini bege-madeira. Com o instrumento na altura dos joelhos e tocando encurvado, o branquelo era uma mistura de Simon Gallup, do Cure, com Peter Hook, do New Division. Walter estava bem na função de vocalista. Em algumas músicas, empunhava o violão para fazer as bases, ótimo recurso para encorpar o som. O rapaz tinha componentes que trazem benefícios para qualquer banda: era fortinho, moreno atarracado, mas tinha uma carinha de menino abandonado que derretia a mulherada.

O porão onde ensaiávamos ficava com a porta e as duas janelas abertas, de modo que o som se espalhava por toda a vizinhança, mas ninguém aparecia para encher o saco. Eu ainda achava difícil acreditar na postura de Ramiro, o carrasco que tinha virado paizão. Quando o sábado já estava quase anoitecendo, dona Carmem chegou com uma jarra enorme de limonada e uma travessa lotada de pães de queijo pelando do forno. A mãe de Pixote era serena e risonha. Deduzi que teria vindo dela a inquebrantável tranquilidade do filho.

Traçamos a reta final do ensaio com as músicas que para mim representariam um grau maior de dificuldade. Recebi a incumbência de continuar ouvindo e praticando durante a semana, até o ensaio do sábado seguinte.

Mônica apareceu para me buscar e combinamos sair juntos naquela noite. A banda e as namoradas se reuniriam no Porão. Lembro-me do comentário que fiz no carro de Mônica, e de sua resposta chocolate amargo.

— Você não acredita! É bom demais ensaiar com esses meninos. É um povo bom demais. Hoje teve até suco com pão de queijo! O pai do Pixote não horroriza mais, a mãe dele é um doce... Isso é bom demais. Que povo bom, viu!

— Que bom, André. Fico feliz por você. Você é louco demais e esse tipo de ambiente, de suquinho e tal, vai te fazer bem.

Ela tinha razão. A loucura poderia hibernar, mas me deixar, não.

75.

Fiz o dever de casa meticulosamente. As audições foram facilitadas porque passei a ter a exata noção das músicas que reivindicavam mais atenção. Treinei todos os andamentos, simulei todas as viradas. Foi uma semana de disciplina monástica. Ao ir pra cama, rezava frases como "Cuidado com a postura, não toque encurvado" ou "Relaxe as munhecas".

Consegui fazer um ensaio bem digno. Meu modo de tocar deixou de ser duro e foi promovido a medíocre. Eu era o antípoda da divindade do suingue, mas segurei os tempos com precisão. Ao final dos trabalhos, Pixote soltou:

— Pô, André! Você melhorou bem! Pra te falar a verdade, a gente tava achando que você não daria conta. Mas como esse negócio de arrumar bateria é difícil, a gente pensou que ia ter que ficar te aturando, mesmo tocando mal. Ainda bem que você deu uma melhorada.

Pixote e sua fala mansa e sincera me deixaram aliviado. Eu precisava de uma manifestação para que me sentisse parte da banda, definitivamente. Por mais que fosse amigo do pessoal, percebi no clima dos ensaios uma atmosfera de cobrança. Além de fechar a cara quando não gostava de alguma coisa, Walter era o capataz que acordava Pixote de seus improvisos alucinados e alertava Alemão ao menor desvio de dinâmica. Se continuasse ruim demais, tinha certeza de que ele me cortaria do time sem a menor cerimônia.

Pixote foi o porta-voz. Talvez tivesse sido escolhido para me dar aquele toque por causa de seu jeito de falar arrastado, de gente que paira. Dentro daquela mansidão de travesso, Pixote portava a lâmina de sua autenticidade.

Nossos ensaios se tornaram regulares. Pixote deixou de escolher os sábados para namorar em Pains e encarnou o espírito de banda, quem diria. Ficou combinado que só o mais sacrossanto dos compromissos nos tiraria daquele porão aos sábados. Nos intervalos, dona Carmem sempre aparecia com bolos ou pães de queijo. Virava festa quando ela trazia pêta, aqueles biscoitos de ovo e polvilho que ficam finos e compridos depois de fritos.

Ramiro sempre aparecia para conversar. Dizia que estávamos

ficando bons demais e precisávamos de um show com urgência. "Vocês têm que tocar Roberto Carlos. Aqueles roquinhos dele da época da Jovem Guarda agradam qualquer um. Toca Roberto Carlos. Não tem erro!", ele sempre insistia. Quando finalmente a sala de jogos ficou pronta, passamos a jogar sinuca com Ramiro depois dos ensaios. Ele contava altas histórias de sua juventude em Brasília, falava de suas pescarias heroicas nos rios de Goiás e das peripécias dom-juanescas para conquistar dona Carmem e sua família severa. Era muito claro e bonito para nós o quanto Ramiro amava sua família. Trabalhava à exaustão para manter Bárbara em Belo Horizonte, cursando a faculdade de arquitetura. Também com sacrifício, abrira a distribuidora de água mineral para Pixote tocar e deixou de fuçar a inaptidão do filho para os estudos. Passamos a nos referir a Ramiro como o "pai da banda". Para mim, uma delícia ainda inacreditável.

***

Sou um doente bobo mesmo. Estou chorando de saudades daqueles sábados.

76.

Enquanto íamos alcançando a coesão que o som da banda precisava, passamos a uma convivência muito íntima fora do porão de ensaios. Com as namoradas, passamos a ir a festas, bailes, barraquinhas, feiras de artesanato, jantares beneficentes, e, é claro, aos nossos templos, o Porão e o Bar do Preto. Quando não havia nenhum evento, criávamos um: íamos todos para a casa da Mônica, fazíamos churrasco ou alguém inventava alguma coisa na cozinha. E cervejada com blues. De vez em quando, Jambo e Tulipa apareciam e tudo virava uma farra ruidosa, sem que o aparelho de som descansasse um segundo. Alemão gostava de dar uma de cozinheiro. Lembro uma carne de porco desfiada num molho de tomate todo chasquento que ele colocou dentro de uma abóbora cavada. Sério e espetado, Alemão garantia que a coisa era um "prato medieval". O troço foi ao forno e ficou famoso para a eternidade: foi o dia em que secamos dois litros de cachaça com jurubeba.

Pixote passou a frequentar a casa da Mônica com maior assiduidade, no sábado, depois dos ensaios, ou mesmo nas tardes de domingo, quando o churrasco passou a ser lei. Via nesses encontros a possibilidade de uma ascensão cultural. Num domingo muito quente, em que aplacávamos a suadeira com banhos de mangueira, registrei uma conversa dele com Mônica.

— Sou novamente um homem solitário...

— Ué, e aquela menina que estava saindo com você? Esqueci o nome dela...

— Ah, a Júlia. Maravilhosa... Ela morava longe, lá na Vargem Grande. E aí eu tinha que ir buscá-la na condução do meu pai. Cê sabe como é que é, né, Mônica? A mulherada de hoje não aceita andar de condução. Acabei perdendo ela prum cara que roda numa caminhonete monstra...

— Como assim, "condução", Pixote? Não é o carro do seu pai? É um Del Rey muito inteirão!

—Aí é que tá! Aquilo não é carro, é condução!

— Concordo que o Del Rey já é meio obsoleto, mas o do Ramiro tá ótimo.

— *Ob* o quê?

— Obsoleto.

Pixote esfregou suas mãos no rosto e as emendou como quem fosse rezar.

— Obrigado, meu Deus! Cada dia que venho aqui eu aprendo uma palavra nova!

Aquele jeitinho de cachorro pidão não me enganava. Já fazia uns bons dias que ele não era visto com Júlia, a namorada gostosinha e caladinha. Pixote estava de olho em Aline, amiga de Mônica. O elemento tinha mudado até o modo de se vestir. Sapatos lustrosos, camisas sem bandas estampadas, calças de um homem que administrava o próprio negócio. Quando eu e Mônica íamos nos engatar em nossos cantos preferidos, Pixote e Aline ficavam conversando e tomando vinho. Como o movimento da distribuidora de água não pedia que ele fosse o operário-padrão de Pains, o guitarrista lia revistas e jornais nos intervalos de suas longas sessões de gibis. Resultado: passou a ter assunto. Falava de filmes, lançamentos em CD e até de política. Pixote tentou Aline, veteri-nária que tratava de fazendas em toda a região, durante várias semanas.

Num sábado, fechou a cara quando viu Aline na sala, conver-sando com um sujeito. Mônica foi logo informando que se tratava de um indivíduo que tinha namorado Aline na época de faculdade. Sobre a mesinha da sala, uma garrafa de vinho chileno, duas taças de cristal da Boêmia, quadradinhos de queijo com azeite e orégano, torradinhas da padaria de Tulipa. No som, "O Chamado", CD da Marina com que o moço havia acabado de presentear Aline. Pixote ficou sem lado. Sabia que Marina era a cantora preferida de Aline. Tudo é fugaz, meu amigo eterno.

Ficou na mesa da cozinha com a gente, mas não parava quie-to. Mônica quis cortar logo as esperanças do Sobrancelhas de Taturana, para que não ficasse cultivando sofrimento por uma donzela inatingível. Revelou que Aline e o rapaz tinham tido um relacionamento ramerrame e outras besteiras dessa classe, que não permitiriam a Pixote qualquer esperança de sucesso. Pois ele solicitou:

— Será que eu posso tentar sabotar o negócio?

— Se for com classe, vai lá — disse Mônica, ajeitando-se na ca-deira como se o filme já fosse começar.

Pixote abriu uma gaveta da cozinha e tirou de lá um pano de prato surrado. Dobrou-o sobre o pulso direito com a figura da borbo-letinha para frente. Pôs o dorso da mão esquerda nas costas, estufou o peito e seguiu na direção dos dois com passos curtinhos. Sugou ar pelo nariz com toda força e pediu licença para servir mais vinho. Eles agra-deceram.

— Muito prazer. Meu nome é Marcelo, um criado da casa. Quando precisarem é só chamar — disse Pixote, com olhos de peixe--morto ao estilo Michael Caine.

O exterminador de romances tomou uma cerveja com a gente e voltou à sala assim que mirou as taças vazias.

— Posso oferecer outro vinho? Trata-se de uma peça francesa requintada.

— Esse é o Pixote: chamar um vinho de peça — cochichei com Mônica que gargalhava em silêncio.

Pois o guitarrista entrou despensa a dentro e saiu brandindo uma garrafa de pinga.

— Eis todo o requinte do Chatô Du Canavial! — e foi logo despejando uma dose da generosa nas taças mudas e assustadas.

Eu tinha ganhado a tal cachaça de um bebum do bar do Vandelo, que tinha mania de dar a bebida acondicionada em garrafas de plástico, tipo caçulinha, para o eleito da noite. Era daquelas catingudas, fazia parte daquela estirpe de coisas que, de tão ruins, até esquecemos de jogar fora.

Não foi possível conter o disparo dos risos que martelaram nosso peito. O pretendente de Aline quis entrar no clima, mas não havia sobrado ar para ele. Pixote derramou-se em pedidos de desculpas e disse ao rapaz que fazia questão de servir a outra garrafa de tinto que esperava na geladeira. Numa de suas gentilezas, percebeu que as almofadas poderiam ser perigosas para o contexto e retirou todas as que estavam no tapete, sob o pretexto de que estavam cheirando a naftalina. O pretendente foi massacrado. E foi perspicaz para perceber que, se Aline realmente quisesse se ver livre das intromissões de Pixote, o teria feito com toda a meiguice de seu estilo.

O ex de Aline se foi para nunca mais dar o ar da graça. Tempos depois, quando Pixote foi embora após outra fracassada tentativa de beijá-la, conversei com ela.

— Olha só a petulância do moleque! Pelejando pra ficar com você!

— Ele é gente boa. Muito espirituoso, tem um bom papo. E é bonito! — disse Aline, rindo.

— Não posso tirar os méritos dele por tentar uma mulher impossível.

— Como assim, impossível?

— Desculpe, Aline, mas é que acho difícil uma mulher na sua posição se interessar por um cara recém-saído da condição de moleque. Ainda mais guitarrista de banda de rock!

— Nossa, André, que caretice! Não vejo nenhum problema em nada disso. Na verdade, estou interessada no outro — ela disse baixinho.

— Como assim, no outro?

— No loirinho — disse, passando a mão na cabeça.

— Que loirinho?

— O que toca com vocês...

— Você tá brincando!

Aline, a veterinária, baixinha, delicada, de traços finos, estava de olho no Alemão. Cláudia, a namorada do branquelo, estava com os dias contados.

77.

Em setembro de 1996 foi inaugurada em Formiga uma casa de shows com o nome Planet Zoom: cinco paranaenses maluquetes apareceram de repente na cidade e transformaram um galpão que tinha sido templo da Igreja Quadrangular numa casa noturna massuda, com pista de dança enorme, palco, área para mesas, iluminação de primeira, scotch bar, banheiros finos, enfim, algo inédito em Formiga. A casa ficava ao lado da escola Joaquim Rodarte, bem no centro.

Trabalhava para os paranaenses um sujeito que atendia por Gersinho Viana, primo de Fernanda, a mais ou menos ex de Pixote. Walter nos contou que estivera com ele no balcão da concessionária onde os irmãos Vilela trabalhavam. Espécie de agenciador de shows da Planet Zoom, o rapaz era fanzaço do nosso guitarrista desde a época do No Control, e ficou entusiasmado ao saber da existência da nova banda, passando a eufórico quando foi informado que tocávamos rock nacional e pós-punk britânico.

— Vou arrumar um show pra vocês na Planet Zoom — sentenciou para o Walter.

Não botamos a menor fé, e demos prosseguimento à rotina de ensaios. Num sábado em meados de outubro, Walter entrou bufando na casa de Pixote.

—O Gersinho Viana arrumou um show pra gente no dia primeiro de novembro!

— Você tá brincando! — eu disse.

— Dia primeiro! Na Planet Zoom! — festejou Walter.

— Do caralho! Vai rolar grana? — Alemão perguntou.

— Cachê de quinhentos reais! — respondeu o irmão.

Naquele sábado ensaiamos com gás total. Nunca tínhamos tocado num lugar daquele porte, com aquela belezura de som e iluminação, sem contar o palco novinho e espaçoso. E aquele cachê? Astronômico, para quem sempre tinha tocado em botecos, escadarias, recreios de escolas e galpões de fábricas desoladas. Na hora do café com pêta, Walter reproduziu o que Gersinho Viana tinha dito, que os paranaenses tinham feito a casa se firmar na cidade graças a bandas de Belo Horizonte, como The Doors Cover e Creedence Cover — era a época que chamávamos de "febre das couves". A intenção dos empresários seria organizar um show por mês com bandas de Formiga, e Gersinho teria dito aos proprietários maravilhas sobre a "banda que tem um guitarrista que vai fazer vocês babarem". Enchemos as costas de Pixote de tapas. Ele riu, com a boca cheia de pêta mastigada escorrendo pelos cantos.

78.

Na segunda-feira que antecedeu o show, recebi um telefonema na redação do *Voz Ativa*. A ligação estava muito ruim, uma barulhada danada, custou-me identificar quem queria falar comigo. Era Gersinho Viana.

— O barulho é porque tô aqui na gráfica que vai rodar os cartazes e ingressos pro show. Eles tão querendo saber o nome da banda. Qual que é mesmo?

— Hã? Nome da banda?

— É! O nome da banda!

Eu fritava minha cabeça, *Enrascada do caralho. Crocodilos não pode ser. A banda ganhou outra cara, outro som. E agora, meu Pai?* E o cara esperando do outro lado, alguma coisa tinha que sair. *A gráfica tá no ponto de bala, não dá para ligar pra cada um da banda e discutir isso agora.* Foram segundos que me congelaram a espinha.

— Anarkaos!

— O quê?!

— O nome da banda é A-nar-ka-os, com k!

— Ah, entendi. Já vou mandar rodar os cartazes. Depois eu mando alguns pra vocês ajudarem a colar.

Gersinho se despediu enquanto eu me banhava de suor. *Os caras vão me matar! Puta que o pariu! O que foi que eu aprontei?* — era o que golpeava minha testa. O último ensaio tinha sido tão alucinante que não nos lembramos de decidir o nome que adotaríamos, se é que adotaríamos outro nome que não fosse Crocodilos. Fui para a sala do café com o cigarro tremendo na mão. Aos trancos, percebi que a pressão daquele telefonema tinha feito minha memória espirrar em cima de um texto que eu tinha lido no dia anterior, sobre as propostas sociológicas do movimento anarquista. Assinado pelo linguista Noam Chomsky, dizia que qualquer forma de manifestação de poder impediria a organização de uma sociedade verdadeiramente justa e o florescimento da real liberdade humana. Falava de comunidades progressistas movidas por cooperativas, heróis da guerra civil espanhola e socialismo libertário. Fiquei com aqueles unicórnios ornitorrínicos escoiceando meu cérebro, e deu no que deu.

— Pixote, tive que inventar um nome pra banda por causa da pressa do pessoal da gráfica — reportei ao telefone. — Se vocês não gostarem, eu pago os cartazes já rodados e mando fazer outros.

— Não ligo pra esse negócio de nome, mas fala aí.

— Anarkaos.

— Anarkaos... Anarkaos... Anarkaos... — a respiração dele bufava nos intervalos. — Gostei... Gostei!

Procurei Alemão e Walter logo depois do fim do expediente. Talvez por ser um nome que não quisesse salvar florestas, baleias ou as focas da Mauritânia, eles também aprovaram, sem a menor encheção de saco. Um alívio espumante escorreu de meus cabelos.

79.

No dia 1º de novembro de 1996, partimos com nossos instrumentos e alguns pedais para a Planet Zoom. Me aguardava no palco uma bateria preta Mapex, estilosa, até. Pertencia ao Ganso, rapaz que alugava equipamentos de som e iluminação para a boate. Sua empresa, a Gansom, era constantemente anunciada por uma gravação que saía das enormes caixas dispostas nas laterais do palco espaçoso, coberto de tapetes pretos. Ganso deu as caras, mas desapareceu pelo resto da tarde, de modo que não pudemos passar o som, algo que simplesmente abominávamos.

Optamos por desarmar a vontade.

À noite, Gersinho Viana nos acondicionou no camarim. Não havia bebidas, drogas, salgadinhos, frutas nem toalhas, só uma garrafa d'água e um copo que tinha nascido para ser guarda-costas de massa de tomate. Mas era um camarim, e estávamos importantes. "Nós e nossas mulheres num camarim", foi a frase dita por Walter dúzias de vezes. Alemão estava autorizado a se incluir nesse *status* porque estava aos beijos com Aline. Só Pixote trancou a cara, e não era por causa de Aline. Indagado por Mônica sobre o motivo do cenho amarrado, ele disse:

— Eu tava numa festinha lá no Ouro Negro. Tinha uma menina maravilhosa caindo na palma da minha mão quando eu lembrei que tinha que vir pra cá. Saco.

Pixote tinha uma coisa danada com a Mônica. Ela era a confidente de seus dramas de amor em Pains, Arcos e Formiga. Sabia de aprontações do guitarrista às quais nenhum de nós tinha acesso, mas nem ela conseguiu que ele abrisse a cara. Nos acercamos dele para demovê-lo do espírito belicoso, que poderia atrapalhar o show. Não adiantou bulhufas. Gersinho deu o toque para entrarmos, pois a casa já estava lotada. E foi com um Pixote com cara de bosta que o Anarkaos fez sua estreia.

Ganhamos o povo logo de cara com Legião: "Será" e "Geração Coca-Cola" ainda funcionavam muito. Até "Natália" e "Dezesseis", menos conhecidas por serem de um álbum recém-lançado, foram bem recebidas. Dureza foi ter que aturar Pixote cantando e tocando as duas com pegajosa má vontade. Debulhamos clássicos dos Titãs e várias músicas dos dois primeiros discos do Ira!, "Núcleo Base" e "Flores Em Você", esta uma versão rápida que o Ira! tocava ao vivo. Foram as canções que puseram todo mundo pra dançar.

A pista já estava com umas quinhentas pessoas. Tudo ia tão bem que resolvemos tocar "Proteção" e "Até Quando Esperar", duas da Plebe Rude que tinham ficado fora do repertório. Eu via toda aquela massa se acotovelando e não conseguia parar de sorrir, mesmo quando Pixote fez questão de cagar tudo em "Pedra, Flor e Espinho", do Barão Vermelho: nos ensaios, todas aquelas camadas de guitarra; no show, uma sucessão de microfonias fora de contexto.

Partimos para a reta final com covers de bandas estrangeiras. Os sucessos do Cure tiveram grande receptividade. "In Between Days", com Walter ao violão e sua voz *a la* Bob Smith, fez o pessoal que adolescera nos anos 1980 dar pulos. "Just Like Heaven", também do Cure, pôs até o barman dançando. Quando contei com as baquetas para emendar "Desire", do U2, vi Pixote de frente pra mim com uma mãozinha de guarda de trânsito, dando ordens para parar. O senhor excêntrico precisava de tempo para trocar uma corda arrebentada.

Walter pedia a compreensão do público enquanto eu gritava para o Ganso colocar qualquer coisa no som. E ele me fez o favor de colocar qualquer coisa mesmo: "Wake Me Up Before You Go Go", da duplinha Wham!, que pariu George Michael. Foi a deixa para que as filas do caixa ficassem do comprimento de uma surucucu. Corda trocada, Pixote ainda permanecia em sua greve de simpatia. Mandamos "Desire" muito bem, fiz questão de fazer os tambores cantarem alto aquele arranjo tribal do Larry Mullen Jr.

A próxima canção, também dos irlandeses, foi de arrasar, no pior sentido. Transformamos "Pride", uma homenagem ao grande Luther King, em um monte de escombros. Parece que havíamos planejado uma operação especial para explodir a coitada: eu não conseguia acertar a combinação meio quebrada de bumbo-caixa-surdo, o que tirou o chão do Alemão. Desacostumado de segurar um show inteiro como vocalista, Walter desafinava tristemente ao tentar subir os agudos do refrão. Pixote aproveitou o desastre para espalhar ainda mais os cacos: além de tocar com cara de funerária uma base burocrática, sem os efeitos que vinha usando, não fez o solo. Sinceramente, quando a música acabou, me encolhi atrás da bateria.

Mas Walter foi esperto e foi logo emendando palavras de despedida e agradecimentos. Eu e Alemão enfiamos a introdução de "New Year's Day". A canção do U2 teve os pianos simulados pela guitarra carrancuda de Pixote, mas dessa vez ele não sapecou a base e até fez o solo direitinho, talvez pelo fato de ser a última música. Fim de show, sem essa de aplausos: o povo queria som. E Gansom estava lá pra botar "Big In Japan", do Alphaville.

Gersinho Viana cumpriu a palavra e nos pagou quinhentos reais, naquele tempo, um cachê bem acima da média para o show business formiguense. Ficou combinado que abriríamos uma conta bancária e juntaríamos dinheiro para a compra de equipamentos. Também ficou acertado que não escorraçaríamos Pixote, em nome dos velhos tempos. O que realmente importou naquele fim de noite foi a certeza de que o Anarkaos funcionara. Pegara no tranco, mas tinha chegado.

80.

Fomos convidados a voltar à Planet Zoom para três outros shows, temporada que nos rendeu bastante entrosamento e fez com que eu tocasse com menos dureza. Pixote nunca mais fez cara de bosta. Estava todo satisfeitinho com Amanda, a namorada do mês, ou da semana. Na verdade, todos estávamos muito satisfeitos. Apesar de não refletir as bandas de ponta de 1996, nosso repertório era basicamente constituído de músicas conhecidas e nossos shows levavam diversão às pessoas, o que nos inchava de orgulho.

A última apresentação na boate foi perto do natal daquele ano, quando apareceram Jambo e Tulipa, figuras que eu não via há muito tempo. Depois do show, emendamos duas mesas no fundo do scotch bar e entornamos conversa. Tulipa disse que estava administrando a padaria junto com o irmão, pois seu pai estava cuidando de uma loja de materiais de construção. Ainda estava na Bodeus Blues Band, com quem faria apresentações em Ouro Preto e Tiradentes no mês seguinte. Jambo não tinha abandonado o skate, mas o foco de sua dedicação passara a ser o jiu-jitsu: dava trancas tão eficazes que tinha sido convidado para dar aulas numa academia. Depois de várias rodadas com todos os drinks da casa, ainda restava um pouco de lucidez para levarmos nossas meninas para o Bar do Preto. Foi lá que amanhecemos o dia sob os estalos das bolas de sinuca, o brilho azul dos assanhaços e as juras vãs de eterna amizade.

81.

Em janeiro de 1997 fizemos duas apresentações para a prefeitura, na carroceria de um caminhão. Era o projeto "Palco na Praça", que rodava as praças da cidade com apresentações de diversos gêneros artísticos. Até festas de aniversário o Anarkaos fez. A melhor delas aconteceu em uma casa que ficava atrás da Lagoa do Fundão, totalmente sem lei.

No intervalo do show, lembro-me de ter visto uma garota quase nua em cima de uma mesa que ficava num quarto dos fundos. Lá dentro, uns caras de preto ficavam recitando poemas do Álvares de Azevedo enquanto ela fazia gestos grandiloquentes de sacerdotisa na boca do sacrifício. Um rapaz enorme, quadrado de tão gordo, babado de tão louco, não suportou o metro que o separava da delícia de menina e pulou em cima dela. Quebrou a mesa tal qual monstro em prédios de isopor do seriado "Spectreman". O colosso desmaiou em cima da moça enquanto ela debatia as mãos no chão, com a ânsia de não conseguir gritar. Todo o elenco daquela seita chulé teve que se juntar para tirar as arrobas de cima da menina, que já estava para sumir num desmaio.

Libertada, esculachou todo mundo e foi embora se vestindo pelo corredor. Órfãos da sacanagem, os elementos tiraram toda a roupa do gordo, se sentaram em volta dele e encheram seu corpo de mutucas, minúsculos pavios feitos com palitos de fósforo queimado. Depois de empinar as mutucas com cuspe, acenderam uma de cada vez, fazendo com que o balofo fritasse em pulos intercalados que distribuíam suas banhas nas mais variadas posições. Uma mutuca acesa caiu dentro de um dos ouvidos, muito dentro. Ele dava tapas pesadíssimos na própria orelha, sem conseguir remover o intruso crepitante, e acordou gritando: "Vai abrir uma desgraça nesse chão! Vai abrir um buraco pra todo ir pro meio do inferno!" Depois descobri que em Formiga havia turmas de góticos que liam poetas românticos e simbolistas no cemitério do Santíssimo, sempre com muito vinho e Sisters of Mercy no sonzinho portátil.

De vez em quando, tocar com o Anarkaos significava entrar em furadas. Uma delas aconteceu num bar nas imediações da rodoviária: não tinha palco, não tinha iluminação, não tinha ninguém. Achamos por bem tocar dois terços do repertório para dar um aroma de profissionalismo, tudo na maior falta de graça.

— Estamos aqui pra tocar pras nossas prendas! Dedicamos esta apresentação de gala pra vocês, nossas queridas e amadas prendas! — repetia Pixote, a cada duas músicas.

Só aquela cabeça seria capaz de homenagear nossas namoradas com o vocábulo "prendas". Depois do show chocho, ele me confidenciou que havia escutado a expressão no leilão de uma banda de leitoa que aconteceu na quermesse de São Vicente Férrer, na Vila dos Adobes. Rimos num abraço de cafajestes.

82.

Uma armação de Pixote desaguou num domingo sensacional: articulou uma partida de futebol de salão entre os membros do Anarkaos e do Slow Crash no ginásio poliesportivo da praça de esportes, no bairro Quinzinho. Foi uma partida duríssima, um clássico. Na arquibancada, amigos, namoradas, sócios do clube e até uma charanguinha regida pelo Helder da bicicleta de carga. Jambo e Tulipa apareceram, para nos esculhambar a cada lance.

O Slow Crash tinha no gol seu baixista, Rômulo. Piolho de todos os campeonatos de handebol da cidade, Rômulo fez defesas inomináveis — era daqueles caras que iam pro jogo com o uniformezinho todo em cima, coloridinho, fulgurante como um goleiro colombiano. Rodiney, que balangandava seu cabelinho rasta, deu o maior trabalho, e fez dois gols, somados a outros dois do tecladista Robson, craque do Grêmio Recreativo Vargem Grande.

Quando faltavam alguns minutos para o término da partida, o Anarkaos também somava quatro gols: dois de Walter, que se revelou cracaço de bola, um de Alemão e um meu. A torcida já anunciava o fim do jogo quando sobrou uma bola pro Rodinei ficar cara a cara com o Murilo Clemenza, goleiro que eu tinha conseguido trazer amarrado na promessa do churrasco após a partida. Rodinei chutou com muita força, e a bola explodiu nos joelhos juntados de Murilo, naquele gesto em que se quer proteger o saco e o rosto ao mesmo tempo. A bola espirrou e foi cair nos pés de Pixote, que estava bem adiantado no nosso ataque. Ele limpou o baterista Buiú e deu um tirambaço que foi morrer nas redes do ângulo esquerdo de Rômulo: uma espetacularíssima cagada! Pixote virou uma montanha de gente, que gritava e gargalhava muito.

Vitória consumada, fomos todos pra casa do Pixote, duas bandas, namoradas e amigos: umas trinta pessoas. Encontramos Ramiro no comando de sua churrasqueira de estimação, e sob seu domínio, floretes de porco, frango e boi. Numa chapa de ferro, bistecas buscavam seu ponto sob os sóis de abacaxi, e a cerveja descendo da sua melhor maneira: se espremendo em golfadas na garganta árida de quem suara durante uma hora na fornalha do futebol.

A cerveja gelada pós-pelada é um arquétipo brasileiro: o primeiro copo dá um êxtase que aperta o peito e bambeia as pernas, faz tanto a cabeça que nem é bom conversar durante os segundos em que se agradece de olhos fechados ao Prazer Todo-Poderoso. E vem o arroto gaseificado e a sensação de plenitude, quando se está cercado por pessoas que valem a pena. E quando a trilha sonora tem controle de qualidade afiado, é um éden danado.

Bárbara e Dona Carmem serviram arroz na panela generosa da cantina da escola municipal do bairro Nossa Senhora de Lourdes, cujo matagal do fundo ficava em frente à casa de Pixote. O vinagrete inundava um vasilhame grande, de vidro caroquento. As meninas até se serviram do arroz, mas os homens tinham muita carne e muita cerveja para entremear as conversas sobre música. Com as duas bandas num círculo festivo de casos de palco, e um porão logo em frente com instrumentos disponíveis, a melhor das confusões estava engatilhada: uma jam session.

Nosso porão de ensaio se tornou o recreio musical de um jardim da infância. Resolvi que só iria cantar, e deixei a bateria para Tulipa e Buiú se revezarem. Pixote e Rodinei empunharam guitarras; Alemão e Rômulo disputaram o baixo; eu, Walter e o resto fizemos as vezes de crooners — quando um cantava, os outros faziam backings trôpegos em volta do pedestal. Só tocamos rock nacional para garantir a participação de todos. Saiu até "Bonsucesso '68", do Hanoi-Hanoi. Do Ira!, Legião e Titãs tocamos até os limites da embriaguez e da exaustão.

Os agregados das bandas se espremeram no porão com seus copos de plástico, entornando cerveja pra todo lado. Uma caneca de cachaça voou voos rápidos de beija-flor, e era um tal de queixo subindo e descendo, sem parar. Quando a síndrome da segunda-feira bateu, por volta das oito da noite, desligamos os amplificadores e despachamos os convidados. Sob o cri-cri bêbado dos grilos, ajeitamos mais ou menos a parafernália do porão sagrado. Antes de ir cada um pro seu rumo, nos abraçamos e prometemos que nunca iríamos nos separar. Éramos amigos, e nos amaríamos até a velhice fria nos corredores dos asilos.

Mônica e eu terminamos o dia nos bebendo debaixo do chuveiro risonho. Ela tomou um banho de mim, e aquele domingo quase me convenceu de que a vida era boa.

83.

Acabo de chegar do consultório do Dr. Henrique Esteves. Ele quer operar meu peito, "artérias comprometidamente obstruídas". Eu sempre soube que os excessos, além de expulsar a família para sempre, podem dar um nó cego nas veias. Três pontes de safena. Aprendi o nome das batidas que meu coração dá fora do ritmo: extrassístoles. Não agredi o médico com meu pavor. Optei por perguntar sobre minhas chances de voltar a escrever, e ele disse que tenho boas perspectivas — com o entusiasmo de um sacerdote da igreja ortodoxa, mas disse. Na verdade, me pareceu que o Dr. Esteves manifestou maior preocupação com o escangalhamento que o alcoolismo vem fazendo em meu sistema nervoso central. Acrescentou que vai ter que administrar várias drogas em mim durante a síndrome de abstinência que se seguirá à cirurgia: droga se cura com droga.

Fui apavorado e voltei com a paz esquisita dos rendidos. Se eu me for durante a operação, vou sem dor, a dor que deveras sinto. Chorar não adianta; dar chilique sozinho é muito sem graça. Vão abrir meu peito, vai entrar vento no meu coração podre. Quem sabe sopra um milagrezinho e eu volto disposto a ser outra pessoa?

O que pega é a solidão. Fico imaginando com que aparência estarão meus filhos: Miguel, com aquela carinha de moleque, já tem vinte anos; Roque, o silencioso, está na picância dos dezoito. É justo que não queiram saber de mim. É justo que não exista aquela coisa de "meu pai é um vagabundo, mas mesmo assim quero conviver com ele". É claro que Mônica já contou há muito tempo o que eu fiz, e ela até que aguentou meus fedores de cigarro, a bebida, a cocaína, o acidente, mas meu quinto vício foi duro demais para minha falsa magra.

Minha vida com as prostitutas universitárias permaneceu submergida por anos, mas eu tinha que aprontar aquela lambança com a loira fã de Cruz e Souza. Peguei a ordinária com a minha carteira aberta, contando as notas. Aquelas notas, não: eram as que tinham sobrado depois do pagamento da puta, eram notas puras, santas. Eu as tinha reservado para comprar tolices fofas para Mônica. Eu a tinha ouvido resmungar no banheiro que suas meias de usar com saias curtas estavam estragadas. Eu compraria meias e um bolo de mandioca molhadinho. Estava muito louco, bati na moça. Bati demais. Ela sangrou.

Ela se assou na vingança. Me seguiu, deu uma de cineasta e mostrou para Mônica um documentário de imagens minhas com suas colegas de putaria universitária. Mônica estava com um filho em cada mão, na porta da escolinha, onde assistiu a tudo comprimindo as cabecinhas infantis em sua barriga de mãe. Ainda bem que a vingança da putinha teve um pouco de misericórdia, tirou o volume da máquina que projetava a minha miséria. Mônica não conseguiria tapar também os ouvidos dos meninos.

Mônica apregoou o divórcio enquanto eu açoitava meu arrependimento na direção de suas córneas, que lacrimavam ácido. Ela é quem tinha providenciado nossa transferência para São Paulo, ela é quem tinha convencido seu tio a me arrumar um emprego de repórter no *Diário de São Paulo*. Tinha sido ela que governara bravamente seu doutorado, seus clientes criminosos e sua missão de ser mãe de verdade. Foi ela quem administrou o financiamento de nosso apartamento no Jardim São Paulo, ela quem se queimou na fogueira da piedade e me deixou ficar morando nele. "Eu não quero o pai dos meus filhos morrendo na rua como um mendigo podre. Mas é isso que vai acabar acontecendo, com apartamento ou sem apartamento", foram suas últimas palavras. Sou o legítimo dono delas.

Se as safenas funcionarem, vou tentar parar de beber para dar uma espiada nos meninos. Quero saber pelo menos se eles gostam de música, se estão na universidade. Mônica e seu marido novo são felizes, me disseram. Ela já tem um filho com ele. Tenho a consciência anatômica e insidiosa da legitimidade de minha culpa. No meio do redemoinho em que entornei meu corpo e minha mente, o rompimento com a felicidade foi lúcido.

Sim, mereço a solidão da aranha nesse meu canto de vida. Mereço o beiço de pulga que é essa aposentadoria por invalidez. Mereço a esmola que minha irmã me envia todo dia 5. Mereço a vergonha que me impede de visitar Formiga, afinal, a porcariada que André Benevenuto fez com sua família foi o assunto de vários sábados na feirinha do produtor rural, e ainda é tema recorrente nos saraus de salões de cabeleireiro.

Olho para a janela à minha esquerda e vejo um céu estrangeiro. Quero escrever e olhar pro céu ao mesmo tempo, o azul dói, me convida a mergulhar de ponta no canteiro do prédio. O sol se finca em meus olhos, mas quer me evaporar com um pouco mais de gentileza. Acho que vou passar por meus livros de budismo, quem sabe os de sufismo. Talvez leia a Bíblia.

Depois do diagnóstico do Dr. Esteves, pensei que ia espernear feito criança que ganha um palhacinho com cara de demônio. É incrível, mas o que sinto é uma paz estranha. O recado da Morte fez com que me sentisse importante.

Se eu me for, quem vai achar esta história? O síndico? A faxineira? O Seu Olavo do 701? Ei, você que encontrou este arquivo, cuidado! Esta é a história de um homem que nunca soube amar. Gostar da vida, das pessoas, requer razão, equilíbrio, classe. Comigo, tudo foi sempre no volume máximo. Se acordei no chão de mil manhãs, foi porque meus voos amavam a natureza dos precipícios. Quem vive tudo, perde todos.

Estas as são minhas negativas: não fui um vencedor, não comprei uma casa no campo, nunca fui sócio de clube, nunca gostei de natal, nunca fui exemplo para ninguém. Mas não morrerei vazio, como a maioria das criaturas. E detesto bossa nova.

84.

Noite de sábado no Porão. Meu povo só conseguiu se sentar porque Osmar Brito sempre guardava uns tamboretes para os confrades tradicionais. Dentro do bar, todo mundo se espremia em meio a copos, fumaça de cigarros e conversa ruidosa. Na rua, muitas pessoas pegavam carona na sonzeira rock, atirada no ar. Eu gostava do Porão daquele jeito, bem inferninho, com movimentações de toda ordem de interesses germinando pra todo lado. Fosse qual fosse a fome, era impossível não se saciar ao ponto do arroto.

Naquele sábado de março em 1997 todo mundo estava lá. Até meus amigos das antigas, Paturi, Murilo Clemenza e Fabrício Mauro apareceram pra inundar a palavra. Jambo e Tulipa também chegaram pra completar a marginália, da melhor qualidade. Todo mundo se abraçava e beijava todo mundo. Eu, então, era o mais preguento. Amava terrivelmente todos eles, por isso ficava chato de tão emotivo, repetia declarações de amor e de fidelidade. E eles me aturavam, com toda a sinceridade. No entusiasmo da vodca que nos queimava, decretamos que só sairíamos de lá enxovalhados por Osmar Brito. Mônica estava linda, meus amigos eram os melhores, eu era jornalista, eu era baterista — êxtases perigosos, e por isso, maravilhosos.

Por volta das duas da madrugada, uma festa na Lagoa do Fundão carregou a confusão. Osmar se sentou com a gente e não precisou nos varrer antes de tomarmos a última bebida. Como tínhamos comido todo o repertório de petiscos do Porão, decidimos pegar um atalho para as nossas casas e abandonamos a parada obrigatória no Bar do Preto. Mônica não me deixou ir embora sem que saciássemos a mais ereta das vontades. Deitei-me bendizendo toda a criação.

No meio do abismo de meu sono etílico, acordei com os solavancos impingidos por meu pai à porta do quarto. Levantei, arremessado pelos socos vindos do meu peito — eu era um espectro de saciedade e álcool. Para pensar, minha mente precisaria de óleo de máquina. Era tudo uma escuridão cambaleante.

— Que foi, pai?

— Tem um colega seu aqui querendo falar com você.

Abri a porta depois de algumas tentativas debilitadas. Emoldurado pela claridade do poste, projetada através da janela ao lado da geladeira, estava Jambo.

— Ué, Jambo?! E aí?

— Aconteceu uma coisa muito foda.

— O quê, bicho?

— É que perdemos um chegadão nosso.

— Como assim?

— O Pixote.

— Hã?

— Teve um acidente perto da escola de música. Ele foi o único.

— Ele tá no hospital?

— Ele foi pra lá, mas não resistiu.

— O que ele teve? Quebrou o quê?

— Ainda não sei direito.

— Tem alguém lá com ele?

— O Ramiro, a dona Carmem e a Bárbara.

— Como é que ele tá passando?

— Foi o único no Fusca que não resistiu.

— Mas como é que ele tá?

— André! Ô André! O Pixote morreu, cara! O Ramiro pediu pra avisar que ele vai ser velado na funerária do Marquinho. O enterro vai ser no cemitério do Sagrado Coração.

85.

Meu pai pendurou um terço nas mãos. Minha mãe não tirava as mãos da cabeça. E eu não conseguia processar o troço. Coloquei umas roupas e escovei os dentes sem pensar em nada. A informação de Jambo não tinha um pingo de chance de ser procedente. Por outro lado, aquilo estava muito longe de ser uma brincadeira. Decidi não ir à funerária. Seria preciso apurar o mal-entendido na casa de Pixote.

O dia amanhecia e eu apertava meus passos. Não pensei que Mônica pudesse me levar de carro. Aliás, minha cabeça estava uma bagunça de ressaca misturada com imagens fugidias do rosto, das mãos, da guitarra e das sobrancelhas do meu amigo. Confesso que durante o trajeto cheguei a me distrair com a revoada de garças no Rio Formiga. Depois da ponte da cooperativa de leite, comecei a subir as ruas íngremes que levavam ao bairro Nossa Senhora de Lourdes. Minha sede se misturava às nuvens douradas pelo sol com o pincel preguiçoso dos domingos. Ao ganhar a rua de Pixote, fui tomado por uma estranha animação. Não havia movimentação alguma na casa dele. Todos deviam estar dormindo. O ar estava gostoso e o dia começava, bonito demais.

Alguma informação estaria desencontrada, já já o cisco da dúvida seria espanado. Alguém teria embolado alguma conversa com Jambo.

Apertei a campainha da casa que, de masmorra, fora promovida a berço de nossa nova banda, e de uma nova era para nossa irmandade. Apertei várias vezes. Gritei por Ramiro. Gritei por Pixote. Nada. Ninguém. "Esse povo deve ter é viajado. É tudo um grande engano. Claro. Lógico", resmunguei de lado.

Meu alívio precisava de uma prova maior para deixar o gozo latejar. Dali até a funerária do Marquinho seria um pulo, se eu cruzasse a pinguela do riacho que separava o bairro Centenário das encostas da região da Chapada. O sol já se atrevia a ficar quente e me converteu num brejo de suor. Quando cheguei à avenida Abílio Machado, espremi um sorriso nos dentes. Em frente à funerária do Marquinho, não havia gente, nem carro, só copos plásticos, saquinhos de sanduíche e outras testemunhas da madrugada mal-educada. Pensei em voltar dali mesmo, tomar um bom banho e distribuir a boa nova do engano. Só que eu tinha tomado um susto desgraçado e suado muito pra chegar até ali. Não me custaria nada ir até o papa-defuntos pra conseguir uma informação precisa.

Entrei pelo corredor de acesso às salas de velório. Nada. Ninguém. Um silêncio desgraçado. Achei melhor não sair dali sem que falasse com alguém. Entre a última sala de velórios e o acesso aos sanitários, uma porta estava quase aberta. Estiquei o pescoço. Era a sala em que os corpos eram preparados. Vi Pixote de cueca azul-marinho, estirado sobre uma mesa de mármore. Suas mãos estavam pousadas ao longo do tronco. Nem um corte. Nem um hematoma. Estava dormindo na paz que ninguém quer.

Dei meia volta, me sentei no banco de cimento em frente à porta. Tirei minha camisa e a dobrei, a coloquei entre os dentes. Pronto. Pude uivar mais do que todos os diabos do inferno. Meus gritos e grunhidos transformaram as veias de meu pescoço em tubulações de lava latejante. Depois do choro cracatônico, o pranto lacustre de criança: ganidos finos, transbordamentos pelo nariz, água sulfurosa pelos olhos. Clamei por meu pai, por minha mãe, por Deus, por Jesus Cristo, pela Mãe Rainha. E veio aquele cineminha terrível, anunciando a precipitação da saudade que já se postava em toras.

Vi o menino tocando no caminhão 1113, os shows no Pomar, a cara de merda na Planet Zoom, o Chateau Du Canavial. Vi seus pés de petróleo nas havaianas apertando efeitos em "Man In The Box", do Alice in Chains, vi os sufocos do Garage Rock, o gol no ginásio poliesportivo, nós dois conversando no meu quarto ouvindo Deep Purple, o ensaio espírita.

— Pô, Deus! Que sacanagem! Que sacanagem! — eram as palavras que eu conseguia codificar aos berros. Os filhos do Marquinho da funerária vieram correndo com um copo d'água, que eu espatifei no meio da rua. O horror, o horror...

86.

As pessoas foram chegando. Ramiro e dona Carmem não eram pessoas, eram A Dor. Eu não conseguia dizer nada pra eles, apenas nos abraçávamos com nossos soluços e suores. Ouvi alguém dizer que Bárbara estava sedada na Santa Casa de Caridade. Bandejas com bolachas Maria e garrafas de café procuravam interessados, enquanto o pai levava roupas para vestir o filho que seria plantado em flores num caixão. Pixote. Num caixão. Queria que o mundo todo fosse pro meio do inferno.

E não parava de chegar gente, gente jovem, uns com cara de sono, outros com a noite emendada, mulheres-meninas com a maquiagem derretendo em perguntas úmidas. Todos buscavam alguma coisa que não estava ali, nunca estaria; todos com cara de bobos, a nossa verdadeira cara, sempre fumegando de vontade de obter justificativas diante de toda esta grandessíssima merda. A maioria não queria conversar, só olhar pro chão, o chão em seu estado autêntico, o fundo de um buraco.

Mas como todo velório é velório, ou seja, um acontecimento social por excelência, logo chegaram os que queriam conversar e aparecer, tomar café com pão de queijo pra fazer boca de pito; e aqueles homens mais velhos com seus óculos escuros bem grandes, escondendo o olhar que procurava a bunda das mulheres, casadas ou não. E apareceram as pessoas que trocavam tapinhas com as outras naqueles abraços da mais verdadeira falsidade, e logo aqueles que só encontram parentes distantes à custa da tristeza alheia. Alguém cochichou que tinha um cantil da pinga boa e uma pequena coleção de torresmos. E logo apareceram as frívolas, com seus sons agudos de curiosidade leviana, um tipo de mulher que não desprega os olhos da roupa das outras, cuja mobilidade e todo o restante do desempenho são avaliados de cima a baixo. Seria só um tipo, ou todas as mulheres, que escondem atrás dos óculos contrabandeados sua rivalidade mesquinha com as de sua espécie? E eram muitos os que tinham focinhos a se debater naquele vernissage de hipocrisia, enquanto meu amigo era colocado em exposição num caixão.

Então chegou o padre, o padre especialmente designado pela Providência, o único padre perfeitamente adequado para o velório de Pixote — meu Deus, como é duro escrever "velório de Pixote" ainda hoje, décadas depois. Duro e muito estranho, mas a Morte foi feita pra combinar com qualquer um.

O tal sacerdote estava de camisa polo e calça jeans. A única coisa que o tornava padre era aquele paninho branquinho comprido, pendurado no pescoço. Percebi que a sala de velórios tinha um amplificador Wattson novinho, onde o padre plugou um microfone também com aparência de novo. Ligou a caixa, arrancou umas microfonias rápidas e muito altas, e abriu um livro grosso com capa de couro que não era a Bíblia, mas aquele livro de orações prontas que todo padre tem que ter para todas as ocasiões do universo. Logo no começo do culto o fio do microfone deu mau contato, e a fala do sacerdote a todo momento era entrecortada por explosões de graves. O funcionário da funerária foi lá, rodou alguns botões do amplificador e ficou tudo na mesma merda.

Tudo tão desgraçado, e o homem resolveu desafinar terrivelmente nos cânticos, "Eu confio em Nosso Senhor com fé, esperança e amor", e puxar salmos, "O Senhor é lâmpada para meu pés; é luz para o meu caminho". E pigarreava e tossia sem parar, junto com as explosões do mau contato. Tudo coalhou de vez quando o padre partiu para o sermão, uma torrente de frases feitas e conselhos cretinos para um casal que perdia sua carne. Teve a competência de encerrar sua apresentação com as seguintes pepitas:

— Meus irmãos, minhas irmãs, caríssimos pais do Marcelo. Vamos nos despedir do nosso querido Marcelo, do nosso Pixote, tão querido pela juventude de nossa terra. Mas a alma do nosso Marcelo não ficará no depósito, não ficará no almoxarifado. Ele é o Bom Ladrão que hoje, ainda hoje, estará no Paraíso. Amém!

Pixote preferiria mil vezes o almoxarifado.

87.

Um advogado passará aqui amanhã. Quero estudar a possibilidade de dar a ele uma procuração ou algo do gênero para impedir um velório sobre a minha talvez iminente carcaça. Determinarei que minha cremação seja rápida, somente com a presença dele e mais nada. Minhas cinzas poderão ser jogadas em qualquer pedaço de terra, desde que uma amoreira seja plantada em cima — meu começo e meu fim ficariam assim emendados, visto que passei boa parte de minha infância trepado no pé de amora da horta do meu pai. O advogado deverá cumprir as determinações da procuração com toda a fidelidade, ao som de "The Song Remains The Same", do Led Zeppelin. E se não for a versão ao vivo no Madison Square Garden, seguirei sendo um espectro.

88.

A Dor pegou na medida em que as pessoas que realmente importavam iam chegando, e graças a Deus, logo infestariam o ambiente. Senti o pouso de uma mão no ombro; virei pra trás e vi Alemão e Walter. Era esquisito demais chorar daquele jeito despudorado com meus irmãos de rock. Walter estava mais contido. Alemão viu Pixote no caixão e desmaiou, tivemos que esticá-lo no quartinho da funerária reservado para as famílias dos defuntos. Ele voltou a si para escorrer em choro no colo de Aline. Foi quando chegou Tulipa, e sua reação me encafifa até hoje: ficou perto da entrada do velório o tempo todo, não entrou pra ver Pixote, não falou com ninguém da família dele, não falou nada com a gente. Olhava de um lado pro outro e executava seu solo de guitarra invisível com os dedos da mão esquerda. Chegamos perto dele, que não se deixou tocar e esticou seu silêncio. Era punk demais para admitir a morte de seu amigo de infância.

Depois de todo aquele gólgota, Tulipa e seu skate foram vistos muitas vezes descendo o morro mais íngreme do bairro do Rosário por um passeio estreito. Ainda bem que não arrebentou ninguém. Fingi não ter ficado sabendo de sua automutilação —foram diversas quedas e feridas feias.

Mônica já estava perto de mim e tampouco conseguia falar. De repente, alguém gritou em frente ao caixão: era Helder, o antigo parceiro de Pixote nos acordes de violão da mercearia Quinzinho, Helder da bicicleta de carga que transportava pedaços de shows. Tomou bastante água e se sentou ao lado da gente. Menos turvo, contou que foi ele quem havia retirado Pixote do carro logo depois do acidente.

Com tremura tempestuosa nas mãos, relatou que ele e mais dois amigos tinham decidido comer um sanduíche num trailer recém-inaugurado no bairro Rosa Mística. A refeição daria fim à noite, curtida com nosso povo no Porão. Pixote não tinha mergulhado nos petiscos de Osmar Brito e mostrou interesse em acompanhá-los, mas advertiu que iria num Fusca branco e se reuniria com o resto da turma no trailer. Helder teria insistido que Pixote fosse com ele no Fiat Uno. Além do motorista, o Fiat só levaria os três. Já no Fusca, iriam quatro, mas Pixote se enfiou no meio do banco de trás. O guitarrista era muito amigo do Luisinho, que era visto em todos os nossos shows e estava ao seu lado no banco traseiro.

Os dois carros seguiram pela Barão de Piumhi, que se transforma em Sete de Setembro assim que entra no bairro Quartéis. Na curva da escola municipal de música, onde o centro vira bairro, o Fusca não quis cumprir o trecho curvilíneo e foi em frente: chocou-se no poste com toda a força ruim do mundo. Por estar entre os dois passageiros de trás, Pixote foi o míssil abortado no lançamento. Foi sacudido no destino curto entre o banco e a frente do Fusca, moída pelo concreto do poste. Alguns metros à frente, o Uno ouviu o estrondo e retornou. Os rapazes do Fusca ficaram muito estragados. Luisinho teve as duas pernas quebradas. Com dificuldade extrema, Helder retirou Pixote do Fusca e estirou o amigo no passeio.

— O Pixote ainda tava com vida. Chegou a me dizer que tava tudo bem e desmaiou — contou Helder, enquanto soluçava.

Os garotos foram levados para a Santa Casa de Caridade de Formiga. Só o nosso melhor guitarrista do mundo morreu. Pixote se atrasava para o ensaio, mas adiantou demais o fim do show.

89.

Continuava aquele velório a pesar na minha testa. Por volta das duas da tarde, o calor cozinhava uma multidão que fungava em todas as dependências da funerária do Marquinho. Da Hora, Mocó e todos os skatistas de Formiga, inclusive os da velha guarda dos shows no Pomar, completavam nossa tristeza. Todos queriam cumprir o protocolo universal dos velórios, contar algum caso com o morto como protagonista ou coadjuvante, mas Jambo preferiu o mais sepulcral dos silêncios. Só ficava fungando e olhando pro chão.

De vez em quando, meus olhos esbarravam em Pixote no caixão. O funcionário da funerária relatou o que eu já tinha visto: o corpo estava preservado, os machucados mortais escondidos por dentro. Bastava eu olhar para aquela cara de menino dormindo, com suas sobrancelhas de taturana, para que os soluços jogassem minha cabeça no pescoço de Mônica. Alguém que se conforma com a morte de um amigo é um filho da puta bem significativo. Não me conformo até hoje.

E na tortura daquele velório lento e virulento, ouvia os pulhas e suas velhas frases de merda: "Fazer o quê? É a vontade de Deus"; "Não cabe a nós entender esse tipo de mistério"; "O melhor remédio é o tempo"; e a mais vagabunda de todas as frases: "A vida continua". Continua, sim, mas não pro amigo que de mim recebeu respeito, admiração e o amor puríssimo de uma amizade. A vida continua, sim, para o enxame de babacas que não mereciam estar naquele velório. Continua, para quem nunca perdeu um parceiro das confusões do rock, para quem nunca cantou sob a influência insegura de uma guitarra, ora maravilhosa, ora pirracenta. Passou um indivíduo perto de mim e soltou: "Os bons morrem jovens". Pensei: *E os que ficam são os escrotos que creem nessa lógica besta.*

Faltava uma hora para o enterro. Pixote aprontaria a sua última. Fernanda Viana entrou no corredor de acesso ao velório, amparada por três amigas, chorando aos berros, enquanto uma frase era borrifada em cochichos mexericos: "Aquela é a namorada". Fernanda prostrou-se na frente do caixão e desbrecou-se. Foi logo levada para a salinha do café.

Da entrada, mais berros vinham chegando. Era Júlia, que eu tinha conhecido no bar do Claudinho quando reencontrei Pixote, depois da implosão do No Control. "Não, não, não, não!", urrava. Júlia e sua acompanhante cruzaram todo o corredor, e os cochichos se corrigiam: "Essa é que é a namorada". Júlia foi cercada por umas cinco garotas a alguns metros do caixão, enquanto os gritos uivados de uma tal Estela apontavam na entrada. "Agora, sim, a namorada!", renovaram-se os sussurros.

Alemão estava naquele vermelhão dos cansados de chorar e acabou esboçando um sorriso. Foi quando uma nova fonte de berros entrou pelo corredor. A pergunta "Quem é essa?" se espalhou pelos queixos jogados pra cima. Helder sabia: "Essa é a de Pains". Era a dita cuja que garantia as horas de lazer do diretor da Pixote Empreendimentos na cidade vizinha. Não teve jeito, gargalhamos. Nossa tristeza estava em casa, podíamos fazer dela massinha de modelar. Quanto mais as pessoas fechavam a cara, mais as risadas retumbavam. O velório terminou sem que ninguém soubesse ao certo qual das quatro ostentava a jovem e legítima viuvez.

90.

A hora do enterro é um abismo em fornalha, dor de faca peixeira revirada na ferida do peito. Quando o caixão é fechado, os gritos da família trazem o inferno licoroso, que queima cada poro de quem os ouve. Fizeram muito esforço para desatracar Bárbara da urna que levaria nosso irmão. A Morte é o Único Problema.

Colocaram o caixão no carrinho de tubos de ferro com pneus pequenos que o transportaria até o cemitério Sagrado Coração de Jesus, a duzentos metros da funerária. A multidão se distribuiu pela avenida Abílio Machado. Alemão, Walter, eu e nossas meninas nos posicionamos ao lado de Bárbara, Ramiro e dona Carmem. Muitas pessoas rezavam o terço. Mesmo as bocas mais jovens preferiram rezar. Quem não rezava, carregava a Única Pergunta.

O cortejo entrou pelo cemitério durante a tarde quente e azul. Ao lado do túmulo reservado a Pixote, Ramiro discursava alguma coisa. Confesso que não ouvi nada. Só conseguia ficar olhando para a armação de concreto onde o caixão seria empurrado como uma gaveta. Depois de tudo que passamos, Pixote seria guardado naquela gaveta, ele e seus vinte e um anos.

Ramiro e dois tios de Pixote empurraram o caixão. O coveiro se preparava para lacrá-lo com cimento, quando Mônica me estendeu o par de baquetas que ficava na casa dela. Eu as joguei ao lado do caixão e ouvi as madeiras se cumprimentando. Seriam companheiras na tentativa de vencer o apodrecimento, para voltarem na forma de um tambor. Ou de uma guitarra preta de braço dourado.

91.

Mônica me deu uns comprimidos imbecilizantes para que eu pudesse conduzir meus restos durante os dias que se seguiram. Ela sabia que eu não conseguiria dirigir a redação do *Voz Ativa* e que a tendência de beber até entornar me atrairia com a constância dos medrosos. Para evitar o desembarque de minha autodestruição, ela me buscou ao final do expediente da redação por vários dias. Mônica enxergava com clareza que eu custaria a conceber duas mortes: a de Pixote e a do Anarkaos. Só ela dimensionou o dilaceramento que me vitimou depois que Alemão, Walter e eu fomos à casa de Ramiro para buscar instrumentos e equipamentos. A fricção da tristeza nos esfolou no porão por umas duas horas. Olhar para a Giannini Sonic era o que mais nos arrebentava.

Numa tarde de sábado, dia que me deixava sem gravidade por causa da ausência dos ensaios, Alemão apareceu na casa de Mônica. A essa altura, ele e Aline já eram namorados firmes. Tomávamos a mais sem graça das cervejas, quando Alemão soltou:

— Acho que a gente não deveria parar de tocar. Devemos continuar com a banda.

— Ah, não! Não sei se eu conseguiria mais mexer com isso —

admiti.

— André, temos que seguir tocando. Depois que a poeira abaixar, vai bater fissura. Você acha que você vai conseguir ficar sem fazer som?

— Não sei... Tá foda...

— Então, tá. Vamos imaginar uma coisa: se o Pixote pudesse falar com a gente, você acha que ele iria querer que a gente parasse ou continuasse? Pelo que você conhece do cara, hein? Fala a verdade!

— Sei não. E não tem outro guitarrista pra colocar no lugar.

— Tem.

— Quem?

— O Walter.

92.

Alemão contou que Walter ficava pendurado na Giannini Sonic depois que voltava do trabalho, tirava bases e desenhava solos até fazer calos nos dedos. Walter só estaria esperando meu pequeno aceno para marcar um ensaio. E assim o Anarkaos virou um trio.

Nosso primeiro e crucial problema foi a falta de um lugar para ensaiar. Levamos a tralha para a enorme área de serviço que havia nos fundos da casa da Mônica, mas um vereador que morava ao lado nos escorraçou logo, com polícia e tudo. Jorge Bodeus cedeu a sala de sua casa para que ensaiássemos nas tardes dos sábados em que não tivesse show. Aceitamos o gesto franciscano do bluesman, na esperança de que aparecesse um lugar que permitisse ensaios regulares. Só assim Walter conseguiria chegar ao ponto de segurar um show inteiro, tocando guitarra e fazendo o vocal principal.

Nossa penúria acabou atraindo a compaixão de dois ex-atores formiguenses, veteranos do teatro: Estácio Vieira e sua esposa, Dona Inês. Tinham brilhado durante décadas na atuação e direção de peças que percorreram toda Minas Gerais. Cientes de nosso drama, nos emprestaram um cômodo que ficava no terraço da casa deles, bem em frente ao coração de Formiga, a Praça Getúlio Vargas. Podíamos zurrar as caixas de som no talo, sem que eles se incomodassem. Nos intervalos dos ensaios, D. Inês trazia suco e nos mostrava seus álbuns com capas de veludo vinho, repletos de fotos de atores, bastidores, camarins e outras figuras que haviam marcado sua juventude artística. A alegria de D. Inês nos empurrou pra cima, pena que durante as chuvas de dezembro de 1997 tivemos que retirar nosso equipamento de lá às pressas, por causa da água empoçada no terraço que invadia em cascata o interior do cômodo.

Fomos definitivamente salvos por uma tia dos irmãos Vilela. Seu marido levaria a família para Teófilo Otoni, mas não alugaria a casa no bairro do Engenho de Serra. Poderíamos ensaiar lá não só aos sábados, mas em qualquer noite que quiséssemos, até as dez horas. Viramos ratos de ensaio: todas as noites da semana e as tardes de sábado. Os domingos eram ofertados às namoradas.

O Anarkaos se tornou um trio afiado. Renovamos o antigo repertório com algumas coisas da década de 1970 e fizemos shows por todos os palcos e moquifos de Formiga. Quando explodiu a modinha dos acústicos MTV, montamos um repertório com violões, flauta e percussão. Às vezes, o baixo plugava um veludinho. Aproveitamos todos os sucessos das bandas que estavam faturando milhões com aquelas gravações desossadas, e faturamos bons cachês em clubes e bares lotados.

Cansados daquele saco acústico, jogamos tudo pra cima e voltamos a plugar os instrumentos. Foi justamente quando a prefeitura de Formiga quis promover uma homenagem a Pixote, no primeiro aniversário de sua transferência de mundo. Em março de 1998, um palco gigantesco foi erguido em frente à Praça Ferreira Pires, num local bem próximo ao show de Pixote e Márcio Fedorex na carroceria do Mercedes 1113 em 1991. Várias bandas tocaram para uma multidão que dominou a praça, enquanto imagens de Pixote cedidas por Ramiro eram projetadas no enorme telão montado ao lado do palco. Mônica providenciou dezenas de camisetas pretas com a estampa do rosto de Pixote. Muitos de nossos amigos, inclusive nossa banda, as ostentaram durante as apresentações. Quando o Anarkaos entrou para fechar o evento, Helder não resistiu e subiu no palco. Fez backing em várias músicas e segurou algumas com Walter. Helder aceitou nosso convite e entrou para o Anarkaos. Cantou e tocou guitarra conosco por muitas estradas.

Dezenas de bandas de rock surgiram em Formiga depois da

cena iniciada em 1991, cada uma com sua cara, sua disposição, sua disponibilidade de recursos. O quarteto Anarkaos, com o baterista que me substituiu quando vim pra São Paulo, chegou a gravar três CDs com composições próprias. Em maio de 2006, o videoclipe da música "Contra Cotidiano", dirigido pelo formiguense Wender Salviano, foi exibido pela MTV.

93.

Amanhã me abrirão para construir três pontes de safena. Daqui a alguns segundos escreverei minhas duas últimas palavras, para depois arrumar uma malinha de hospital com chinelos e pijamas. Não sei se serão minhas últimas palavras. Se eu viver, voltarei a Formiga para escrever poemas na Praça São Vicente Férrer. Deixarei crescer barba e cabelo de santo, e ninguém me reconhecerá. Se eu morrer, berrarei pelos ares da eternidade que o mundo é maravilhoso! E cínico. Como eu.

A malinha de hospital, inevitável, ficará ainda mais grotesca com algumas fitinhas cassete e um toca-fitas sobrevivente.

Bom. Então tá. Um dedo médio bem esticado para todos que não serão meus acompanhantes no quarto de convalescente. Agora vou escolher uma fita para ouvir a caminho do açougue cirúrgico. A anestesia agirá com a trilha sonora que vai sobrar na minha cabeça: música rock.

Esta obra foi composta em Minion 11/14.
Impressa com miolo em offset 75g e capa em cartão 250g,
por Createspace/ Amazon.

www.ingramcontent.com/pod-product-compliance
Lightning Source LLC
Chambersburg PA
CBHW060927180626
46817CB00004B/1431